U0028801

致親愛的你

カンザキイオリ

目錄

序章 006

一章 春、國中畢業後

柿沼春樹・園村書店 010
小倉雪・葬禮 017
柿沼春樹・自家 027
小倉雪・葬禮 038
柿沼春樹・高中入學 052
小倉雪・高中入學 055

二章 夏、高中一年級

小倉雪・自家 060
柿沼春樹・圖書室 068
小倉雪・教室 073
柿沼春樹・圖書室 081
小倉雪・放學後 087
柿沼春樹・圖書室 096
小倉雪・夏季廟會 120
柿沼春樹・夏季廟會 133
小倉雪・自家 146
柿沼春樹・咖啡廳 152

三章 秋、高中二年級

柿沼春樹・休假日 158
小倉雪・下課後 170
柿沼春樹・圖書室 181
小倉雪・社團活動 185
柿沼春樹・放學後 191
小倉雪・早飯 202
柿沼春樹・圖書室 206
小倉雪・校舍後方 213
柿沼春樹・圖書室 218
小倉雪・體育館 228
柿沼春樹・體育館 241
小倉雪・體育館 244

四章　冬、高中三年級

柿沼春樹・自家　254
小倉雪・便利商店　259
柿沼春樹・父親老家　262
小倉雪・寒假　268
柿沼春樹・父親老家　275
小倉雪・樂器室　280
柿沼春樹・父親老家　284
小倉雪・寒假　289
柿沼春樹・父親老家　302
小倉雪・藍濱綜合醫院　306
柿沼春樹・聖誕節　318

五章　春、高中畢業典禮

日記　324
柿沼春樹・國文科辦公室　326
日記　328
柿沼春樹・三年級教室　330
日記　336
柿沼春樹・校門前　338
日記　349
小倉雪・早晨　356
日記　358
小倉穗花・畢業典禮前　359
日記　361
小倉雪・畢業典禮前　363
日記　371
小倉穗花・畢業典禮　374
日記　377
小倉穗花・畢業典禮結束後　379
日記　386
小倉雪・自家　390
柿沼春樹・小倉家　390

終章

柿沼春樹・小倉家舊址　405
篠澤御幸・藍濱車站前　416

致親愛的你
我能夠成為我嗎
能夠用這具身體、這副外表去愛自己嗎
我能夠成為親愛的你的炸彈嗎
好想成為將你的一切粉碎殆盡的
那樣的夏天

序章

那是我人生第一次，譜寫出像那樣的歌曲。

完成之初，我認為以初次嘗試來說是首非常棒的歌，因而佩服起自己。可是重新聽過以後，只覺得那像一團自卑情結的體現。恥於自身的自卑感、渴望尋求某個人對我的救贖，並且依賴著某個人。該怎麼說呢？總之淨是些軟弱的歌詞吧。

冒出這種想法後，我相當地消沉。

然而如今我有了不同的想法。人若是不與他人來往便無法生存。倘若不與人來往、依賴、擦身而過，便無法成為任何人、成就任何事情。

並且對於所謂的「我」，對於我這個人本身究竟是由什麼組成、得到了什麼、錯過了什麼，才會成為這樣的一個人，我對這些一竅不通。我不成熟、愚笨、不經思考、無法對喜歡的事物說出喜歡，只是個一無所知的人。我曾經是這樣無知且愚昧的小孩子。

但是，光是能明白自己一無所知，直截了當地承認，這本身就是件值得表揚的事了。人生漫長，隨時都有挽回的機會；反過來說，也意味著隨時都能放棄。要做什麼都行。自由。我是自由的。因為是自由的，所以我握有選擇權。

明白對過去一無所知的我握有選擇；曾經愚昧的我握有選擇；曾經幸福的我握有選擇；曾對一切渾然不覺的我握有選擇。

「鏘」的一聲，鏟子撞到了什麼。

頃刻間，我渾身充滿力氣，全神貫注地繼續挖掘。但我同時也留意不發出聲音，以免吵醒在家裡睡覺的她。雖說我下了比一般劑量高出三倍的安眠藥，不過那終究是市面上販售的藥品。我不曉得她何時會醒來，必須慎重行動才行。

我將土挖開，挖開，挖開，挖開，挖開，向下刨挖。

然後，我總算見到了。

那個長久以來遠離我的東西，長久以來被我避開的東西。

經過幾番巧合才得以親眼見到，可謂命中註定的邂逅。

我的心臟因為亢奮而跳動得飛快，一種像是直接見到電視上偶像的感動湧上心頭。換作其他情況的話，要說這與戀愛中身體會出現的變化相同也不為過吧。全身躁熱著，血流在體內奔騰，我的意識變得鮮明，無法冷靜下來。

我摘下手套輕輕觸碰那樣東西。

時逢冬季的緣故，天氣非常寒冷。不過若我是在夏天與這個東西相遇，大概也不會感受到一絲溫度吧。

那樣缺乏生命的東西令我心生畏懼。儘管自己接下來打算做的事同樣十分可怕，但在實際見到那樣東西以後，一股前所未有的恐懼感壓得我全身僵直。

可是，很快就要結束了。

就快了。

一章　春、國中畢業後

柿沼春樹．園村書店

和紙般的觸感，搭配桃花色的背景。左上角以明體寫著小小的「春」，然後是由醒目的白色字體所寫成的標題，《尋找母親》。

「要包書衣嗎？」

忽然被店員問話，我慌張得連忙乾咳一聲，冷淡答道：「不用。」

店員亦冷淡地簡短應了一句，「好的。」將書裝進印有「園村書店」字樣的塑膠袋後交給我。我將錢放進零錢盤裡，店員確認金額與書的售價正好相同，趁他還沒說完「謝謝惠顧」，我便匆匆離開。

我來到在雜誌區閱讀女性雜誌的媽媽身後，對她使出膝蓋嚇一跳。個子嬌小、身材苗條纖瘦的媽媽連力氣也小，輕易地就失去了平衡。我趕緊支撐住她，媽媽發出滑稽的聲音說：「真是的——」隨後笑起來。

「買到了嗎？」

「嗯，買到了。」

「是嗎？太好了。」

同樣是淡漠的口氣，媽媽說完便放下雜誌往店門口走出去。我也將錢包收進口袋裡，並跟隨其後。

「還想多要一本的話，和九重先生說一聲不就好了嗎？」

離開書店前往汽車的路上，媽媽雖是在和我說話，卻沒有看著我。

「自己買的感覺不一樣啦。」我同樣沒有看往媽媽的方向，打趣回道。

媽媽笑著回我，「那是怎樣。」

一抵達汽車旁邊，媽媽立刻解鎖坐進駕駛座，我則坐進後座。繫上安全帶後，沒多久車子就發動上路了。我漫不經心地打開車窗，外面的冷空氣立刻流竄進車內。有些長的惱人瀏海隨風搖曳，額角的汗水被風冷卻。我一用手抹去那些汗，便感覺到額頭上青春痘的凹凸觸感。

我想將制服鈕釦解開，因此抬手伸到脖頸的位置，不過手才動作到一半，我忽然頓住，稍作思考後，像是要扯開釦子一般，乾脆地扯破了制服，「喝啊！」

「啊？欸，等等！你在做什麼啦。」

布料撕裂的聲音在車內響起，媽媽當然被嚇了一跳。趁車子從園村書店的停車場開出去，即將駛上國道之際，她透過後照鏡查看我的樣子。我也透過後照鏡回看她。

「反正，今天過後就不會再穿了啊。」在我回話的同時，連自己都不禁覺得可笑起來，於是我慢慢笑出聲，「嘻嘻嘻，嘻嘻嘻。」

媽媽看著這樣的我瞠目結舌一段時間後，便跟著啞然失笑，宛如孩童似的，「嚇人的孩子。」她如此說道。

媽媽重新將視線擺回前方，集中注意力在駕駛上。我將散落於車內的鈕釦收集好放進口袋裡。考慮著是否要順便把制服襯衫也撕爛，但內衣被人看到的話，我還是會感到羞恥，所以只解開了脖頸間的三顆鈕釦。汽車的行駛速度一變快，從窗口灌進來的風便撓上脖子、胸口、腋下，竄得人發癢。

「對了對了，晚點你也要好好向九重先生打聲招呼唷。」

「知道了，我再打電話。」

「哎呀，這麼老實。」

「因為九重先生會誇獎我。」

「媽媽不也每次都誇你很了不起嗎？」

「也只會誇我很了不起而已啊。要再誇得更用力一點兒才行。」

「好、好，抱歉唷。那就用力地替你慶祝吧。」

慶祝。

聽見那個期盼已久的詞，我再度發出「嘻嘻嘻」的笑聲。

緊接著，從前座傳來重重的嘆息，「結果你那個毛病，還是沒能在國中階段就治好。」

「……嘻嘻嘻。」

知道媽媽是在挖苦我，所以我刻意用那個毛病反擊。

雖然不是刻意的，不過今天是我國中的畢業典禮，同時更是自己寫的小說首次上市發售的重大日子。恐怕、恐怕今天會有什麼好料能吃。幸好我如此堅信著，午餐只吃了飯糰。

但由我自己提出想被慶祝的話，就會有種輸了的感覺，所以我是不能主動說的。總算等到媽媽親口說出會替我祝賀，如此一來會想「嘻嘻嘻」笑個一、兩聲也是當然的吧。

「嘻嘻、嘻嘻。」

媽媽錯愕地繼續開車，兩旁司空見慣的風景逐漸離我們遠去。

畢業典禮的場面既沒有令人熱淚盈眶的感動，亦無傷愁的氛圍。然而只要一想到接下來不會再每天見到這些景色，我便萌生出些許的憐惜之情。四月起我要到反方向的藍濱高中上學了。

縱然心懷期待，可緊張的情緒更使得我惶惶不安。

突然，車內開始放起抒情風格的旋律。我馬上就注意到了，這是一個名叫

「混亂戰（註1）」的樂團的歌，是媽媽最近喜歡聽的團。跟我同屆的國中生們好像也能朗朗上口的樣子。混亂戰樂團在我升上國中同時慢慢闖出名氣，據說首張專輯的銷量一飛沖天。

前陣子在我即將畢業時，他們似乎推出了第二張專輯。不曉得是否改變了經營路線，聽同學們說評價很不好。不過對媽媽而言似乎是張最傑出的專輯。不知不覺間，她哼起了他們的歌。其實我對音樂所知甚少，我唯一知道的只有這個團。要說是拜他們所賜才會有今天的我，也不算誇飾。

不知道媽媽究竟察覺到我打開車窗沒有，哼歌的音量逐漸大了起來。我嘆了一口氣，從放在隔壁座位的塑膠袋裡取出書本。重新摸到書本時，我的胸口小小而怦怦地鼓動著。指頭被紙張上細微的凹凸紋路絆住。每回摩挲過紙張，總感覺有某種東西從指尖流入。一種像是加諸在身上的微小重力增強的感覺，可是不知怎麼的，呼吸起來卻很舒服。化為鉛塊的身體彷彿於頃刻間舒展開來似的，我用媽媽聽不到的音量緩緩深呼吸，翻開這本書的第一頁。

《尋找母親》

是一本約莫兩百頁的精裝本小說。

註1　日文原文為：スクランブル。

這，是我撰寫出的故事。

＊

媽媽遞出後背包給我。在我接過手時，觸碰到媽媽纖細的手指，我因而感到有點羞恥。與此同時，離別在剎那間刻骨銘心了起來。

要與這份觸感、媽媽的聲音，還有這片景色道別了。下一次再見到面是什麼時候？話說回來，我來見媽媽是可以的嗎？爸爸對於我和媽媽見面是怎麼想的呢？果然還是會感覺反感吧。

「媽媽。」我第一次這麼呼喚她，媽媽轉過頭來望著我。

她沒有笑，沒有生氣，亦沒有哭。臉上沒有表情，但是不可思議地，並不會讓人感到不適。雖然喊住了她，我卻絲毫沒考慮過要說什麼，只好任憑冗長的沉默將時間一分一秒帶離。後方正在等待的計程車發出的引擎聲，如犬隻低吼似的，橫亙在我與媽媽之間。

「喂，雪，要走囉。」爸爸於身後朝我說道。

直到最後一刻，爸爸依舊是爸爸。恐怕是想盡早離開這個場面吧。他現在的感受應該不怎麼好才對，但我一直覺得他這是活該。總是態度粗魯且威風凜然的爸爸，在久違地見到媽媽後卻亂了方寸。能看到爸爸失去平日風範，這種沒用的樣子，讓我覺得安排這趟旅程是正確的。

那麼在最後應該說什麼才好呢？

——我會在那邊加油的，就由我來支持爸爸吧，媽媽妳也要和新的爸爸一起努力生活喔。我改天會再來見妳的，我會祈禱媽媽幸福的。能和媽媽妳見到面，我非常高興喔。這是我第一次搭電車喔，我還在來的路上搭了便車喔，這一切全都讓我很開心喔。

然而最終我什麼都沒能說出口，只是咧開嘴漾起微笑。

不管說什麼，都已經無所謂了。人生也不盡然只有離別，我很堅強，只要在想見面時，再來見媽媽就可以了。思及此，我當即轉身走向後方的計程車。

「慢著，等一下。」

就在這個瞬間，一股力道忽然從背後緊緊將我擁入懷中。我聞到肥皂的香氣。媽媽發出嘆息，我的耳朵竄起一陣麻癢。那是種柔軟的肌膚觸感。我實在不曉得該做出什麼反應才好，只好說：「那個……」接著，媽媽悄悄地在我耳邊私語。

那句話令我難為情起來，心口澎湃如潮，身體幾乎為之震顫，但我死命壓下那股心情。不久後感覺到媽媽減弱力道，我便邁開腳步。花香與肥皂的氣味逐漸離我遠去。

我與爸爸兩人，雙雙沉默地坐上計程車。計程車旋即出發，兩側風景開始流逝而過。我沒有回頭。我很堅強，已經不再懼怕任何事物，不再會感到寂寞了。

只是，淚水仍然漫過了眼眶。

媽媽那句在耳畔低喃的話語，始終縈繞不去。

『雪，別認輸了。雪，加油。』

小倉雪・葬禮

度過了三年的國中生生涯，我一次也沒被教導過人生中存在離別。

離別究竟是什麼？當這種時刻來臨時，究竟該作何感想才好？這種時候，該怎麼做才好？應該要學習更多應對方法才對。日本對於倫理觀念的教育實在太輕忽了。

我沒有親生父母，從來沒見過母親的臉，我是由父親負責撫養長大，但父親也已經不在了。我被寄養在父親再婚後的對象——也就是我的繼母那裡。對方還有一個比我年長的女兒。而在我還小的時候，父親就失蹤了。印象中在我讀小學時，家裡還有父親的照片，不過那些照片一張張劣化，後來便被扔棄掉了。如今我連父親的聲音、氣味和長相都回想不起來。

我也不太清楚父親失蹤的原因。

儘管當時我年紀還小，可總有感覺他與繼母相處得不算融洽。還是小學生的時候，我見過繼母把父親的物品丟掉的場景，那時的我沒有阻止。我覺得拋棄繼母和繼姊的父親不對，搞不好他在外有別的女人了——如此一猜想，我馬上就輕易接受了這個結果。即便我也是其中一個被拋棄的當事者，不過我總覺得這好像是發生在別人身上的事。對於父親的記憶是如此的模糊不清，以至於我其實覺得這些事情很無所謂。

然而怎麼說呢？我想他對繼母來說，顯然就是個惡人沒錯，所以會被遺忘也是當然的。父親的失蹤對我而言不算什麼，這在我的人生當中，連一起事件也稱不上。

我人生中真正的事件，現在才正開始發生。

「吶，什麼時候才能回家啊——？」

「今後該怎麼辦呢？」

「我家可沒辦法讓人借住喔。」

「加奈子小姐啊，是個相當溫柔的人的說。想不到竟然會遭遇不測離世。」
「媽——我想喝可樂！」
「只有她們兩個以後要怎麼生活下去？」
「高中生自然會花一堆錢吧。」
吵死人了。可惜現在的我並沒有喊出這句話的勇氣。
我在這裡，學到了無論有無血緣關係，人與人都不可能在短時間內立刻理解彼此。國中的老師說過「人」這個字，是透過相互扶持來寫成的。真的是這樣嗎？此刻的這裡是座地獄。
親戚們自私的話語流竄進我耳中，儼然像是一把機關槍，將我的胸、頭、腹一一射穿，所以我已與死人無異——稍等，在葬禮上以死人作比喻未免失禮了？總之我放空腦袋，呆呆地望著眼前的壽司。即使從旁觀的角度來看，沒人要吃的烏賊也跟橡皮擦一樣乾巴巴的。原來一旦失去重要的人，就會像這樣變得什麼都無法思考。在國中畢業後，我終於理解到了這件事。
繼母去世了。
並非像父親那樣的失蹤，畢竟事到如今父親也被視作已故。可是繼母是明確地、切實地，在目擊者的見證之下失去了生命跡象。

國中的畢業典禮結束之後，剛邁入春假沒多久。

西邊的櫻花似乎早已盛開。一面閒聊著這些事，我和繼母、繼姊一同來到購物中心。為了四月起即將升上高中生的我，大家來採買必要的讀書用品與書包。不過我最主要的目標，是之前約好等升上高中就要買給我的智慧型手機。現今的時代無論是誰都擁有手機，大部分與我同年的國中生也都有。我家是單親家庭，何況我還是收養的孩子，不應該提出太奢侈的要求，所以讀國中時，我忍耐著沒有提出來。不過在確定我從四月開始會就讀藍濱高中後，繼母便約好了要買手機給我。

那個日子就是今天。早上我第一個起床，盼望許久的就是拿到手機的那個瞬間。由於先前已經被我催促過好幾次，繼母一開始就先到購物中心內的專賣店買了手機給我。我馬上沉迷其中，購物期間老是在滑手機。玩了朋友之間很紅的線上槍戰遊戲、剛拿到電話號碼就打惡作劇電話給繼母和繼姊、在美食街拍照……

就像這樣，我一直熱衷在手機上，因此沒能夠目擊到繼母死亡的瞬間。

變故發生在從二樓搭電扶梯往一樓移動的途中。我站在最前方，後面接著繼母，然後是繼姊。實際的情形雖然是繼姊在事後告訴我的，不過簡而言之，當時一樓的舞臺上正在做什麼活動，像是在發氣球的樣子。有小孩子不小心放開了手中的氣球，繼母想要抓住升上空中的氣球，便把身體探了出去。繼母高估了自己的運動神經，比想像中還簡單，就從電扶梯上倒栽蔥摔落到一樓地面。頭下腳上的姿勢，用頭部，朝地面，直擊而下。因為撞到要害，頸椎骨折，無法自發性呼吸後，她就這麼死了。

我在聽到撞擊聲和慘叫後回頭，想當然後方已不見繼母的身影，繼姊則僵著一張臉。根據周圍的人們神色緊張地往下查看的模樣、一樓發出慘叫聲的騷動，以及繼母不在這幾點，我才慢慢地掌握住現況，正當我準備往一樓方向看過去，繼姊忽然抱住我，用胸口擋住了我的視線。

如果說，那時候繼姊有讓我瞧見繼母的屍首的話，說不定我就能好好地接受現況了。可是因為我沒能見到繼母流出鮮血、停止呼吸、真真正正變為屍體的景象，在那之後，我始終沒辦法好好認清繼母已經不在的事實，整個人飄飄然的，好比虛浮在雲端之上。

籌備繼母葬禮一事，全由繼姊一手包辦。

舉凡聯絡親戚、會場工作人員、購置喪服等事宜都是。而我只是照著繼姊的指示，依循安排行事。

「等等要去和殯儀館的人見面商量喔。」

「晚點一起去買喪服吧。」

「接下來要火化了喔。」

「再下來是……」

所有流程全在我茫然點頭、恍恍惚惚之下應付了過去。什麼也不用思考所以很輕鬆。當然，我有自覺自己是個卑鄙小人；我是在有自覺的前提下，選擇了這個做法。但好像就快無法再這樣下去了。

原以為事情到這裡就結束，結果最後還有個什麼開葷（註2）的儀式，要和親戚們共同聚餐。和葬禮上初次見面的親戚一起用餐，到底能說些什麼？雖說繼姊坐我隔壁，不過從這個階段開始我就只能靠自己行動了。逼不得已必須運作這顆許久沒用過的腦袋，導致我沒能靈活地思考應對。

要拿什麼，要吃什麼，要喝什麼，要說什麼話，連這些我都無法自己決定，我膽怯著眼下的情況，腦力變得衰弱不堪。什麼才是正解？什麼又是錯的？這個是可以吃的嗎？可以喝茶嗎？去上洗手間是可以的嗎？接下來的時間我應該要做什麼才好？

註2 日文原文為精進落とし。死後四十九日結束喪忌、從齋菜食物回復到平常的餐飲。到了現在，從火葬場返回後進行的頭七儀式後，為了慰勞和尚和幫忙的人的宴席也經常被這樣稱呼。

「小雪。」

就在腦袋裡的不安情緒滿溢而出之際，好像有道光覆上了我的左手。我朝那隻手看過去。是繼姊緊緊握住我的手。好溫暖。她的手臂細瘦，卻有一種將我的一切悉數包容住的安全感蔓延至我心頭。隨後，我抬起頭，望向繼姊的臉。

「妳好像吃不太下飯的樣子……身體不舒服嗎？」

繼姊擔心地注視著我，聽見她的說話聲之後，頓時令我覺得這一切都好麻煩。要思考回話也很麻煩，現在的我就連要點個頭都覺得疲倦。於是我用茫然的眼神直直盯著她。而等著我回答繼姊的人，其實不只有繼姊本身。

那些在意我年幼心理狀態的親戚們同樣注視著我。從剛才開始就不發一語、不進一食的我，究竟會給出怎麼樣的答覆，會如何遣詞用句，是怎麼樣的一個人，親戚們大概也很好奇吧。然後，他們看起來正拭目以待我今後會過得如何，我認為這並非被害妄想。

我的大腦簡直像是酒醉一般地暈眩。可是別說是酒了，明明我甚至連一口水都沒喝過。我努力運作隆隆作響的腦袋，好不容易才擠出一句話，「我去呼吸一下外面的空氣。」

究竟那樣的回答，是否能讓親戚們滿意呢？我站起身。雖然坐在坐墊上，但我一直是跪坐的姿勢，腿部動作因此變得遲鈍。察覺到這點的繼姊趕緊扶住我的腰，然而我連道謝都沒說出口就離開了。離開以後，我感覺到聚餐的會場內重新回歸一片安靜。不過我沒有理會，就這麼朝殯儀館的出口走去。

那個與繼母和繼姊有血緣關係的金野家族，以及和我有血緣關係的小倉家族，儘管兩家的用餐場面穿插了不少無謂的對話，不過親戚們最主要的話題，始終圍繞在我和繼姊今後的安排上。只是他們怎麼也沒有談出一個共識來。

繼姊已經出社會了問題不大，棘手的是我，才剛國中畢業的我。生活上肯定會花錢，若是沒有監護人就什麼都做不了，無法獨自生存。究竟這樣的責任，是否能由繼姊肩負起來呢？

我在殯儀館內走著。途中有工作人員出於擔心向我搭話，但我只冷冷地回答一句「沒問題」，便去到出口旁邊的花圃圍籬坐下。

微風拂過，長髮隨之飄搖得惹人心煩。我的身高比平均值要高，體型也纖瘦，看起來不像女孩子，所以原本打算在開學報到前，先去一趟美容院的。這麼說起來，繼母之前和我約好，等結束購物中心的採買後就去美容院。

一回想起這件事，我的情緒馬上又陷入低潮。

雖然時節已入春，夜晚氣溫驟降後依舊特別冷。有些地方應該也還殘留著些許的雪吧。我總是在想，如果我家是在九州之類的地方就好了。冬天很暖和，夏天很炎熱，可以盡情吃剉冰吧。

我的名字叫做雪，可是我最討厭寒冷了。只要天氣一冷，不管做任何事都會變得麻煩，變得膽小怕事，想要緊緊抱住人。啊啊，我開始眷戀人的體溫了。

蟲子不鳴叫了，風亦不再吹拂。在這般異樣的空間裡只有我一個人獨自坐著。

我吸進好大一口氣，將空氣留在肺腔裡，接著緩緩呼出氣體。附近一個人也沒有。

而就在我意識到這裡沒有任何人的瞬間，伴隨著呼出的氣體，還有某樣東西一起鬆脫了。淚水自然地流了下來。

「啊——啊——啊——」

宛如喊叫，又好似動物的鳴叫聲一般，我從肚子裡拚命擠出咆哮。但是自己正在哭的事實令我感到羞恥，因此我把臉埋入膝蓋之間，以免發出太大的聲音。

這是怎樣？這算什麼啊？為什麼，為什麼是我？為什麼我非得遭遇這種事不可？我一直想要說出這些話。明知道就算說了也無濟於事才選擇放棄思考的，結果因為這麼單純的狀況，就讓感情宣洩出來了。

為什麼我非得遭遇這種事不可？我難道、難道有犯了什麼錯嗎？父親失蹤，繼母過世，現在淪落到被到處推卸的地步。推卸。「推卸」的國字是怎麼寫的來著？偏偏還是在我正要升上高中的前夕。接下來我本該迎來愉快的生活才對啊。今後的我到底該依靠什麼、做些什麼，怎麼生存下去才好？

沒有任何一樣喜歡的東西，想做的事一件也沒有，我不過是隨波逐流活到今天罷了。因為隨波逐流活著很輕鬆，所以我一直以來都是照著別人所說的活過來的。繼母，吶，繼母。我該怎麼做才好？

好想見到繼母。

「我好想見妳。」

啊，說出來了。我說出口了。話語不由自主地從口中跑出來。

要是有再多撒點嬌就好了。有多說出一些心裡的話就好了。早知道就多表達感謝的心情了。這些事，事到如今全都太遲了。

為了抵抗寒意與想哭的衝動，我用力握住裙子口袋裡的手機，力道大得感覺手機都快被弄壞了。突然之間，手機發出「登登」的音效。我一面擦乾流下的眼淚，一面查看手機，原來是語音助理被啟動了。那些有手機的同學說過，不管說什麼語音助理都會回答，就算是胡鬧，或其他的什麼，隨便什麼都可以……

我霎時大叫出聲：「好想見媽媽！」

畫面閃爍了一會兒之後，手機給出的回答是：『抱歉，我不太懂你的意思』。

我氣憤地起身，再一次長按住手機按鍵，啟動語音助理。

「幫我找我的媽媽！我想見媽媽！搜尋，讓我見媽媽。幫我找找我的媽媽。幫我尋找母親。幫我找……幫我找啊！」

我大吼著扔出手機。手機撞到碎石，彈跳了幾次才停下來。肩膀劇烈地上下起伏，每喘一口氣便有一絲絲眼淚跟著奪眶而出。好不甘心。我有賽跑和考試分數輸給同學的經驗，可是像那種日常的敗北根本只是芝麻綠豆的小事，此刻滿溢的不甘才真正痛入骨髓。我輸給了蠻不講理的命運，輸給了這個世界，輸給了現實。我的一切全被奪走了。

直到四周重返寂靜，我冷靜下來才注意到，這支手機是繼母買給我的東西。我和繼母的連結要消失了！放著不管，今後也只會逐漸走向消失一途，但像這樣，由自己親手破壞還打算扔掉它，我到底在想什麼！

我立刻跑到手機旁邊。螢幕與背面有些微損傷，好在啟動過程沒有出現問題，讓我鬆了口氣。

接著手機畫面上出現一行字：『我查到這本小說』，是根據剛才我胡亂大吼大叫說出的話，所得出的搜尋結果。

「尋找母親……」

柿沼春樹・自家

『新書上市，真的非常恭喜你。』

任職於東京東川出版社總公司的九重先生充滿朝氣的說話聲，從家裡的話機當中傳來。

若是沒有九重先生，就不會有今天這一天的來臨。

「哪裡哪裡，都是託了九重先生的福。非常感謝你。」

『我才是，至今為止實在很感謝你。先前有聽令堂提過，你們似乎馬上就在書店看到書了？』

「嘻嘻嘻。有找到喔。畢業典禮結束的回程，我們經過國道旁的園村書店，想說『會不會有呢』就跑進去看看，結果看到大張旗鼓的擺設，忍不住就買下來了。」

『雖然是自己的作品，還是掏錢買了。這種心情我懂喔。拿在手裡的分量感受不同嘛。啊，話說回來，春樹，祝你國中畢業快樂！』

「謝謝你！」

因為九重先生用宏亮的聲音喊話，所以我也用不輸給他的音量大聲回應。下一秒，不曉得是否聽到九重先生的聲音從電話筒中傳出來，在後頭準備晚飯的媽媽緊接在後說道：「非——常感——謝唷！」簡直就像拉麵店店員在高聲招呼。

『也、也謝謝令堂。』

九重先生想當然能聽到媽媽的聲音，聞言慌張地失笑出聲。他那種樣子令我覺得滑稽，不小心就呼哈一聲噴笑出來。接著以此為契機，我與電話筒另一端的九重先生宛如朋友一般雙雙大笑出聲。

『啊——之前你說過高中要讀哪來著？』

「那個，是間叫做藍濱的學校。縣立的藍濱高中。」

『這樣啊，往後很令人期待。哎呀——和春樹你初次見面，我記得是在去年秋天的時候對吧？雖說過去還不到一年，不過一迎來像國中畢業這種大日子，連我也覺得感慨萬分。』

「能聽到九重先生這麼說我很高興。謝謝。」

『嗯。之後也帶上櫻美小、啊，我是說令堂，一起舉辦書籍發行的紀念派對吧，趁你開學前還沒變忙的時候，覺得如何？』

「請務必！我想家母也會高興的。我會期待的。」

『謝謝！我才是非常期待。春樹，你有說過喜歡燒肉對吧？我會去找好吃的店家。』

「燒肉！我現在超——期待！那麼就謝謝你了，我把電話轉交給家母。」

『好的，那就再見囉，春樹。』

邊想著燒肉的事，我一邊將與九重先生接通的電話筒拿到媽媽所在的位置去。正在做晚餐的沙拉的媽媽，把視線對準左肩。怎麼了嗎？我腦海一瞬間閃過這個想法，不過馬上就會意過來，並將電話筒放上她的左邊肩膀。媽媽熟練地用頭與肩膀夾住聽筒便開始說話。

我坐到客廳的桌子前面。略寬敞的桌面大概放得下三、四人份的餐點，其中一隅以書架慎重地擺出《尋找母親》，周圍施以摺紙做成的玫瑰點綴。是媽媽一回家就先布置好的。

等待準備晚餐的期間我打開電視，正在播放的是晚間的推理懸疑動畫。這麼說起來，上週還不曉得犯人是誰，於是我仔細聆聽劇情。然而媽媽的音量比平常還要大三倍，導致我幾乎聽不到電視聲音。與九重先生聊天時的媽媽，總覺得比平時還要有精神又很吵。我放棄用聽的，改將注意力集中到畫面上。場景切換成一條櫻花大道，說起來現在差不多該是櫻花綻放的季節了。

換作中國地方或是九州一帶的話，不過才幾天就能見到繁花逐一盛開的景象吧。還在下雪的這裡，總要等到四月中旬才會陸續開花，光是開花的時期就有一種劣等感。

一段時間過後，媽媽與九重先生講完電話，待他們一結束我馬上大喊：

「燒——肉！」

聽見我如此說道，媽媽頓時笑出來，「好、好。」

雖然九重先生說了要帶我去吃燒肉，但其實今天的慶祝會上媽媽也準備了燒肉大餐，這個春天是燒肉祭典。等到電視播的動畫結束時，時間已來到晚上近七點。我中午只吃了飯糰，所以肚子早就餓癟了。

動畫一結束，忽地就播起電視廣告來。啊，又是混亂戰樂團。說起來動畫的片尾曲是他們唱的嘛。儘管是個以搖滾樂為主的樂團，為了配合片尾風格選擇推出抒情曲，似乎因此得到毀譽參半的評價。就在我心不在焉地盯著電視瞧的時候，媽媽好像想起了什麼，發出「啊」的一聲。

「九重先生要我帶話給你——」

「什麼？」

「他說，很期待你下次的作品。」

下次的作品。下次的作品。第二部作品。

面對那句再當然不過的提醒，我一句話也說不出口。目光仍然停駐在電視螢幕上，可表情變得略微僵硬。

「春樹？」

媽媽擔心突然陷入沉默的我，停下了手上切菜的動作。我張開嘴巴想回點什麼話，發出的卻是猶如叫聲的聲音，「啊——」

「怎麼了？」媽媽再度追問。

我不應該讓媽媽掛慮的，焦急地想趕快說些什麼，於是未經思考便把想到的話說出口：「小說只寫這一次，就算了吧。」

「就算了？」

「下次的，下一本書，我不想寫。」

我不想寫。對這句話感到吃驚的人，不是媽媽而是我。

那句話很自然就脫口而出了。毫無顧忌，不帶任何躊躇，就這麼說出了口，我不想寫。

我開始反覆琢磨。為什麼不想寫呢？應該有什麼理由才對，我在腦袋裡思索著。一邊看電視，我一邊思考，接著就好比電視上的特效字幕一般，腦海中浮現一連串文字。

小說。版稅。電腦。網路。諾貝爾。故事。母親。父親。

小說家。

「是喔，好可惜。」

須臾過後，媽媽嘟囔著說道。那句話有如肥皂泡泡破掉般震懾了我，讓我恢復思考。我戰戰兢兢地察看媽媽的臉，只見她表情如常地繼續開始切菜。

「妳不生氣嗎？」

我問，媽媽則「哈哈」笑出聲。

「為什麼呀。」

「就覺得可能會。」

「有什麼好生氣的？這不是你喜歡才開始做的嗎？不想寫的話也沒什麼不好。」

那句話灑脫得出人意料，使我產生動搖。

喜歡才開始的。雖然是這樣沒錯。

不對，就是這樣沒錯。這是我自己主動開始去做的。

以前我沒來由地就是喜歡閱讀小說。零用錢很少的緣故沒辦法買書，即使如此還是想讀小說，於是便用媽媽的電腦上網搜尋。當時我得知了一個叫做「諾貝爾（註3）」的小說投稿網站。

最初我一點一點地創作出堪稱黑歷史的作品。如今來看真是產出了大量的拙劣之作，淨是些想讓人遮住雙眼的內容，不過那很愉快。我沒有告訴媽媽，也沒有讓朋友知道，那是只屬於我的小說。唯有存在於網路深處的少數人才曉得。

寫出《尋找母親》的契機，源於國中二年級時，修學旅行去了沖繩之故。初次搭乘的飛機，初次感受到觸手可及的大空，初次接觸到的陌生土地、餐點、氣

註3　日文原文為ノーベル，為Novel的日式英文發音。

溫、熱度……說實話，對於住在東北地區的我而言，位於日本正對面的沖繩，這塊土地上的氛圍只帶給我無盡的感動。當時我便下定決心，絕對、絕對要以此做為小說的素材來書寫。

受到未知土地刺激的我，想著機會難得，就以旅行為主題來寫故事吧，然後在故事主軸中加入有關家庭的題材，增添故事的趣味性；不過，故事最刺激的重點必須擺在前往各地的旅行上。主角旅經各個地域、調查新幹線的路線、查詢電車的時間……等到我終於完成故事時，時間已來到國中三年級的初夏。雖然文章的篇幅很短，讀快一點兒的話三十分鐘左右就能讀完，但對於沒耐性、只會寫短篇故事的我來說已然有種完成巨作的心情，接下來的幾天，我暫時沒怎麼再寫小說了。也就是所謂的倦怠症。當然我還是喜歡讀小說，只是放棄了寫作，每天依然沉浸於小說之中。所以當我久違地回去看諾貝爾，發現自己的作品登上每月排行榜第一名時，我詫異得目瞪口呆。我大吼大叫，上竄下跳。這個時候我才第一次，告訴媽媽自己有在寫小說。

讀過小說的留言評論後我大吃一驚。混亂戰的主唱似乎有在ＳＮＳ還是廣播節目介紹過我的小說，我的小說因此爆紅。而看上這點的東川出版社，一位名叫九重的人遂寄給我出書的提案信……

在追加新的故事篇章以後，直至今日，我總算迎來書籍上市的日子。我的名字以作家來說算是稀奇，不過若是被認識的人認出來的話很羞恥，所以我沿用了投稿之初使用的名字「春」。雖然作品推出了紙本書籍，但我沒有因此就刪掉過去投稿在諾貝爾上的內容，這是為了在諾貝爾上讀過《尋找母親》的人，可能會對改編出版的書籍產生興趣所做的考量。

回想起來，我不過是隨心所欲去做自己喜歡的事罷了，持之以恆才有了今天的結果。未有多餘的考量，僅憑自己的喜好去做。沒錯，在此之前我什麼都沒考慮過。截至目前為止，我絲毫沒有意識到一件事。創作出小說，實際出版成書後，直到這一步我才首次想起來。

關於父親的事。

「爸爸他啊——」

這句話一出口，媽媽隨即暫停手上的動作，視線仍然停留在蔬菜上面。那是個鮮少出現在話題中、實際上媽媽根本就不想提起的存在。感覺氣氛略微劍拔弩張了起來。

「爸爸他，為什麼會寫小說啊？」

媽媽慢慢抬起臉。啊，我立刻覺得自己失敗了。好可怕。那不是她平時展露出的明朗臉色，此刻在那張面龐上的表情雖然開朗，卻透出一絲陰翳，是一張很少見到的、情緒不穩的笑臉。

「春樹也繼續寫下去的話，就會懂的喔。」

明明是在詢問父親的事，卻感覺到媽媽的視線像要將我刺穿似的，有種被輕視的感覺。那個說法有些帶刺，然而媽媽擺出富含深意的笑容，於是我有點火大地回她，「我才不想變得和那個人一樣。」

現在想想，這或許是我第一次表明這個想法也說不定。我第一次告訴媽媽，自己討厭那個連長相、聲音、氣味都不曉得的父親。

而對於我所說的話，媽媽並沒有給出回應。取而代之，她恢復了平常的表情。只是我總覺得其中所代表的意義有些許不同。

那副笑臉，彷彿吃了一驚似的，又好像是嗤之以鼻的神情。

「去洗手吧。晚餐就快要好了，是神戶牛唷。」

媽媽發出明亮的語調，顯而易見地岔開了話題，然後再次開始切菜，就像在說這個對話已經結束了。

什麼嘛。這算什麼啊。

我刻意發出噪音從椅子上站起來，不發一語走向洗手間。扭開水龍頭，水流猛地噴濺而出。這種吵架時常發生。準確來說，連吵架都算不上，只是陷入僵持的低氣壓而已。我自認跟媽媽的感情融洽，想必很快就會回歸正常了。應該會吧。

我沒有洗手，僅僅盯著鏡子裡自己的臉看。這是張顴骨稍顯突出的長臉。白淨的皮膚上最近剛冒出稀疏的鬍子。與九重先生見面時曾被他說「你的眼睛和令堂很像耶」。除此之外的部分，肯定是像到父親了吧。父親的臉，我從來不曾見過。這個家裡連一張父親的照片也沒有。欸，春樹。照片可是連一張都沒有喔。你明白這代表什麼嗎？對這個家來說，父親的存在，還有那些似乎被父親視為生存意義所寫下的小說，就是禁忌到了這種程度。

父親從前是名小說家。在我年幼的時候，唯有一次，媽媽和我說了關於父親的事。據說父親為了寫小說，拋棄了媽媽。之後他寫啊，寫啊，寫啊，寫啊，寫啊，寫啊，日以繼夜地寫，最終搞壞了身體。直到臨死前的最後一刻都還在寫故事。當時媽媽的表情我迄今也沒忘記。她對我訴說時，淚水細細密密地布滿了臉龐，即使緊緊抱住我也仍舊很寂寞的樣子。我從那次之後，便放棄了探問父親的事。我實在不想再見到媽媽悲傷成那樣的表情了。

然而，瞧瞧我都做了什麼。竟然會喜歡上小說，這究竟是何等殘酷的事。

儘管媽媽為了我出書一事感到高興，可她實際上是怎麼想的？對於準備踏上與父親相同路途的我，有覺得失落嗎？雖然她為了讓我開心，替我策劃了慶祝會，實際上應該相當嫌惡才對吧。

果然還是不行。我不可以再寫小說了。

抱歉，九重先生。我覺得自己不能再這樣繼續下去。萬一成為小說家，我就會變成父親那種人。

變成像父親那樣，拋棄媽媽與我的人。一個捨棄家人、捨棄他人之人。一個為了小說，連珍愛的事物都能簡單捨棄的人類。

放棄寫小說吧。這次只不過是稍微起勁了點罷了。因為九重先生談到版稅的話題，我才一時鬼迷心竅。只是為了錢財，才會被迷惑心智。

我永遠只會做為一名讀者。做為一個平凡的文學少年。我再也不會寫小說了。

絕對不能變成父親那種人。

就這麼決定了。

小倉雪・葬禮

『雪，別認輸了。雪，加油。』

那篇小說刊登在一個叫做「諾貝爾」的小說投稿網站上，約三十分鐘就能讀完，是篇相對短的小說。它讓我忘了被寒冷凍僵的手，沉浸在故事裡。

熱衷於小說這還是頭一遭，畢竟我連強制性的晨讀五分鐘都不太喜歡。既沒有喜歡的書本，真要說的話，短短五分鐘的時間到底期待我們能吸收到什麼啊？

我就像這樣，排斥閱讀到甚至會產生反抗心理的程度。

可是這篇小說不同。讓我認定必須要馬上讀它的理由，是因為主角的名字叫做「雪」，和我的名字一樣，簡直就像我成了這個故事的主角。

名為《尋找母親》的小說，內文如標題所示，講述的是主角為了尋母而走遍日本各地的故事。主角還年幼時父母就離婚了，並由他的父親負責扶養。雪恐懼於自己對母親的記憶慢慢淡去，因此僅憑小時候去過母親位在九州老家的記憶，瞞著父親，帶上為數不多的零用錢便踏上旅途。

雪有時搭乘別人的便車，有時繞路去到未知的土地，途中穿插了許多令人興奮的情節，不過總而言之，在故事最終，他見到了住在九州的母親。然而，母親已經不是雪的母親了，她早已以一名女性的身分展開新人生，沒有辦法接納主角。後來雪的父親來接他，與母親離別的時刻終於來臨。但就在這個時候，雪的母親心中還殘存的一半做為一名母親的感情，讓她做出了最後的道別。

『雪，別認輸了。雪，加油。』她說。

那句話簡直就是繼母在對我打氣的臺詞。

小說投稿者的名字，叫做春。應該不是本名才對，不過先不管這點，總之這是他的故事，說穿了這充其量是他的妄想。可是，我的心卻沒來由地被深深打動。故事裡母親的話語，藉由繼母的聲音響徹我的耳際，主角雪的臺詞儼然像是由我說出口的話語。

『雪，別認輸了。雪，加油。』

那句話在腦海中迴響的同時，我思考起繼母的事。她是怎麼樣的一個人呢？繼母好像總是以笑容來面對我。我當然有看過她面無表情的樣子，但是每當我對她說話時，哪怕在勉強自己，她也會馬上擠出笑臉來。當我還是小學生的時候，就明白她在顧慮我，她在我面前總是勉強著自己。所以我在和繼母相處時，心裡想的淨是我們之間沒有血緣相連，以及父親替她添了麻煩的事，感覺說不太出真心話。我這種容易隨波逐流的個性，想來大概正是這種環境造成的吧。我是個不太可愛的孩子。不太像個女孩子，也不親切。

對於這樣的我，繼母應該展露過起碼一次或憎恨，或厭惡，又或貶低人的態度才對吧。搞不好在什麼地方也有過討厭我的時候。考慮起我們之間的關係，就算變成這樣也不奇怪。

可是此刻回想起來，她在與我度過的每一分每一秒當中，都將我當成家人而不是外人來對待。儘管我認為她在勉強自己，即使如此，那份勉強自己表現出的關懷，肯定是為了和我成為心靈上、而非血緣意義上家人的緣故。

從這一點來說我也一樣。我也同樣不認為她是外人，而是一名家人。我認定了她是我的家人。

「小雪。」

正當我仔細思考起繼母的事之際，突然聽見了繼姊的聲音。我嚇了一跳，關掉手機電源後保持坐著的姿勢轉過頭去。繼姊就站在那裡。

繼姊與我沒有血緣關係，雖然身高比我還要矮一點兒，但是根據那身喪服的打扮與看上去的氛圍，她比平時更具有大人的風采。

「妳遲遲沒有回來，我很擔心喔。」

繼姊坐到我旁邊，摟上我的肩膀。她先前待在館內，手還有些溫暖。我一邊羞恥得面紅耳赤，一邊朝她望過去。

「對不起。」

那句話一下子就從我口中跑出來了。這是我隔了許久，睽違數日以來用自己的腦袋思考後，所道出的代表自己意思的話語。自從讀過春的小說以後，我的頭腦便一掃陰霾，思路整個明晰了起來。我運作著清楚的腦袋望著她，這才意識到自己給她添了好多麻煩。繼姊的臉色看起來非常、非常疲憊不堪，髮型亦亂了些許。恐怕是從繼母去世後便無法好好入眠，連黑眼圈都有了。那雙眼也有點充血，疲態一目了然。

繼姊的模樣與先前聚餐坐我隔壁的時候比起來沒有任何改變，可是，直到我現在仔細看過這副面容後，才終於察覺她的努力。讓她如此勉強的人是誰？讓她露出這種神情的人又是誰？

其實我明白的。全部都是我造成的。不正是因為我嗎？

並不是為了已逝的繼母，亦不是那些說出不識相的言詞的親戚們害的。全是我的錯。是我的錯，況且原本能夠支撐她的人應該也只有我了。

「為什麼要道歉呢？」

對於我的道歉，繼姊一臉不解地報以微笑。唉，妳也要像那樣，對我露出微笑嗎？要像繼母那樣，老是在我面前勉強自己嗎？

我幾乎沒看過她微笑以外的表情。對她來說，我明明是個突然出現、沒有血緣關係的陌生人才對，可不論何時她都為了要讓我安心而展露笑容。她一直為了我而費心保持笑臉。原來不光是現在，而是我一直都在讓她勉強自己嗎？

面對一聲不吭的我，繼姊慢慢嘆了一口氣，接著開口：「小雪，那個呀，關於接下來的打算，幸次郎叔叔跟清美嬸嬸說，可以和他們住一起喔。妳覺得呢？」

「咦？」到這時我才終於發出聲音。那兩人是父親的弟弟與他的老婆。

「四個人一起生活嗎？」

「不是四個人喔。只有小雪妳而已。」

「姊姊妳呢？」

「我應該還是一樣，會住在現在這個家裡吧。但我覺得這對小雪妳來說才是最好的。」

什麼？最好的？什麼意思？最好？

繼姊低下頭，臉龐蒙上一點兒陰霾，即便如此也未減一絲笑容說：「我呀，被那些親戚說了，『小雪正值高中生這種多愁善感的年紀，想必大人的支持是不可或缺的。』大家都這麼說。所以與其讓我來，果然還是交由可靠的大人來照顧才比較好吧。」

說什麼才比較好，未免太低聲下氣了。繼姊現在二十五歲，不已經是個十足的大人了嗎？籌備葬禮的人是繼姊，繼母死後一直陪在我身邊的人是繼姊，替我準備喪服、替我付錢的，包辦所有事的人不都是繼姊嗎？她難道不是優秀地為我打點了一切嗎？

幸次郎叔叔，清美嬸嬸，那兩個人是小倉家的人。也就是說，我將會住到小倉家去。我憑著直覺察覺自己與金野家的聯繫即將消失了，因為把我撫育至今的繼母已經不在了……

從今往後這份聯繫只會逐漸淡去，消散於無形。繼姊也會離我遠去。就像繼母那樣，消失得不知去向。

「我想起碼，小雪不會感到不自由才對，所以……」

這時，我倒抽一口氣。

繼姊無法再繼續說下去了。她哭了。打從我與她相遇直到今天，終於有一次，我第一次看到她的眼淚。

這麼說雖然奇怪，不過這是我第一次感覺到她是個人類。

她面對我時總是裝腔作態，卻不討厭我，總是對我展露微笑、擔心著我，繼姊在我心目中就像個成熟的大人。假如要我向人介紹她的話，大概就會這麼說吧。

然而眼前的她，正和方才的我一樣開始撲簌簌掉起眼淚。那些淚水給人一種孩子氣的感覺。

一把怒火終於在我心頭升起。

稍早的那句話響盪在我的耳邊，宛如戲劇那般，聲音冷不防地冒出來，以繼母的嗓音道出臺詞，響徹我的腦海。

『雪，別認輸了。雪，加油。』

「我不要！」

若說那是她第一次流淚的話，過去的我從未否定過什麼，所以這也算是我頭一回表現出這種程度的厭惡感吧，儘管我不是想反抗她。我過去雖然也會情緒激動，可不論何時我總會看人臉色，留意旁人的狀況並決定忍耐到底。

這還是我第一次，順從自己的感情與想法表態。

我站起來，刻意踏出響亮的腳步聲，猛力打開殯儀館的玄關門。從背後傳來繼姊喊我名字的聲音，但我沒有理會。關門時，「砰」一聲響起冰冷的巨響，隨後我大力踩著腳步，咚咚咚地走回親戚們用餐的會場。

我打開聚集了那些親戚的房間門，映入眼簾的是男人們因為喝酒而面紅耳赤、女人們圍成一團講話、小鬼們坐在應該是他們母親膝蓋上喝果汁的畫面。

我的出現令現場頓時鴉雀無聲，全部的人將視線投注在我身上。那個叫幸次郎的傢伙是哪一個？啊，找到了。那個略胖的光頭男。我今天頭一次看到他，明明是小倉家的人，卻在我父親失蹤後，一次也沒來看過我。

我抓起擺在桌上的外賣壽司桶，奮力往旁邊一甩。那些一直沒被人動過、狀似橡皮擦的乾癟烏賊紛紛飛向牆壁，但我才不在乎這點小事，我舉起壽司桶使出全力，就朝幸次郎那顆光禿禿的頭頂狠狠揍下去。

最先尖叫的是坐他隔壁的老婆清美，接著周圍的親戚亦隨之騷動起來。看到幸次郎抱頭蹲下的模樣後，我一腳踩上桌面挺出上半身，準備連清美一起揍下去，卻被金野家的人抱住身體阻止了。阻止我的是名女人，我正想把她甩開，這回卻換成小倉家的另一名男人壓上來想制伏我，直到這時我才動彈不得。

清美面露驚懼地望著我。幸次郎受的傷意外地比想像中輕微，所以他馬上就站起來惡狠狠瞪向我。金野家那邊帶來的不認識的孩子，面對突發事態當場哭了起來。在這場突如其來的大吵大鬧中，翻倒的醬油弄髒了我的喪服。

動不了。就在這個想法冒出來的瞬間，我大叫出聲。

「我想跟姊姊在一起。你們這些人才不關我的事！滾回去，給我滾回去，給我滾回去！明明過去從來沒聯絡過還好意思！是誰？說姊姊不是大人的傢伙是誰！滾出來啊！」

我每喊出一句話，那名男人就用更強的力道把我壓住。可惡，就是這樣我才討厭男人！思及此，我立刻用還能稍微自由移動的腳踢飛桌子。除了壽司以外的料理，這下子也翻灑得一片狼藉。我咬上制住我的手，才想到那是女人的手，嚇得趕緊鬆口。我馬上又咬住那名男人的手，但或許是對方忍耐力較強的緣故，絲毫不打算放開我。

我意識到這是白費力氣後，只好不顧一切地放聲大吼大鬧。

「我、喜歡姊姊！不要想拆散我和姊姊！不准、侵入、我們的家！你們這些局外人！我們才不需要你們這些傢伙！我會和姊姊待在一起。就算沒有你們這些人，我也會保護姊姊……只有我才是姊姊、姊姊、唯一的家人！」

我完全不理那些制止我的聲音，只一個勁地不停掙扎、吼叫。

唯獨一個人的說話聲，好不容易才平息下我的胡鬧。

「小雪！」繼姊發出比我還大的聲音喚道。

我仍被人抓著，只能將目光轉往她的方向。晚一步追過來的繼姊氣喘吁吁地站著，下一刻她把壓住我的男人撞開，改由她緊緊抱住我。

「已經、已經夠了……」

繼姊用著顫抖的語調哭出來。感受到她胸部的同時，我也注意到手上傳來的疼痛感。或許是先前有撞到什麼東西，我的手背上稍微裂開，流血了。

即使被如此緊擁，我也沒有閉上嘴，只停止了喊叫，「我想和姊姊在一起。」

「沒問題、沒問題、沒有問題的……」一邊淌下淚水，繼姊一邊抱緊我。

總算感覺到繼姊真正的心聲了。

這個極其會忍耐、老是和顏悅色、哭泣時像個孩子般可愛的繼姊，只不過是一個隨處可見的普通人而已。

我被她抱緊後，放鬆了全身的力氣。她湊近我的耳畔，溫柔地低語：「沒問題，我不會離開妳。我們會一直在一起的。」

＊

我睜著惺忪的雙眼思考昨天發生的事。

現在想來，不應該暴揍幸次郎才對。他與他老婆清美，是出於善意才想要收養我，而我輕視了那份溫柔。說起來，也是因為我昨天那番暴走，繼姊才會落得要向其他人賠罪的地步。親戚那群人自不用說，也向殯儀館方都道歉了一輪。

我只是想待在繼姊身邊而已。不曉得對繼姊來說這是不是最好的結果，不過我想支持繼姊今後的生活，也希望能和她相互扶持。我認為這是身為她家人的我應盡的義務。我想守護她。

會將行動付諸暴力，不過是表達感情的方法太難罷了。畢竟，畢竟這是我第一次這麼做啊。對於永遠都在察言觀色的我而言，至今從不曾將感情露骨地暴露在他人面前過。表達感情的方式，我不知道。

不可以認輸，不加油不行。當時這些念頭占滿了腦袋，所以我才會做出那種事。我是不是做錯了？

一面想著這些事一面睜開眼睛，我坐起身，茫然地望向繼姊的睡臉。為了安撫感到寂寞的我，昨晚，繼姊來到我房間陪我一起睡覺。

因為繼姊睡著時的呼吸實在太過安靜，我忽然害怕起來。難道連妳也離我而去了嗎？肩膀不由得一顫。與此同時，我見到自己晃動的乳房，不禁感嘆：哦，這不是成長了不少嘛。冒出這種充滿老頭子臭的想法害我竊笑出來。

繼姊小小地發出「哼」的聲音，張開雙眼。

她在我思考奇怪的事的時候睜開眼，簡直就像是我腦袋裡的想法被探查到似的，令我感到一陣羞恥。而瞧見竊笑的我，繼姊亦露出許久未見的微笑。昨日的葬禮就像騙人一樣。

「早安，小雪。」

聽見帶著些許乾啞的問候，不知為何我萌生一股歉意，於是再度鑽進棉被裡，發出「嗯——」的呻吟聲。緊接著繼姊從後面，很自然地抱住了我。

好暖和。

身體稍微冒了一點兒汗，可是只要再一下子，只要再維持這樣一下子就好。我如此想著閉上了雙眼。順便說一下，我並不是因為被胸部抵著，覺得很舒服才會這麼想。

像這樣被她柔軟的肌膚觸碰到，就能認知到我們同樣身為人類。究竟有多久沒和繼姊這樣，一起窩在棉被裡睡覺了呢？我們的關係並沒有特別不好，也沒有討厭彼此。然而不知什麼緣故，總覺得在我們之間存在著距離。像這樣和她一起睡覺之後，我才重新思忖。過去就連一起吃飯的機會也很少吧。明明最初見到的繼姊還給人笑口常開的好印象，保有童心的同時，感覺每天都大大方方地和人黏在一起。後來的她究竟在顧慮些什麼呢？

『雪，別認輸了。雪，加油。』

驀地，腦海中浮現文字。

那是昨天讀過的小說裡的句子。沒有錯。不可以認輸。不加油不行。接下來就是兩個人相依為命了。

不能夠輸給自己的軟弱。我想為了守護自己以外的人而努力。

想要變得堅強。不變強不行。

我一面在內心發下豪語，一面完全沉浸在繼姊胸部的溫柔鄉中，不知不覺便睡了回去。等我張開眼時，本該抱著我入睡的繼姊，不知何時不見了蹤影。我打開放在附近的手機，查看時間才發現早就中午了。可是沒關係吧。畢竟昨天才發生過那麼多的事，人都打從心底筋疲力竭了。

我帶著惺忪的睡眼走出自己房間，繼姊正在廚房下廚。

我靦腆地說：「姊姊早安。」不知為何用了客氣的口氣打招呼。

「賴床鬼。」繼姊對著我說。

總覺得她至今以來散發出的那種有所顧忌的氛圍變淡了，說話的口氣有種隔閡消失的感覺。

「我也一起煮飯。」

邊抓腦袋邊走過去，繼姊卻阻止了我，「沒關係的喔。昨天很累了吧。馬上就煮好了，再等我一下。」
「可是我也必須學會做飯才行。畢竟接下來就只有我們兩個了。」
「也是，說得也是。只有兩個人了呢……那這個，可以幫我拿去桌上放嗎？之後坐著就好。」
「好喔。」
兩個盤子被遞了過來，上頭盛了炒蛋與料理好的冷凍春捲。我將兩盤菜端去桌上，隨後在椅子上就坐。
繼姊很快便用托盤端來沙拉與白飯。我的對面坐著繼姊，而在右手邊的空位，是繼母的位置。那個位置已經不會再有人入座了。眼角好像快泌出一點兒淚水，但我立刻憋住並雙手合十。瞧見我的動作後，繼姊同樣合起雙掌。
「「我開動了。」」
少了一個人的飯前招呼聲迴盪於乏味的房內。午時的鶯鳥在屋外鳴啼。
我拿起筷子，剛睡醒的腦袋還有些狀況外。
大鬧了一場，連同殯儀館方的人在內，給許多人添了麻煩。大概不會再看到親戚們的臉了吧。不過現在，我真的覺得那樣很好。那時候要是不說出我的心情，現在這個瞬間或許就不會是兩個人一起用餐了，恐怕也沒機會像這樣近距離，感受到她的胸部。

我不時往繼姊望去幾眼，一邊吃著遲來的早餐。

今天的待辦事項滿滿當當的。要規劃接下來的生活、整理繼母的遺物、打掃有段時日沒收拾的家裡、準備高中的生活。還有這些不做不行的事。

啊啊，我還活著。第一次能確實感受到自己還活著，察覺到珍惜的事物對自己而言彌足珍貴，我總算明白了自己活著的意義，品嘗出個中滋味。

今後就要開始兩個人的生活了。

我和繼姊，只有我們兩個的生活。

柿沼春樹・高中入學

坐在媽媽駕駛的車內，我不知不覺中眺望起窗外的景色。比自己的身高再大一點兒的藍濱高中制服，採用的薄布料最適合怕熱的我了。

而與升上高中的期待相反，想著小說的事讓我的心情有些搖擺不定。

『我也因為母親最近去世了很傷心，心情和這部作品很類似，讓我很感動。』

『因為混亂戰的英太介紹所以就來讀看看。作者的遣詞用字不像是同齡的人，很厲害。』

『好像真的有一道道風景呈現在眼前的感覺，讀的時候非常興奮。』

『雪能見到母親，實在太好了。』

『感覺深深地、深深地得到了救贖。你拯救了我。』

想起昨天在手機上看到的留言，我發出冷笑。

你拯救了我。那個人是這樣說的。哈哈，跟個笨蛋一樣，在說什麼啊。

這些全都是我的妄想，根據我的想像創作出來的故事。說什麼被這種東西感動，實在有夠蠢的。竟然被我這種一般市民、這種舉目皆是的人的言論感動，實在是群笨蛋。

坐在車子裡望著窗外一陣子後，總算能在雨幕中看到之前入學說明會上見過的景色。其實是走路就能到的距離，不過因為第一天加上下雨，媽媽才特地開車送我一程。

「就快到了唷，春樹**老師**。」

媽媽自從那之後就一直調侃我，實在讓人滿不爽的。不然版稅全交給我來保管好啦，我幾乎想這樣出言反抗，但是害怕說到一半就被從車子裡趕出去，最後我沒有反駁，只應了一聲：「嗯。」

自從那次之後，我便不再主動提起關於小說的事了。儘管媽媽有時會消遣我，但我認為對她來說，盡早忘記應該才是好的吧。小說這種東西本身，就不應該和柿沼家扯上太多關係才是。

然而，我喜歡閱讀。這一點很難改變。所以現在每當有想讀的書，我便會到外面閱讀，養成不把書帶進家門的習慣。這是為了讓媽媽不再經歷更多的悲傷。

並且我下定決心了——

絕不向周圍的人提起自己寫過小說的事。希望絕對不會有露餡的一天。畢竟這很羞恥，也是因為這樣，我才會選擇以筆名出書。我不是父親那樣的人，我只是非常喜歡書本，只是個會閱讀的文學少年。只要停留在閱讀的階段就好。

感覺身體的某處很沉重。彷彿被這片溼黏的空氣侵蝕掉自由似的，思考變得相當遲鈍。我把這些全部怪罪到低氣壓上。

車子在校門口附近的超商前停住。

「媽媽要從監護人的出入口進學校，所以你先走吧。」

「好喔好喔。」

「春樹，恭喜你入學。」

在我下車的前一刻，媽媽說道。

我發出「嘻嘻嘻」的笑聲走出車外，稍微進入了叛逆期的我沒有回看媽媽的臉。讓我下車之後，媽媽便將汽車駛向監護人使用的停車場。我撐開帶來的雨傘往前走。

途中，不小心踩到積水，水在瞬間濺到了鞋子裡。我長長地嘆出一口氣。好麻煩。每件事都好麻煩。面臨新生活的緊張感，以及必須隱藏自我的不安，都讓我有種想吐的感覺。不想成為高中生，好想永遠維持國中生的身分。但是都來到這裡了，沒辦法說出這種話來。這樣自暴自棄下去可不行，我踩著沉重的步伐，徐徐走在通往藍濱高中的路上。這所偏差值不怎麼高、主打自由的高中，我會選擇它的理由，只是因為離家裡很近罷了。

走了一陣子後，開始有不知是同屆抑或年級較高的學生走在我前面。看上去品行相當不良的樣子，那副看不出與自己差不多年紀的外表，讓我感受到這裡與國中時期迥然不同的氛圍。

希望不會露餡。不會暴露給任何人知道。

我如此在腦海中用力禱告，同時穿過藍濱高中的大門。

呼吸因為緊張而凝滯。

我的真面目，只有我才知道。

小倉雪・高中入學

瀏海OK。制服OK。蝴蝶結OK。書包OK。

我在鏡子前面端看自己的臉，一下子擺出笑臉，一下子用手捏住臉頰。

「在做什麼呀？」

「臉部體操。」

「什麼啊？」繼姊笑著經過我的房門口。

就在我也準備走出自己的房間時，視線捕捉到書架上的《尋找母親》。我透過諾貝爾的《尋找母親》頁面，知道了出書的消息，跑了好幾家書店才在前幾天找到它。

嗯。我考慮了一下，拿起那本書放進書包裡。

出房間之後，我走向起居室，那裡擺放了繼母的照片。

繼姊已經坐在那裡，點燃線香。我跟著坐到旁邊的坐墊上，繼姊旋即舉起雙手合十。我學著她的動作，同樣合起雙掌、閉上雙眼。

媽媽，我成為高中生了。

雖然我還沒從妳離開的這件事裡走出來，不過，我打算和繼姊一起，試著慢慢振作。

聽我說，我啊，成為高中生之後有想做的事。我想像春寫小說那樣，創造出可以感動別人的東西。如同我被賦予勇氣那般，我也想試著創造出，可以賦予別人勇氣的東西。

儘管還不曉得那會是什麼，但是總有一天，我會和春一樣拯救某個人給妳看。

我想成為那樣的人。想變成那樣的人。

「走吧。」

率先睜開眼睛的繼姊拍了拍我的肩膀。我也緩緩睜開眼睛回應：「嗯。」隨後離開起居室。

要活在每一個當下。只能繼續活下去了。

在玄關最後一次確認好服儀後，我打開玄關的門。入學式的日子偏偏碰上下雨，不過我在心中疾呼：怎麼能輸給低氣壓！接著傘也沒拿，就朝停在附近的繼姊的車子衝過去。

「唔喔喔喔喔！」

手一碰到汽車後座的門，我便用力把門打開——卻沒想到上鎖了。我的氣勢未減，喀噠喀噠地不停拉扯門把，或是用身體撞上車門。

「妳這隻橫衝直撞的小牛！會淋溼的！小雪妳會淋溼！」

替家門上完鎖的繼姊，從後頭快步跑來，繞到駕駛座打開門鎖。這下子我才順利地把門大力拉開，鑽進車子裡。

「嘿咻！」

「慢著，妳有幹勁過頭了啦。」繼姊邊說，邊冷靜地發動汽車引擎。

呼哈哈哈。已經沒有人可以阻止我了。打起精神吧。我很強，不會輸的。豈會輸給這點雨勢。沒問題，我一定沒問題。

車子向前駛去，進入宛如獸徑的山路。這一切肯定都會成為我珍貴的回憶。

我會成為了不起的人。我接觸過的事物、居住的街道肯定全都會成為寶物。甚至是這棟遠離市區、被群山簇擁的木造平房，也會憑著我曾經住過的這個事實，而成為世界遺產吧。

我只屬於我自己，所以我會成為怎麼樣的人，只有我能夠決定。我的未來充滿光明。光是找到想做的事，人生居然就會變得如此明媚。好想告訴還是國中生時、那個什麼也不考慮、只會呆愣地活著的自己。

我揮去制服上的雨滴，拿出書包裡的《尋找母親》翻開。

其實早就讀過無數次了，不過就當是為了慶祝自己即將開始的人生，重新再讀一遍吧。

在腦袋裡思考這些浮誇的事同時，我打開最後一頁。

『雪，別認輸了。雪，加油。』

二章　夏、高中一年級

小倉雪・自家

致親愛的春老師

初次來信，我叫做小倉雪。

這是我人生第一次寫粉絲信。

我現在就讀高中一年級。進入高中以後加入了輕音樂社，開始練習唱歌與彈吉他。

關於將來的夢想——雖然不到這麼偉大的程度，不過我希望有朝一日能成為創作型歌手。春老師是讓我產生這個想法的契機。

拜讀過春老師所寫的小說《尋找母親》以後，我深受感動。那陣子正逢我的繼母逝世，什麼也無法思考。就在那時我偶然讀到《尋找母親》，因此被大大鼓舞了一番。書中最後一句『雪，別認輸了。雪，加油。』簡直就像繼母真的在對我這樣說似的。

我忘不了初次讀完時受到的震撼，像是滿是泥濘的視野豁然間開闊了起來……

多虧了那句話，每當灰心又或不安的時候，我就會回想起：『雪，別認輸了。雪，加油。』由於我的名字也叫雪，所以這也讓我有感覺到了一點兒命運。真的有種人生變得不同的感覺。每天的每個時刻都被我珍視，從早上起床到就寢為止的時間，全都讓人感到興奮。對於自己迄今到底是多麼平凡且虛度光陰地活著亦有了自覺。

也想要為別人帶來感動、試著改變別人的人生看看，我現在產生了這種想法。就像春老師您改變了我的人生一樣。我其實也挑戰過寫小說，然而自己實在沒什麼文采，要寫什麼完全沒有想法，於是才死了這條心。不過當我的同學邀請我加入輕音樂社時，我注意到了，對啊！靠歌曲也能打動人心！雖然和小說有一點兒不同……話說回來，我發現自己也喜歡唱歌，所以我要先練習透過自己喜歡的東西來表達。

現在的我每天都非常非常快樂。非常有活著的感覺。能夠這麼想，全是拜春老師您所賜，這麼說一點兒也不誇張。感謝您寫出這麼棒的小說。也謝謝您改變了我的人生。

今後我會繼續努力，成為像春老師您這樣了不起的人。

抱歉我寫的字不好看。真的由衷地感謝您讀到最後。

小倉雪

＊

寫完粉絲信後，我稍作喘息。

一旦從緊繃的狀態中鬆懈下來，便感覺到屁股一處汗涔涔的。冷氣只有起居室才有，我坐在椅子上不動，用腳拇指按下電風扇的「強」按鈕。除了電風扇的聲音外，外面還傳來螽斯與螻蛄的叫聲。夏天到了。我一面感嘆一面趴到桌上，並從頭讀起剛寫好的粉絲信。怎麼說好呢？這種缺乏文采的文章真是讓人羞恥。為了讓心跳平靜下來，我大大地呼出一口氣。

我很不擅長表露感情。不管喜歡或討厭，總是無法好好傳達出去，腦袋只會變得一片空白。想著不如寫信好了，於是試著提起筆，這回卻對自己的文筆感到失望。然而，現在無論我再怎麼重寫，也不可能大幅改善字跡，或是提高文章的表現力。現在所寫的這篇文章，呈現的就是我自己最真實的姿態。儘管不像樣，但是我想讓春知道，我現在的這個模樣。

多虧春才讓我現在過得非常快樂，讓我現在過得非常充實。給予我這個契機的人無疑就是春，我一直想向他傳達感謝的心情。

所以說，這樣就好。完全沒有裝模作樣的必要。

我在內心呢喃著這些，將百元商店買來、有著小熊插圖的信紙放入信封裡。

我把粉絲信與《尋找母親》的書拿在右手上站起來。一打開木造的拉門，便響起喀啦喀啦的聲音。前往外廊的途中，我在牆上發現有隻椿象正向上爬，於是我輕輕用左手抓住牠，並朝人在外廊的繼姊說：「姊姊，妳看妳看，是椿象。」

晚飯後，在外廊遠眺屋外風景、喝酒度日，是繼姊每天必做的事。

我把抓到的椿象秀給她看。椿象微微地晃著腳做出抵抗。我明明沒有敵意，牠卻想要逃跑，看著椿象的模樣我不禁悲從中來，同時也感到惹人憐愛。

「放牠走吧，要輕輕的。」

「嗯。」

我穿上備在外廊的庭院用涼鞋，一進庭院便馬上將椿象輕輕地放到地面上。

牠能不能活下去呢？即使是這種小小的庭院，對椿象而言也足以算是魔界。雖然不曉得牠的壽命有多長，不過希望牠能活到老死。只是抱歉了，家裡是不可以進來的。要是在我們家裡繁殖，實在也挺讓人困擾的。

「抱歉耶。」我邊說邊退後，就這樣退到外廊上坐下。

「待在這裡會被蚊子叮的喔，小雪。」

「蚊香呢？」

「剛好昨天用完了。我剛剛才想起來。」

「是喔，沒關係啦，只有今天一天，就讓牠們叮吧。」

「那是怎樣。」繼姊笑了。喝酒時的繼姊總給人很放鬆的感覺，所以我也覺得很安心。我待在繼姊旁邊一同眺望著庭院，小憩一會兒。

從繼母過世後算起，一眨眼就過去四個月了。雖然在葬禮的會場上衝著親戚們大吼大叫了一番，但其實我曾擔心過兩個人一起生活真的能順利嗎？不過，我們現階段的生活沒有任何問題。

每天早上上學前，我們會先到繼母的佛壇前合掌禱告，再由繼姊送我到學校。繼姊身為自由接案的平面設計師，靠著一臺電腦就能工作。送我去學校以後，看是要在車站前的咖啡廳，或者回家工作都行。下午等我輕音樂社的活動結束，再看時間聯絡繼姊，她就會來接我。

我們沒有特別決定打掃的值日表，不過為了對每天接送我上下學的繼姊表達感謝，基本上由我負責居多。

說到家裡以外的日常生活，有時候，我會和新結交的朋友御幸跟小夜一起玩耍，或用那支近似於繼母遺物的手機，一整晚泡在SNS上與她們聊天。因為現在加入了輕音樂社，所以等家事告一個段落之後，我會練習吉他。周圍山地環繞，附近沒有近到能稱得上鄰居的住家，因此只要在繼姊不會生氣的範圍內，我可以盡情彈、盡情練習唱歌。這些就是我最近的日常。

儘管到目前為止一直和繼姊一起生活，可印象中我們從來不曾像現在這般親密地談話，抑或深入相處。我至今對沒有血緣關係的事感到不安，導致自己容易有所顧慮，但這點繼姊也是一樣的。以前她大概也在用自己的方式，小心翼翼地與我相處吧。像這樣待在繼姊身旁，與她一同坐在外廊上觀賞外面的景色也是，這件事在繼母生前還不曾有過。

面對繼姊那張喝了酒、有些發熱的臉龐，我不好意思地開口：「姊——姊——那個啊。」

「怎樣？」

「我有個請求。」

我把拿過來的粉絲信，以及《尋找母親》最後的版權頁翻開，給繼姊看。繼姊小聲脫口說：「出現了。」

「我啊。」

「嗯。」

「寫了、粉絲、信。」

「粉絲信！」

由自己說出口就已經很羞恥的「粉絲信」一詞，同樣讓繼姊嚇了一跳，叫得比我還大聲。我有點嚇到，僵著肩膀繼續說下去，「我不曉得要怎麼寄。總之先寫好內容了，可是書上沒有粉絲信可以寄去哪裡的資訊，所以我不曉得。雖然有寫出版社的地址……該怎麼說好呢？我這樣突然寄過去是可以的嗎？我不太懂這方面的事。」

「那個粉絲信，借我讀。」

「絕對不要！」

繼姊忽略我的請求露出奸詐的笑容，我從她身上感覺到危險，把遞出粉絲信到一半的手縮了回來。

「小氣鬼。」繼姊邊說邊揚起嘴角把酒一口灌下。她有點醉了。

「姊姊，妳很懂網路吧。可以拜託妳幫我寄這封信嗎？」

「小雪，妳做為現代人未免太失格了。好啊，幫妳查完寄出去就行了吧。」

繼姊雖然奸笑著，仍然可靠地答應了我的請求。真的太感謝她了。

我對網路一竅不通。擁有手機確實很有樂趣，不過我頂多只會使用 LINE 和朋友聊天，完全跟不上身邊的人的話題，也沒想過要去跟上。因為喜歡音樂和小說，所以我只會看 YouTube 跟諾貝爾，至於近來社會上的消息之於我，則很生疏。

「嗯，妳真的、真的不可以偷看喔。」我戰戰兢兢地遞出粉絲信。

「知道了知道了。」繼姊一臉愉快地接下我的信，「妳真的非常喜歡春的小說耶。」

「咦，不是、嗚——」

「妳喜歡的吧？」

「別、別再說了啦。討厭。姊姊，我也想喝酒。」

「啊？說什麼傻話。我讓妳喝是沒差，但會惹媽媽生氣的。」繼姊在開玩笑。

「怎麼這樣——！」我擺出不滿的態度，並腹誹繼姊喝就沒關係嗎？而後靠到她的肩膀上眺望庭院。

「啊，對了，說到媽媽才想到。小雪，媽媽那件浴衣，夏季廟會的時候妳穿去吧。」

「咦，這樣好嗎？」

「也讓御幸和小夜看看呀。妳們的身高差不多，我想應該會很適合喔。」

上星期，我們整理繼母的東西時發現了浴衣。是件有著紫色繡球花圖案的浴衣。我想起當時以為不會再有人穿上它而眼眶泛淚的情景。

「那麼漂亮的衣服，就這樣讓我穿去好嗎？不會很浪費嗎？」

「為什麼？我不這麼認為啊。」一面對怯懦的我，繼姊說道：「要珍惜每個活著的當下才行。這一切遲早會化為塵埃，無論是我還是小雪，甚至是這個家也一樣。與其慎重地收起來，不如盡情穿上，我想這對浴衣本身也是件好事喔。」

遲早會化為塵埃。

我沉默著，沒有回話。並不是被那番話感動了，而是因為不明白化為塵埃的意思。在停頓少許之後，我只回了聲「嗯」，隨後合上雙眼。

能感受到蟲鳴，與泥土的氣息。還有從繼姊口中飄散出的酒精氣味。

我祈禱這段時光能夠永遠持續下去，祈禱我們不受任何人批評，健全地生活下去。然而不可能有這麼好的事，要是明天不會來就好了，我想。

我喜歡春。明明只要這樣說就好了，我卻害怕將喜歡說出口。就連為什麼會害怕，我自己也不曉得，意識逐漸朦朧，不知不覺中我任憑重力擺布，就這麼躺到繼姊的大腿上睡著了。

暑假，馬上就要來臨。

柿沼春樹・圖書室

放學時刻，在一群或準備前往社團活動、或談天說笑的同年級學生當中，傳來站在隔壁置物櫃前面哼歌的結城的聲音。那首歌我有聽過，是什麼來著？最近聽到的。啊，對了。

「是混亂戰。」

我一說，結城應聲拍了一下手，並笑著說：「耶！」因為聲音有點大，我嚇了一跳。

「答對了。你知道混亂戰樂團？」結城開心說道。

我打開自己的置物櫃，「沒有，不太清楚。」

「我有專輯，借你吧。」

「咦，真的？」我說話的語調自然而然就上揚了。

結城時常覺得有趣而來找我搭話。四月的時候我還沒和班上同學混熟，最早來和我搭話的人就是結城。不管是換教室上課，還是午餐時間，只要我是一個人，感覺他就會來找我說話。我不會覺得煩，倒不如說有種安心感。因為自己不太擅長主動和人說話，因此結城願意和我當朋友，令我很開心。

「最近出的第二張專輯啊，比較沒那麼讓人驚豔，但我還是很喜歡喔。欸，要不要去唱卡拉OK？兩個人一起唱混亂戰吧。」

我想去卡拉OK。想去看看。雖然這麼想，可我很快就氣餒了，因為沒有零用錢。覷了結城一眼，他正以左手搧團扇、右手滑手機的姿勢來和我說話。確認過他的目光停留在手機上後，我也將視線轉回置物櫃裡的教科書上。

「抱歉，我沒有錢。」

如此說完，我把教科書收進書包裡，背在汗溼的背上看向結城。他垂下嘴角，做出那種老套的遺憾表情，將手機放進口袋後同樣背起書包。結城的書包比我的還扁，多半是沒把寫作業會用到的教科書裝進去吧。他就是這種傢伙。不讀書、不寫作業、素行不良，會在腰間綁上意義不明的鍊子，總是無謂地在乎髮型，我還看過他的書包裡有放香菸。可是也多虧結城那種不論對誰都能爽快搭話的親人個性，大家都很喜歡他。

「好可惜耶。我請你？」

「不了不了，這樣對你很不好意思欸。等我有錢的時候再來約我啦……要再約我**餒**。」

我用結城最近喜歡講的偽關西腔回他，他頓時揚起嘴角。

「安餒喔。」他以十足愉快的話音說完，便過去其他同學那裡了。

結城前往的團體，隨著他加入之後感覺變得更為熱鬧。我很羨慕那樣的他們。

我小小嘆了口氣後步出教室，與老師和稍微交談過的同學們擦肩而過時，不知為何大家都會和我打招呼。我露出心情複雜的苦笑回應，不過沒有打算就此駐足搭話，繼續朝著與高一校舍出入口的反方向一路走去。

透過窗玻璃映射進來的陽光強烈地打在走廊地上，令人意識到夏天來了。

我喜歡夏天的味道。陽光裡有咖哩麵包的香味，下雨時會泛起石子的氣味，還有同學身上會傳來止汗劑的味道。大家會噴莓果或者香皂等等，有自己喜歡的氣味的止汗劑，所以體育課前的更衣室中總會興起一場氣味的淤塞混亂戰。

我會從那股異樣感之中，格外感受到活著的事實。連同陰鬱的梅雨季，以及梅雨季過後，彷彿要將一切燒盡的太陽光的氣焰，我全都喜歡。它們在我心尖蕩漾出一股哀愁感、一股風流的感受。

一面細細品味著夏天，我一面從東館的樓梯下樓，朝高二校舍出入口的方向前進。途中，見到一群同學年的輕音樂社的女孩子們提著不知是吉他，還是貝斯的樂器袋跑向音樂教室。我讓那副光景從眼角餘光溜過，繼續獨自走往圖書室。

在高二校舍出入口正對面的位置，目標的圖書室就靜悄悄地座落在那裡。

一拉開圖書室的拉門，一股空調的涼風登時襲來，並包覆上我的身體。在靠近入口的左手邊，有個多半是負責辦理借閱書籍手續的高年級圖書委員看到我，不過很快就把視線移回正在閱讀的書本上。

橢圓形的長桌有三張。我把書包放到最角落那張桌子，日晒最強的座位上。坐下之前，我先到座位附近的書架取出昨天讀過的兩本書。一本為戀愛短篇集，另一本是看起來飽足度很夠的長篇懸疑小說，兩本都是文庫本。幸好沒被別人借走。我將書本帶到座位上，靠著自己的書包坐下後，繼續昨天讀到的段落。

須臾過後，其他同樣為了打發時間來讀書的學生，以及文藝社的社員也陸陸續續聚集到圖書室裡，室內一點一點地熱鬧了起來。雖然是圖書室，不過沒有嚴禁私語，於是學生們天真的交談聲逕自響起。不久，輕音樂社的微弱鼓聲從稍有距離的教室傳來。棒球社開始在校園內練習，能聽見社員們的吆喝聲。

每個人，皆身處自己的世界當中。

這是進入藍濱高中就讀後的第四個月。

我曾經以為成為高中生後自然就能交到朋友。

然而時間過去得越久，我越是理解到沒有這回事。四月、五月、六月、七月，然後是即將開始的暑假，我卻連一個親近的朋友都沒能交到，日子一味地翻篇而過。偶爾班上同學會來邀我一同出去玩，可我們家是單親家庭，給的零用錢也少，不得不避免自己四處遊樂。

假使不是單親家庭的話，家境應該就會再富裕一點兒了吧。要是父親有在就好了——我又再一次討厭起他。

但凡沒有想變強的念頭存在，人類就不會有所改變。不過我沒有行動。因為我對現狀還算滿意。

像這樣放學後來到有空調的圖書室，閱讀喜歡的書籍直到離校為止，哪怕縱情於閱讀也不會惹任何人不悅，亦不會被任何人阻止。因為每個人都生活在自己的世界裡。

一邊感受著汗水緩緩滴落，一邊將學生們的歡笑聲當作背景音樂來沉浸於小說裡頭。

這就是我度過每天的方式。

小倉雪・教室

我在教室裡邊練習電吉他邊想。聽說剛開始學吉他的時候，大家會因為彈不出F和弦而受挫。可是那是陷阱。真正困難的其實是減和弦。那到底是怎樣？實在搞不懂。想出這東西的傢伙去死啦。減和弦到底是什麼鬼，是麵包的名字嗎？

「我買來囉——」

臉頰突然被冰冷的觸感碰到，有種電流竄過全身的感覺。「呼呃！」我發出愚蠢的聲音，肩膀無力地垂下去，慢慢轉過頭。

「小夜。」

「怎麼樣？彈得出來嗎？」

猜拳猜輸而跑去幫忙買可樂的小夜回來了。我收下貼在臉頰邊的可樂，冷冰冰的瓶身上都結露了。擦了擦有點溼的臉，我嘆氣出聲，「不行，完全不行。我不要練了！熱死了！」

我胡亂大叫一通，進入自暴自棄的狀態。好熱，吉他和弦又彈不順，手指好像還快抽筋了。我不行了。

教室內的冷氣不知為何風力很弱。開窗戶的話一定會有涼風吹進來，但那其實也稱不上涼爽。雖然我們想使用音樂教室，不過依規定，必須按照順序。我們輕音樂社能使用的時段是從下午五點十五分開始，別無他法才只好先在教室裡不接音箱練習。

「混亂戰的曲子，原來這麼難，我還以為抒情曲會比較簡單。」

「我也以為會很簡單。直到看了和弦譜。」

小夜悠閒地笑著坐進我前面的空位裡，接著一如往常地忽然替我拍起照來。我因為拿著吉他連YA也不能比，總之先擺了副鬼臉。

我決定加入輕音樂社的契機源於白鳥小夜這個人。小夜是我國中就認識的朋友，她一上高中馬上就剪了短髮、開始化妝，達成小小的改頭換面。雖然還想戴耳環、染棕髮，不過做到那種程度的話會被其他人保持距離相處，似乎因此克制住了衝動。

在參觀社團活動的時候，她告訴我「說到高中就要參加輕音樂社不是嗎？」這種我沒聽過的神祕文化，於是我便被她半強制性地加入了輕音樂社。但嘗試加入以後我才發現，儘管我還沒把吉他練起來，但這就是最好的選擇。

我本來就打算像春一樣創作出能感動他人的東西。起先，我也考慮過加入文藝社寫小說看看，但仔仔細細地考慮過後，《尋找母親》是第一本我有讀到最後的小說，我的國文成績又低，所以馬上就領悟到自己不適合這條路。換作音樂的話，我很常邊唱歌邊泡澡，繼姊也常在車上播放喜歡的歌手的歌，和我在上學的路上一起熱唱，所以要論自己熟悉的事物，還是輕音樂社比較適合我。

我很快就決定要靠自己的歌來感動他人。

使我感受到命運性的關鍵還有一項，就是我們家裡有吉他。

繼母去世後，我們辦理了許多手續，在整理繼母的遺物與儲藏室時發現了它。繼母房間的壁櫥裡擺了一把黑色吉他，是Stratocaster（註4）。上面堆滿灰塵，弦也明顯生鏽了，我不禁對它產生興趣。可是我一告訴繼姊想要那把吉他，卻得到一臉古怪的神色。最終繼姊雖然沒說什麼，不過我在想，或許這把吉他不是繼母的東西，而是父親的？我沒看過繼母彈吉他的樣子。說不定是出於對父親的回憶，才只留下了這樣東西吧。

總之我用這把吉他，每天練習到心力交瘁的地步。如果是繼母的東西，我就

註4　由芬達樂器公司設計、製造的電吉他型號，是最熱銷也最經典的一種電吉他。

會難以狠下心來使用，但父親的東西就無所謂了。既然留給了我，就讓我盡情發揮它的價值吧。

「小和弦跟大和弦是可以彈啦……除此之外的就、就、不想練了。」

「有這麼難呀，我不懂這些。雪，妳很厲害欸。」

「是喔，畢竟妳是鼓手嘛。」

「我是鼓掌的。」

「是鼓手沒錯吧。那種打太鼓的。」

「打太鼓的是安怎呀。」

啊，偽關西腔跑出來了！我指著小夜誇張地大笑起來。

「現在是志田老師在說話嗎！」

「打太鼓的到底是安怎餒呀。」

小夜模仿志田老師模仿得亂七八糟。我忍不住噴笑出聲。說什麼安怎餒呀，那已經不是關西腔或其他方言的範疇了。

志田老師是輕音樂社的顧問，經常會講關西腔。因為年輕又容易和人打成一片，所以有不少模仿他關西腔的學生。不過志田老師的家鄉好像根本不在關西地區，只是從孩提時代就常模仿關西腔所養成的習慣罷了。他說的是偽關西腔，因此我們模仿到的也是偽關西腔，會惹關西人生氣的。

「妳們在笑什麼——」

教室的門被人喀啦喀啦地拉開，那聲沉穩的嗓音從教室入口傳了過來。是御幸。

我和小夜兩人異口同聲說：「唷。」然後一起笑了起來。

御幸儀態端正，一步步走來我們旁邊，背脊挺直得彷彿會發出什麼效果音似的。抵達我們面前後，她把背著的貝斯放下並喘了口氣，「呼——」

「沒什麼啦。啊，說錯了，是沒安怎啦。」

我胡鬧著說道，這回輪到小夜失笑。御幸一時之間摸不著頭緒，不過沒多久就發現我在模仿志田老師，於是回我，「原來是安餒喔——」

哈啊，她真可愛。

「妳剛才在練習吉他嗎？」

「對啊，但等等再繼續就好。」

「為什麼呀？」

「我要和妳們聊天。」

我讓吉他立在窗邊，自己則靠上椅子與她們兩個說起話來。休息一下、休息一下。剩下就等進到音樂教室再接上音箱練習吧。

篠澤御幸是我在輕音樂社認識的女孩子。應該說，一年級的女生也只有我們而已。正好御幸以貝斯為志願，小夜是爵士鼓，而我的志願是吉他兼主唱，於是我們這群一年級女生很自然地聚到一起，組成樂團。御幸的說話方式既從容又可愛，身高也矮，簡直就像有雙大眼的小動物一樣。我當初直覺地想和這個女孩子說話，所以就主動和她搭話了。

小夜也和御幸一拍即合，兩個人似乎都喜歡混亂戰這個樂團，馬上就成為了朋友。即使不組成樂團，我們三個大概還是會變成好朋友吧。

下午五點十五分，老樣子輪到我們使用音樂教室。我們每天的日常是在這個時間之前，御幸會先來到我和小夜所在的D班一起愉快地有說有笑。我們會聊喜歡的歌手、喜歡的老師、最近發生的事、家裡發生的事、班上發生的事。

「御幸很幸運耶，班導是志田老師，絕對很有趣吧。」

小夜拿出放在包包裡的鼓棒，不自覺地一邊敲弄一邊對御幸說。御幸坐在椅子上，將下巴抵在立起的貝斯袋上，並用雙腳固定住。

「咦——但老師該生氣的時候就會生氣喔？因為平常很風趣，所以生氣時的反差反而很恐怖吧——古角老師不是比較好嗎？」

古角老師是我們的班導。是個教國文，有點胖的老師。

「古角老師帶的班好像很開心，我有時候會羨慕喔。老師很溫柔的吧？」

「會嗎？古角大叔有時候話很多，有點煩耶。雪妳覺得呢？」

「嗯？」

「妳最喜歡哪個老師？」

喜歡。一被問到這個，我就感到困惑。

嗯——我合上雙眼，卻沒有立刻浮現出人選。古角老師很溫柔，雖然不到老爺爺的年紀，但為人沉穩所以我喜歡。志田老師年輕又活潑，那種歡樂的樣子讓人覺得，要是有哥哥就會是這種感覺吧？

不過要從中選一個的話，總覺得沒有決定性的理由。

我陷入思考，考慮，考慮，再考慮。

然後總算想到了。

「那個人。」

「誰呀誰呀？」

「友田老師。」

如此說完，小夜立刻目瞪口呆地看著我。

「什——麼！」

「雪，我們在討論男老師才對吧？」

「沒關係吧，友田老師很好啊。上數學課的時候每次都很開心。」

小夜一臉無法釋懷的表情。御幸哄著她說：「算了算了。」

友田老師是B班的女班導。教數學的，語速略快的老師。
「居然會喜歡小友，有點讓人意外耶，小雪。」
「因為我喜歡數學。」
「安餒呀。」御幸難得地，主動用偽關西腔開玩笑說道。
我呵呵笑起來，回她：「就是安餒呀。」
喜歡、嗎？
她們兩個時常會討論，諸如喜歡誰啦、學長很帥啦、班上的那個人很不錯對吧，之類的戀愛話題。因為和我出身自同個國中且交情還算不錯的小夜，會趁機與御幸聊有關戀愛的話題，我才注意到自己對這方面並不怎麼積極。
同年級的學生當中，早已有好幾個人開始交往了。才剛成為高中生，周遭就以肉眼可見的速度開始出現情侶，不由得就會有種只有自己很突兀的感覺。在入學式時各自明明都還是陌生人的關係才對，交往了四個月以後，肯定就會在四下無人的地方牽手、接吻了吧？周圍的人陸續開始有交往對象，對我而言宛如理所當然一般，好像再自然不過的樣子，總覺得很不舒服。
為什麼非得和男孩子交往不可？我感受不到其中的必要性。可是周圍的人不斷成為情侶，不就好像我的腦袋才是異常的嗎？在人群中格格不入，變成掉隊的人，彷彿我身處不同的世界似的。

想必御幸和小夜也是，總有一天會和某個人交往吧？御幸的個性悠哉，感覺和會保護她的可靠男生很適合。小夜老是一副神采奕奕、朝氣勃勃的模樣，搞不好會和沉著溫柔的類型合得來。但是唯獨我完全無法想像，自己和某個人交往的樣子。

只有我落單的話，好討厭。

我忍住這些話，直到開始練習為止，一直和她們兩個聊天消磨時間。

太陽逐漸落下，氣溫下降，從窗口流瀉進來的風吹得我們很舒服。

柿沼春樹・圖書室

「春樹，時間到了喔。」

一抬起頭，映入眼簾的是古角老師坐在桌子正對面的位置，笑得一臉玄妙的表情。

我先用半個多小時把昨天讀到一半的戀愛短篇集讀完。目前長篇懸疑小說只讀到三分之一的進度，看來已經超過下午六點了。虧我正讀到第二具屍體出現，這次還是謎團更深的密室場景。

我擺出露骨的厭惡表情盯著古角老師。

老師是隔壁班的班導，似乎身兼文藝社的顧問與管理圖書室，是個戴眼鏡的胖老師。身軀龐大的緣故，乍一看好像很可怕，不過老師性格沉穩，這種反差在學生間受到歡迎，我也知道文藝社的學生會親暱地稱呼他為「古角大叔」。

「再五分鐘……」

「不行不行，大家都回去了，怎麼可能只讓你留下來哩。」

那還真是……確實是這樣沒錯。

社團活動結束的時間是下午六點。規定的正式離校時間是下午六點半，大多數的學生差不多在六點前就會收拾回家了，文藝社也一樣。走了一個人，再離開一個，最後留下來的只剩我一個。

我看向圖書室的時鐘，指針指向六點十五分。

明明還有十五分鐘不是嗎？其實我還想再抱怨的，但社團活動要是超過六點半，顧問老師好像就會被學務主任罵。不能給古角老師添麻煩，我只好不情願地將書放回書架上。

「好了，我們一起走到門口吧。」

「好。」

我有氣無力地回話，古角老師邊說著「嘿咻」，邊提起他笨重的身體，朝圖書室的出口走去。我也背上之前拿來當靠背的書包，把椅子歸位後，跟在古角老師身後走出圖書室。

「今天讀了幾本書啊？」

鎖上圖書室的門後，古角老師晃著他的大肚子，往高一校舍的出入口方向邁開腳步。

「零點八本。」

「零點八？」

「半本，和三分之一。」

「哦，原來如此。哈哈。」老師笑了。

我每天都去圖書室報到，讀書讀到離校時間為止，自然會被老師記住。在圖書室裡留到最後一刻，再被前來鎖門的古角老師帶著走出一年級校舍是我每天的慣例行程。等注意到的時候，我們已經關係好到沒有說敬語的必要了。

「出現了。」

我受到老師的影響，跟著笑出來，「嘻嘻嘻。」

「什麼？」

「那個嘻嘻笑的方式。」

「怎麼了，有什麼不好嗎？」

「我不覺得討厭喔，很有趣啊。你平常都這樣笑就好了。總覺得你在其他孩子們面前表現得比較拘謹。」

「會很拘謹嗎？我沒有這種意思就是了。」

我懦懦地說道，老師旋即發出宛如犬類低鳴的「唔唔」聲。每次思考事情的時候，老師就會從喉嚨發出奇怪的聲音。與我的笑聲相同，這大概是古角老師的習慣吧。一想到他和我有親近的地方便令我開心。

「不必逞強，保持自然就好啦，就像現在一樣。我覺得現在的春樹同學比較好。」

在現在的自己被誇獎的同時，我感覺平常的自己受到了否定，不曉得該怎麼回話才好，思來想去最終給出「嘻嘻嘻」的答覆。

前往一年級出入口的途中，我們來到國文科的辦公室，也是古角老師負責教授的科目。就在我們即將經過門口之際，古角老師突地喊了一聲，「啊。」

「對了，明天啊，會進一批新書。」

「真假！呀啊！」

「嗯，午休的時候，圖書委員會把書上架。」

「會進什麼書啊？」

面對我的提問，古角老師又一次「唔唔」地沉吟，打開國文科辦公室的門便走了進去。這是要我跟著進去的意思嗎？我誠惶誠恐地走進裡面。不曉得其他老師是否也去巡視了，裡面一個人都沒有。

古角老師打開自己桌上的老舊電腦，喀噠喀噠地不知輸入了什麼以後，轉往複印機的位置移動。我緊緊跟在古角老師身後，有種變成花嘴鴨小孩的心情。機器列印出一張紙，跑出來的瞬間立刻被老師俐落地伸手取下。

「這個，是圖書室明天會進的書籍清單。好像也有近期發售的書，你就好好期待吧。」

那是張用 Excel 做成的、文字小得不易閱讀的清單。上面列了相當多本數。

「嘿，好期待明天。像這種事是誰決定的呢？」

「圖書委員會發問卷調查，老師們也會開會來決定推薦書籍喔。因為我負責管理圖書室，所以也會找機會排進一些我喜歡的書。」

「嗚哇，濫用職權。」

「隨你怎麼說吧。好了，回家吧。清單給你帶回家看，你慢慢期待。」

古角老師說著「好了好了」，將我趕出國文科辦公室。我一邊讀著那張清單，一邊被他推著後背走路。

清單裡有最近發行的漫畫和文庫本。今天讀的長篇懸疑小說續集也列在上面，看得我口水都快流出來了。原來故事還會有後續嗎？以那種劇情張力來看，作者真的好強喔。

我陷入一種類似食欲的欲望之中，明白地體認到自己真的是個書蟲。

「走路要看前面。」

「嗯——」

我繼續被古角老師推著背，朝高一的校舍出入口前進。夕陽西沉，暮色略微轉暗了些。被空調吹得發涼的肌膚逐漸暖和起來，在腋下開始稍微出汗的時候，我大叫出聲。

我的叫聲不成字句，猶如動物的吼叫；像是阿拉伯狒狒般，發出癲狂似的躁動喘息。

「怎麼回事！」古角老師小小地跳起來，像個孩子一樣嚇了一跳。倘若在平時，他會說「那個舉動是怎麼回事！」，對我又是奚落又是笑的，不過現在的他沒有那種餘裕。

我硬是扯動梗塞的喉嚨，擠出沙啞的嗓音，「什麼都沒有！」腋窩下將出未出的汗水一口氣獲得了釋放。

清單上面列出了我寫的《尋找母親》。

蟬聲於遠方震天價響。

小倉雪・放學後

「今天是妳們留到最後嗎？」

臨近離校時間，就在我打包自己的吉他時，教國文的志田老師來巡視了。他是那個個子高、頭髮短、習慣講偽關西腔的老師。小夜只要收鼓棒就好，所以已經先整理完畢，她第一個跑過去。

「志田，和我結婚吧。」

「不了，早點回去餒。」

不愧是每天碰面就被小夜展開追求的志田老師，敷衍應付的技巧不是普通厲害。我收拾好自己的東西看向御幸，她正吃力地把貝斯音箱搬到角落去。我馬上跑去和她一起搬。

「謝謝，差點就愛上妳了。」

「太單純了吧。」

我們邊貧嘴，邊將貝斯音箱一起移到音樂教室的角落。彼此都整裝完畢後，便聚集到志田老師的身邊。

「吶志田，我們三個要去夏季廟會喔，志田你也一起來嘛。」

靠近那兩人的時候，傳進耳裡的對話內容令我啞口無言。等等，小夜，妳在說什麼啊？和老師一起肯定是不行的吧？

然而御幸出人意料地，用她通透的嗓音附和：「不錯耶～」

她真的這樣覺得嗎？我戰戰兢兢地看往志田老師。

「在說什麼啊，老師怎麼能夠一起去。和學生一起出去玩可是會挨罵的，別小看老師了。」

如此這般，我們想當然地挨罵了。確實是這樣沒錯，真的對老師很抱歉。不過雖然志田老師嘴上這樣說，卻沒真的表現出生氣的樣子，而是一副笑嘻嘻的表情。

「咦～一起去嘛。四個人去玩比較好玩呀。對吧？雪。」

「咦，啊，這個……」

比較好玩、嗎？我不懂。

「有我跟著去，妳們才沒辦法好好玩吧？妳們三個自己去留下回憶就好。」

「好吧……」

「光是我沒禁止妳們在監護人未陪同的情況下出遊，就要好好感謝我了。」志田老師如此說著，輕輕敲了小夜的頭。他們在互相打鬧。

「好了，回去吧。」

小夜把志田老師的話聽進去後，我們才走出音樂教室。最先出來的是我，而最後離開的志田老師將電燈關掉後，鎖上音樂教室的門。

「其實我們本來想拜託小雪的姊姊陪我們去的說。」御幸背著貝斯熟練地穿上室內鞋，同時從容地說道。卻想不到志田老師對我產生了興趣。

「雪，原來妳有姊姊嗎？」

鮮少會被志田老師搭話的關係，我有些嚇到而停下腳步。等志田老師穿上鞋子走到旁邊後，我才接下去說：「是的，雖然沒有血緣關係就是了。現在我們兩個一起生活。」

「沒有血緣關係？這樣啊……」

霎時老師面露擔心地望著我。啊，又來了嗎？我已經習慣這種眼神了。覺得父母是再婚很稀奇而探問的人、默不作聲替我擔心的人、溫柔待我的同時卻在背地裡說閒話的人，有各式各樣的人會朝我投以好奇的目光。

經過四個月的時間，我對這些早已習慣了。

我感到意外，以為這件事已經傳開來了，原來我沒和志田老師說過嗎？不過他畢竟是別班的老師，而且開學到現在才過去四個月而已，老師沒有全盤了解學生的狀況也很正常。

我走在志田老師身側，於是很自然地，變成了御幸和小夜帶頭走，我和志田老師落在後面並排而行。這還真是少見。我們在輕音樂社留到最後的時候，通常都會是小夜和志田老師一起，御幸與我一起邊聊邊走到校舍門口。

「說是想拜託，實際上也已經拜託過，可是被姊姊拒絕了。她說討厭人多的地方，一個人在家裡喝酒還比較好。」

「妳姊姊很有趣，她會發酒瘋嗎？」

「沒有，她不至於會那樣，我想討厭人群才是主要的理由吧。我家姊姊是室內派的。」

「是喔，不過兩個人一起生活很了不起。」

「老師在打她的主意嗎？」

「啊？」

「沒事，只是因為一直問有關她的問題，感覺有點奇妙，忍不住想說老師是在打我家姊姊的主意嗎？」

「哪有可能啊！為什麼每個女高中生都這個樣子，凡事總要跟戀愛扯上關係啊。」志田老師激動地否認。

哦，難得我和志田老師意見一致。我對戀愛話題同樣不太感興趣，但覺得好像能趁這個機會和沒怎麼說過話的志田老師關係變好，於是我故意壞心眼地賊笑，「嘿，真的嗎？」

說起來志田老師是幾歲來著？印象中是二十五歲左右的樣子。和繼姊是同個年代的人吧。要是繼姊和志田老師交往然後結婚的話……想到這裡我便感覺一陣頭暈目眩。不會的，不可能不可能。話說如果變成這樣的話，我要怎麼稱呼志田老師才好？哥哥？叔叔？

「志田老師，請問你想被怎麼稱呼？叫哥哥比較好嗎？」

我向志田老師提出認真的疑問。

然而志田老師只是輕輕敲了我的頭一下。

志田老師送我們到高一校舍的出入口。

我們三個感情良好地一同走出校舍，朝學校附近的超商走去。我總是和繼姊在那裡會合，而這兩人會陪我一起等到繼姊過來。

「好想快點去夏季廟會喔。」御幸在超商裡邊吃冰邊說。

我和小夜也咬了口我們一起買的冰。

「啊，這麼說起來，我在想要不要穿浴衣過去。」

我不知怎麼地提起了這件事，小夜頓時做出誇張的反應，「咦！」

「真的嗎！我想看！好棒喔！妳居然有浴衣嗎！」

「嗯，是我媽媽的東西。」

一聽見我這麼說，小夜便回以笑容，「這樣啊！」但她微微地垂下了頭。御幸同樣稍微垂下目光。啊，對了，現在講的是那種話題。我還沒習慣這種感覺。

單親家庭其實意外的多，所以國中時如此表明也不會被另眼相待，於是我以同樣的做法，在與她們兩個剛成為好朋友時，道出自己的父親與繼母均已不在，現在和繼姊兩人共同生活的事，不過感覺氣氛馬上就變尷尬了。

當時的景象我還記得，她們臉上出現的是種既不肯定亦不否定，雖然不覺得是件稀奇的事，卻不曉得觸及這個話題究竟好還是不好的表情。我所處的環境，大約就是這樣的程度。這四個月的生活意外地並不困苦，可似乎也不是什麼可以開朗地分享出來的事。

至今以來我一直在做察言觀色這件事，因此是我擅長的領域。為了讓她們兩個比較好接話，我主動繼續說：「好像是紫色的，有繡球花圖案的款式。姊姊說會幫我穿。」

「這樣啊。在夏季廟會穿浴衣，超級青春。」

御幸立刻加入話題給予回應，讓我鬆了口氣。小夜也察覺到這點，很快就恢復成平常的笑臉。

「啊，等一下，我可能也有浴衣喔。不過是國中時買的便宜貨就是了。」

小夜這麼說，我便像她剛剛那樣故意做出浮誇反應來回敬她，「真的嗎！小夜也要一起穿去嗎？」

「小雪和小夜都好詐喔。太狡猾了。我沒有浴衣耶！等等，那個用壓歲錢買得到嗎？」

「欸，不曉得耶……小夜麻煩妳了。」

「好唷好唷。」

不知是否因為小夜從國中時就有手機的緣故，對於網路的使用非常得心應手。有什麼不懂的事只要問她就會幫忙查。雖說由自己來查也可以，不過小夜自己也覺得這樣沒問題。

「啊，這個，很可愛耶，五千日元左右就買得到了喔。啊，但一萬日元的也好可愛。」

哪個哪個？我們查看小夜打開的頁面，是在知名的購物網站上搜尋女性用浴衣所得出的結果。啊，粉色花朵圖案的衣服好可愛。雖然和我不搭，但應該很適合御幸吧。

「意外地好像買得起！我要用壓歲錢買！」御幸看到價格叫了出來。

接下來我們三個便為了哪件浴衣適合御幸展開熱烈的討論。差不多是在我們跳到男裝的頁面，想著要不乾脆試試看甚平（註5）之類的衣服時，繼姊開車來了。

因為每天放學都會碰面，所以繼姊已經不再特別向她們兩個一一打招呼。

「啊，來了。那就跟妳們拜拜囉！再見。」對話正好結束到一個段落，我朝兩人揮手道別。

「下次就穿甚平見面吧。」小夜捉弄御幸說道。

御幸則大叫：「我絕對不穿！」

我笑著坐進繼姊汽車的後座。

「辛苦妳了。」

「辛苦了。今天過得開心嗎？」繼姊道出慣常的臺詞，隨後發動汽車出發。車子裡的冷氣吹出沁涼的風好舒服。

「嗯，很開心。姊姊妳記得志田老師嗎？」

「志田老師？」

繼姊重複一遍我說的話。我將吉他立在一旁，邊繫安全帶邊說：「輕音樂社的顧問，也是御幸的班導師。就是那個年輕的老師呀。」

「啊，想起來了。志田老師。怎麼了嗎？」

註5　是一種和服便服，於現代通常為男性或是兒童在夏天所穿著的家居服。

「妳覺得怎樣？」

「啊？」繼姊理所當然地摸不著頭緒回答。

我透過後照鏡窺看繼姊的表情，只見到一臉張大嘴巴的呆愣模樣。

「我告訴志田老師我有姊姊唷，感覺聽到之後他就開始聊得很起勁。」

「是喔……他說了什麼嗎？」

「也沒什麼，只說我們兩個人一起生活很了不起。」

「那個不是對我說的，而是對小雪妳說的才對吧？」

好像確實是這樣沒錯。我仰靠上後座，大大地打了一個呵欠。

「我覺得他是個好人喔。」

「咦？」

就在我擦掉眼角分泌出的淚水時，繼姊冷不防說道：「感覺是個很棒的老師呀。」

哎呀？我姑且答腔了一下，「嗯——」之後就竊笑個不停。

感覺上，大家都有喜歡的事物，很好耶。

與其說有喜歡的事物，倒不如說，可以對自己喜歡的事物好好地說出喜歡，這樣的感覺很好。

總覺得，有點狡猾。

柿沼春樹・圖書室

「那麼各位，明天見！」

大家依照班導友田老師發出的口令行下課禮，有確實彎腰深深鞠躬的同學，自然也有淺淺頷首便充作一回事的傢伙。這當中唯有我沒低下頭，把牙齒咬得咯咯作響的同時只顧著擺出預備動作。

等到一有人要離開座位的瞬間，我早已拿起事先備在旁邊的背包，朝教室門拔腿奔去。

「啊，春樹——」坐在靠近門邊的結城叫住我。

對了，我們約好要去玩。汗水好像快滴進眼睛裡了。

「抱歉！」

我輕輕閉上眼睛，說完便跑出教室，說話發出的聲音比預想中還大聲，害結城嚇了一跳。向來不太會做出顯眼舉動的我表現出慌慌張張的樣子，因此好幾個學生都往我看了過來。

一出教室門，我決定全力衝刺。過去我好像從來不曾覺得通往圖書室的走廊有這麼長，我也沒這麼認真跑過體育課的一千五百公尺測驗，然而即使做到這種程度，這條路感覺依然比往常還要遙遠。

儘管我喜歡活動身體，但還不到每天都積極運動的程度，身體機能簡單地就衰退了。呼吸很快上氣不接下氣，汗水狂冒出來，全身都感覺很不舒服，可是不能停下腳步。

不快點、不快點去不行。快點，要快！

今天中午，我嘗試去了一趟圖書室，和預想的一樣，由於圖書委員要替換架上書籍的作業，所以無法進入。我像個可疑人物在圖書室前面來回經過好幾次，作業卻始終沒有要結束的跡象。如此就只能等放學後再趕過來了。

我要找出《尋找母親》這本書，然後丟掉它。絕對不想被學校的人知道自己有出小說。好丟臉。我已經決定只出這一次書了。即使可能會被訓斥，只要出書的事不會曝光就好。

好不容易抵達圖書室，我拉開木造拉門進去。太好了，我這麼趕著來，要是門鎖著就沒意義了。友田老師是個會早早結束班會的人實在幫了大忙。雖然因為她語速快，有時會聽不懂在說什麼，不過我今天第一次對她那種急性子的個性產生了好感。

身體反射性移動到自己每次會坐的那個座位，我粗暴地把背包扔到桌子上，便直接往新進圖書的區域走去。圖書室的新進書籍會先集中擺在這一區，《尋找母親》應該也會在才對。

原以為是這樣，可我到處都沒找到。桃色書脊的設計很有識別性，應該很快就能找到才對，我卻沒看到，是放到其他書架上了嗎？要從這種數量的書海當中找出那唯一的一本書嗎？認真的？我一時煩惱是否要放棄，可是都來了，也只能找了，我從書架尾端開始尋找。

古角老師說過，這次新書的數量比往常還多，所以要趁這個機會整理。仔細看的話，昨天讀過的懸疑小說文庫本同樣不在架上，再加上，原本被亂放的輕小說系列已被整頓得井然有序，看樣子是出動了所有圖書委員來替換大部分的書籍。

我發現連同讀到一半的書一起不知所蹤，心頭頓時升起一股焦躁感。

「尋找母親……尋找母親……尋找母親……尋找……尋找……尋找……」

我一邊找書，一邊抹開因狂奔而流出的汗水與變長的瀏海，不過在第一座書架上沒有發現。就在我來到第二座書架前面時，一名擔任圖書委員的男學生來了。對方瞧見比任何人都要早到的我當場嚇了一跳，不過我們彼此既不認識，也沒什麼特別的關係，所以他就像平常那般坐進櫃檯裡，也就是負責管理借閱書的電腦前面。一般的學生們也差不多要過來了。

我急忙查看第二座書架。從邊緣掃視而過，沒有看到類似的桃色書脊。在這段期間，陸陸續續出現了其他來圖書室打發時間的學生們。一個人，接著又增加一個人，學生們的談天聲逐漸可聞。今天似乎是吹奏樂社練習的日子，能聽見音樂教室傳來銅管樂器的聲響。

接著我查看了最後的書架。

平日放學後的風景，就這樣緩慢地追上了我。

「……沒有。」

沒有。沒有。沒有。沒有？

被人借走了？不對，午休時圖書委員在更替書籍，照理說大家都無法借書才對，至於放學後我是最先過來的，哪怕會嚇到人，我也從剛才就逐一觀察過那些想抽出架上書本的普通學生，因此借走我的書的人，恐怕並不在場。

我深深長嘆出氣之後一屁股坐到椅子上。緊張感倏地消退，同時有更多汗水淋漓而下。我靠到椅背上。

腦袋依然什麼也無法思考，我仰起頭再次嘆息。這副模樣被幾個學生投以異樣的眼光，不過他們很快便專注回自己手邊的事。

沒有。沒有《尋找母親》這本書。

我好失望。搞什麼嘛，明明就沒有啊。這算什麼。早知道這樣就不用跑來。

唉，我對結城的態度好惡劣。這下子我又要變得格格不入了。

去和古角老師確認吧。只是我要先緩一下，先讓我休息一下。

我沒有和別人說話，只是在內心嘀咕。

現在呈現在眼前的，已經完全是平常放學後會有的景象了：一臉倦怠地受理業務的圖書委員，或是坐在椅子上、站著讀書的學生們，還有棒球社員從球場上傳來長跑訓練的吆喝聲。

我像個笨蛋一樣，這樣拚死拚活的。既然會這麼後悔，當初就不該寫什麼小說才對，在意成這副德行，還跑去看了網路上的評論。我的年紀好像也成為了焦點，感覺有夠羞恥。「這句臺詞很好」、「最後的結局走向很好」等等，小說的許多部分都受到了讚揚，被人讚揚著、讚揚著，每一次受到讚揚的時候，我就莫名地覺得自己很醜陋。

不過，也不盡然只有讚賞的評語，當然也存在少部分的負評。

「該死。」

我的焦躁到達沸點化成咒罵，如泡泡衝破水面般脫口而出。要是沒有父親，我就不會煩惱、被束縛到這種地步了。在腦海裡將想法化成言語時，我才終於察覺到一件事——

被束縛，是嗎？原來，我被束縛住了嗎？

我畏懼一個從未見過臉孔的男人的陰影，嘶吼著自己不想成為醜陋的人。

「優香辛苦妳了！」

陡然間，不知從哪裡傳來一道奇妙的高亢嗓音，意外將我拉回現實世界。我沒有轉頭，僅憑目光瞥往入口的方向。是正在和櫃檯的圖書委員說話的女學生。我記得對方是文藝社的社員。她的室內鞋是藍色的圖案，和我一樣是高一嗎？

我不由自主地繼續觀看兩人的互動。看著愉快談天的她們，我便感慨起來。唉，要是我和結城，和其他同學也能那樣說話就好了。

從國中時期便是如此。我需要時間思考，沒辦法立刻就說話反應，不曉得是否因此給人沉默寡言的印象，無論是誰都會和我保持一點兒距離。即便沒有遭受霸凌，但如果我像那個女學生一樣，是個可以愉快交談的人，應該就能和更多不同的人相處得更好了吧？

「謝謝妳——」

「不會不會。」

那兩人相談甚歡。來到圖書室的女學生深深鞠了一個躬，而被喚作優香的圖書委員，從桌子抽屜裡取出一本書，遞給了女學生。對方開心地將之接——

「嗯！」

見到那副光景的剎那，聲音衝動地從我腹部發出來，但閉著嘴巴的緣故，導致那聽上去像是某種呻吟聲。我的身體同樣反射性做出動作，膝蓋因而撞到了桌子。比起呻吟聲，膝蓋撞到的動靜更大，圖書室裡的所有人全部朝我看了過來。那名女學生當然也是。

方才流過的汗還未乾，頓時又有新一層汗珠泌出皮膚表層。圖書委員遞給女學生的那本書，正好就是我的那本《尋找母親》。

女學生與圖書委員紛紛以驚恐的表情看向我。

「抱、抱歉。」我倉皇失措地站起身，總之先說了這句話。儘管連自己也沒搞清楚有什麼好抱歉的，不過憑著這一句，女學生似乎察覺到我有事找她，一臉擔心地跑過來。

一股柑橘味的止汗劑撲鼻而來。

「沒、沒事嗎？怎麼了？」

「那本書，那個……」

「書？」

啊，又來了，煩死了！考慮過再開口啦我！

希望妳能把那本書還給我。還給我——說起來這是學校的東西，但它是我寫的書，不對，這種事現在怎樣都好啦。

該怎麼辦？要說什麼才好？老實揭露自己的真正身分是不可能的——對了。

我小心翼翼地說：「其實我也、想借那本書。」

我盡量以自然的態度說話，卻不小心讓老毛病發作，在語尾加上令人發毛、討好式的「嘻嘻嘻」笑聲。直到這時，我才堅定了要改正自己毛病的決心。

從客觀角度來看，這樣絕對很噁心。

好想逃跑。好想逃跑。好想逃跑。

腦袋裡變得一片空白，但出人意料的是，眼前的女學生兩眼綻放光芒，發出驚訝的聲音，「咦——真的？我也一直好想看這本書！好巧。咦？真的嗎？」

不知為何好像令對方產生了好感，我在內心擺出握拳歡呼的姿勢。

「我之前就很想看了。非常想看。」

「我也是。因為沒有零用錢買不起，所以就試著和優香……那個，和當圖書委員的人說說看，結果學校就採購了。」

提出採購申請的人，原來是妳啊。

眼前的人是我的粉絲，感覺有點難為情。想要自己作品的人竟然存在於現實，不是網路深處那些連臉都看不到的人們的聲音，而是真正的人。

不過對方看上去不像是會讀書的女生，雖然是偏見就是了。我從見到她的第一眼就覺得對方是個不良少女。化了淡妝、頭髮帶點棕色、制服穿法不合規定，耳朵甚至還打耳洞、戴耳環。雖說我們的校風自由，但打扮到這種程度還是會挨罵的吧。

我從對方身上感覺到和結城有些雷同的氣質。

「那個……」

「我叫、春樹。」

「春樹你——」

直接叫我名字？

「怎麼會曉得這本書的？」

「透過網路知道的。一個叫諾貝爾的小說網站。」

「我也是！我也是在諾貝爾上找到的！我從剛投稿的時候就一直在關注了。」

咦——好高興，居然在這麼近的地方就有同伴。」

同伴。被這麼稱呼不知怎麼的，有一點兒心癢。能感覺到我的腋下瘋狂噴出汗水。

「啊——但是，這本書，只有一本對吧……」女學生一臉遺憾地望向手中拿著的書。

就是現在。趁現在強硬起來，設法讓她把小說讓給我吧，然後，把這本書拿去焚化爐燒掉吧。接下來低調地度過今後的高中生活，再也不要和這名女學生扯上關係吧。我要在陰暗處靜悄悄地活下去。

要不退學好了，去向媽媽下跪拜託，讓我轉學到某個遙遠的學校。已經沒辦法了，結束了，再見了，古角老師。再見了，總是向我搭話的結城。

下定決心離開這裡遠走高飛後，正當我準備開口時——

「那不然——」冷不防地，女學生早我一步開口說話。我原本打算說話的節奏被人打亂，從嘴裡發出的聲音登時轉成小小聲的「哈呃嗯」。她聽了邊笑邊繼續說：「一起看吧，你和我一起。」

我唯有沉默一途。

「哦？」

下午六點，來圖書室巡視的古角老師注意到我們的瞬間，當場發出那種呆愣的聲音。我稍微抬眼看向老師，只見他露出和平常一樣的愜意表情；雖然是平常的那副表情，卻給人一種在嘲弄人的感覺，令我有點火大。

旁邊的那名女學生無視古角老師的聲音，依舊集中注意力在書本上。那已經是將滿腔的熱忱灌注到書本上的程度了。

結果，最後演變成我和她，一起閱讀我所寫的書。

當初她提議時，我曾短暫地猶豫了一下，不過進一步思考後，我便領悟到這是最好的辦法。用不著把書燒掉，亦不用避開這名女學生，只要在這裡快點讀完書，讓她得到滿足就行了。

只需要花一天的時間就能讓事情迎刃而解，我只要忍耐今天一天就好。我做好了覺悟，可是事到如今才發現我錯了。

要打比方形容她的話，就像是蝸牛一樣。那種緩慢地、悠哉地挪動視線的方式，儼然像是蝸牛的爬行。讀書會時而點頭，時而發出「嘿——」或「嗚哇」一類的聲音。讀完打開的左右兩頁就會對我恭敬地表示：「麻煩你了。」

而坐在左側的我，便只好用因為緊張而汗涔涔的手緩緩翻開下一頁。她讀一頁所需的時間應該是兩到三分鐘左右，但不知是不是這種奇異的距離感的緣故，抑或是氣氛使然，體感上讀完左右兩頁之於我，有十分鐘那麼漫長。

我的小說自己重讀過一次——不如說是好幾次才對。重讀了好幾次、做修正，連同每一個標點符號都反覆斟酌過好幾遍。因為這樣，我幾乎全程都處於等她讀完的狀態。

回過神來才發現我喉嚨好渴。喉嚨深處黏黏的，我擔心自己的呼吸有沒有發臭。

「你們好。」

古角老師賊賊笑著，坐進我和女學生的對面座位。到了這一刻，女學生才總算抬起頭。

「古角老師。」她的臉色一下子開朗起來，緊接著慌忙朝掛在圖書室牆上的時鐘看過去，「咦，啊，糟了，都這個時間了，我沒發現。」

她的話音方落，古角老師旋即呵呵笑著看我，似乎想要我說明一下發生了什麼，然而我想不出能夠一句話交代清楚的好說詞。

「古角老師，您辛苦了。」總之我先禮貌地打招呼。聽聞我鮮少使用的敬語，古角老師賊笑得更起勁了。有什麼好笑的啦。

「抱歉，春樹，讓你陪著我。」

「啊，不會，嗯。沒關係、的喔。」

「也對古角老師您不好意思。我們現在就回去。」

「不用這麼著急。」

女學生開始準備收拾回家，然而她很自然地就把《尋找母親》一起收進書包裡。我愣了一下才想到這是當然的，畢竟是她借的書。

我心癢難耐，一臉窘迫地望著她的書包，女學生察覺到後莞爾，「我不會先讀的啦。」

我的汗水流淌而下。呼吸好艱難。

直到我們走出高一的校舍門口時，古角老師始終賊兮兮地笑著。讓人有夠火大。

想著會在這邊道別吧，我便慢慢穿上鞋子，她卻沒有先離開，而是理所當然地等我。看來多半會變成一起放學的局面，我焦慮地站起來。

回頭和古角老師揮手再見之後，我便隨同女學生繼續往前走。

先開話題的人是她。

「春樹你是B班對吧。」

為什麼她會知道？

打算問話時才想到，我還沒有問過她的名字。明明相處了約有一個半小時的時間，竟然連名字也不曉得。

「穗花。」

對方察覺到這一點，主動告訴了我她的名字。

「或者叫我小穗也可以喔。」

「小穗？」

好親暱的叫法。

「班上的大家都這樣叫我的。」

「給人明亮的感覺。」

「是明亮的感覺唷。」

唷。她這麼說著，同時撫上自己那頭摻雜了少許棕色的長髮做出誇張的反應。隱約有香水的氣味飄來。我馬上認定她是和我完全相反的人。

我與穗花同學一起穿過學校正門，彼此沒有告訴對方自己要往哪裡走，卻一起朝著同一個方向前進，無形中便走在了一塊。

「你每次都在看書對吧？」

穗花同學突然的發言讓我心頭一驚。雖然沒有覺得她在觀察我，不過其實這種事只要動動腦袋便能反應過來，因為我也一樣，在看到她的當下，就有感覺她是常待在圖書館的文藝社的成員之一。每天眼角餘光都會掃過的話，自然會有印象。

「對啊。」

「你很喜歡書耶。」

「是不討厭。」

我一這麼說，穗花同學立刻默不作聲。怎麼了嗎？我轉頭看向她，出現在眼前的是一張目瞪口呆的表情。

「怎麼了？」

「老實說喜歡不就好了，你好怪喔。」

我陷入沉默。

高年級的學生騎著腳踏車，從後方沿著車道經過我們旁邊。我忍不住在意起那些經過的學生，希望當中沒有班上的同學。總覺得，被看到的話會很糗。

「春。」

咦？我下意識往穗花同學那邊看過去。

「和春樹的名字很像耶，真好。」

啊……嚇了我一跳。還以為被她發現是我了。

「對啊，總覺得有種命運的感覺。」

說什麼命運感，那根本就是我自己。

「春樹你已經在諾貝爾上全部看完了嗎？」

「嗯，看完了喔。」

「我也是！可是呀，感覺在小說實際出書以後，拿到手上，感受著它的質與量時，會有一種超級感動的心情對吧？內容好像也被大幅修改過了，和在螢幕上讀到的完全不同。」她忽然語調高亢地侃侃而談起來，「我以前喜歡的都是科幻小說啦、愛情喜劇之類，那種容易理解的劇情，該說是可以快速瀏覽過去嗎……不過《尋找母親》這部作品，裡面的每一句話、每一個字，可以說是很有深度嗎？有種被深深吸引住的感覺吧。當初因為是排行榜第一名，看到就隨意讀了一下，然後就對它印象非常深刻。」

看著雙眼綻放光彩說話的穗花同學，逐漸讓我難為情起來。想不到在這麼近的地方會有粉絲存在。世界分明是那麼寬廣，卻在同一所高中的同個學年中，存在著讀過自己作品的人。

我一面小心著不暴露出自己的心癢難搔，一面適時附和她。

實際出書以後，拿到手上，感受著書的質與量。我同樣無法忘懷那份感動。縱使我沒有像她那樣表現出來，可是在國中畢業典禮那天買下自己的書本時，我應該也有一樣的感受才對。

「好意外喔。」

「意外？」

「因為穗花同學，感覺不像會喜歡書的樣子……」

「我看很多書喔，是宅宅喔。也會看輕小說，翻譯文學之類的也有在看喔。像是沒有和人約出去玩的日子，我就會一直在泡在諾貝爾上找書來看。另外我也有在畫漫畫。」

「漫畫！真的嗎？」

「嗯，我喜歡畫畫。但技術完全不到家啦，只是興趣而已。不過等到秋天，我想試著投稿給雜誌看看——」

「這樣、啊。」

「嗯，哎呀，其實我之前就有點想和你說說話了，想說既然你每天都那樣讀書的話，加入文藝社不是很好嗎？」

我也曾經短暫地考慮過加入文藝社的事。我想起早春時社團介紹活動上，有個像社長的人正在邀請新人入社。文化祭時，文藝社也會展示各個社員的詩與小說，當中亦有漫畫等等作品，似乎還有人報名參加縣政府舉辦的詩歌比賽。

我認為決定封筆的自己與文藝社無緣，所以沒有入社，不過在圖書室每天都會旁觀到他們的活動。不同的人聚集到圖書室裡，隨心所欲地畫漫畫或寫文章，也有單純將社團當作同好集會所的學生，看上去像是個活動悠閒的社團。

這麼說起來，穗花同學平常確實有在畫什麼東西的樣子，到了接近古角老師來巡視的離校時間就會給他看。原來那是漫畫嗎？

「加入文藝社的話，是不是就非得創作出什麼成品才行嗎？」

「沒這回事喔。蹺掉社團的學長姊大有人在，也有只想看書的學長姊。之前問過古角老師，一定要創作出作品在文化祭上展示嗎？但老師的意思好像是，總之有待在文藝社就可以了喔。」

「是喔。」

我邊往前走邊愣愣地給出回應，穗花同學扭頭湊過來觀察我。她賊賊地笑著，露出和先前的古角老師相似的表情，「你不加入文藝社嗎？」

「咦？」

音節從我的喉間洩漏出來。我趕緊思考回絕的理由，然而「一定要交出作品感覺很麻煩」這個說詞在剛才已經被否定了。

就在我苦惱著如何回答時，穗花同學繼續說了下去，「我覺得春樹絕對也喜歡寫小說的吧。肯定就像春那樣——」

「我不喜歡。」我打斷穗花同學的話立刻說道。

說出口了。第一次將那句話說出口，說我討厭寫小說。我急忙查看她的樣子，感覺應該要辯解些什麼才好。

可是她連一絲不悅的神色也沒表現出來，僅用著與先前別無二致的表情回答：「是喔——」

不小心掃了她的興致。我恍惚地說：「抱歉。」

「咦，什麼事？」

「我應該要說喜歡比較好吧。」

「咦？為什麼？沒關係呀。」她馬上揚起微笑，彷彿要安慰我似的，「喜歡的時候就說喜歡，討厭就說討厭，這樣不就好了嗎？」

我說不出話來。

「因為喜歡某樣事物的心情不可能永遠長存嘛。像我也有討厭的小說類別，還有漫畫畫得不順利時，也常常會折斷鉛筆。」

「折、折斷？」

「但只要在快樂的時候享受那份快樂，不就好了嗎？你看書的時候很快樂吧？我很快樂喔。今天和春樹一起看書，非常的快樂喔。」

至此我才終於抬起臉。

不知何時她走到了我的前面，回過頭的她在笑。陽光形成陰影，那對因為化妝而無謂放大的雙眼，正捕捉著我。一種被刺穿的感覺在胸口馳騁，熱度支配了全身，好想把體內的內臟悉數替換掉。

我也很快樂，這句話幾乎就要脫口而出。

讀著自己所寫的書，那些既已存在於腦袋裡的內容，因為她緩慢的閱讀速度，時間感覺起來彷彿永恆。我有了這種感受。

見到她或笑、或吃驚的表情，便湧現開心的心情。和某個人共享心情的感覺，好開心。她的一切反應，都令我十分開心。

穗花同學滿足地咧嘴而笑。

公車正好來了。啊，對了，我們是為了等公車才會停下腳步。

「明天再一起讀吧。」

我一時驚慌失措。道別，要說道別的臺詞——

「明天再一起！」

我不自然地大聲喊道，她聽見了，身影消失進公車之中。接在空氣制動器

「咻——」地響起之後，是金屬的氣味撲鼻而來，公車徐徐駛上鄉間道路。

我留在原地一會兒，感覺眼睛深處一陣發熱。須臾後我重新邁出腳步。陽光散發出咖哩麵包的味道。

喜歡的時候就說喜歡，討厭就說討厭。

這是何等便利的話語。

「你回來啦。」

約莫步行三十分鐘左右，我抵達自家的公寓大樓時，媽媽已經結束兼職在煮飯了。我故意閉上眼走到客廳，猛然大吸一口氣，發出吸鼻子的聲音後緊接著大叫：「咖哩！」

根據家中洋溢的氣味，我道出浮現在腦海裡的料理名稱並睜開雙眼。隨後媽媽打響指，露出狡猾的笑容，指著我說：「可惜！是咖哩漢堡排。」

明明她的表情好像我答對了似的，但居然猜錯了嗎？不過那算答對一半吧。

我走去盥洗室，脫下汗溼的制服與襪子，粗魯地丟進洗衣機內按下開關，只穿著一件內褲就經過廚房往自己房間走去。媽媽說著「討厭」的聲音傳進我耳中，我隨興地換上昨天穿過的居家服。

回到客廳後，我用腳拇指按下電風扇的開關，讓電風扇固定對著自己吹，並來到我平常的位置坐下。

「再十五分鐘。」

「需要幫忙嗎？」

「不用喔。你看這個。」

驀地，媽媽發出「登、登愣！」的效果音，彷彿在模仿某個知名動漫角色似的，從圍裙口袋裡取出一疊紙張。

「咦，天啊，什麼東西？」

「粉、絲——信……」

她用奇怪的方式放慢速度說，接著做出遞信的動作。有別於母親嬉皮笑臉的表情，我的心跳正猛烈躁動著。

大量的粉、絲——信……可能是九重先生送來以後被母親收集起來，所以才用橡皮筋綁成了一捆吧。

「等等記得打給九重先生道謝唷。」

媽媽的說話聲難得聽起來很遙遠。感覺，自己背負了沉重的責任。身體縮了起來。寒意陡然竄升。

其實我今天處於一種想獨處的心情。想獨處得無可奈何。實在發生太多事了。我想讓情緒沉澱下來，可是不看不行。稍作喘息之後，我取下捆住信的橡皮筋，用手指比出手槍的姿勢，將橡皮圈隨意彈飛。
我拆開第一封粉絲信的信封。
放在裡面的信紙整齊摺疊，信上文章漂亮得不可思議，字跡寫得比我還秀麗。信裡說：『文章非常棒，無法想像出自與我同齡的人手筆。』不不不，字寫得比我漂亮的人在說什麼啊？我像這般一邊在心裡惡劣地吐槽，一邊打開下一封信。
這封寫的是：『主人公和我有相同的遭遇所以很能共鳴。』哈哈。
第三封、第四封、第五封……全部寫滿了對於我小說的愛慕之情。甚至不僅是小說，也有對於我本身的表白。
「你好像很高興。」媽媽如此說著，將咖哩漢堡排端放到餐桌上。
我將重要的粉絲信收成一疊放到角落。
媽媽說了聲「嘿咻」坐到椅子上，而後盯著我看。喔，好啦好啦。我合起雙手。
「「我開動了。」」
完成開動前的招呼後，我拿起湯匙，將漢堡排挖下一小塊，和上咖哩、白飯，加上湯匙中原有的那塊漢堡排，富有技巧地送進張大的口中。
「好吃。」
「好吃吧。」媽媽毫不謙虛地說。

「媽媽，妳會做漢堡排了耶。」

「這是當然的吧。」

「好像很久沒吃到了。」

「討厭。」媽媽口氣故作從容地笑著害羞說道。

事實上，我最近才終於看習慣媽媽做料理的背影。

在我就讀國中的時期，媽媽從早工作到晚。雖然阿姨時常會來照看我，但或許媽媽有著自己身為母親，必須連同不在的父親的分一起養育我的壓力存在吧？當時她兼了兩份工作，每天晚上遲遲歸來，兼職時得到的小菜總成為我的晚飯。

儘管阿姨會幫忙，我仍希望她可以再多休息一點兒，就算只休息一下也好，於是提出了「現在有版稅收入，要不要只做白天的工作就好」的意見。

當然，我的版稅並不會讓家裡一下子湧入大量錢財。說到底，我的書不到「大熱賣！」的程度，搞不好連點像樣的補貼都算不上，所以媽媽同意了我的提議，不過只以一年為限。

用完晚飯吃飽了以後，便由我來洗碗。清洗碗盤的期間，我一面思考。左思、右想、左思、右想，就在媽媽看電視到一半，開始打出好大的呵欠時，我才終於開口說：「媽媽。」

「什麼事？」

「我討厭爸爸。」

「嗯——」

媽媽答話的態度還是老樣子，視線仍然對著電視機。因為明白她不會討厭我，所以我也不客氣地繼續說下去，「家裡有沒有信紙？」

「信紙？好像放在電視下面的抽屜裡吧。」

洗完碗盤擦完手，我走向媽媽說的抽屜，一打開就找到了。有信紙和款式可愛的信封。我取出與粉絲信相應的數量，接著回到桌子旁邊。

「怎麼了？」

「我要回粉絲信。」

「哦——？」

媽媽這才提起興趣，望向坐在對面的我。我看著信紙對媽媽說：「爸爸拋棄了妳。他拋棄了愛著自己的人，但我不會棄而不顧。不會捨棄自己、捨棄那些愛著自己的人們。」

媽媽保持沉默。電視劇的女演員跑到男人的身邊，說了些什麼。

我在信紙上寫下一句「致親愛的你」，同時繼續說：「我和爸爸不一樣，哪裡也不會去，不會拋下媽媽妳的。」

經過片刻的靜默之後，媽媽再次用一直以來的態度回我，「是喔。」

我沒把那句話放在心上，繼續寫信。

那些愛著我的人、尋求於我的人。喜歡的東西就說喜歡，討厭就說討厭。咖哩的氣味，書本的氣味，原子筆的書寫聲，發脹的胃，媽媽的嘆息，我的呼吸、脈搏。

我必須重視自己的感覺才行。這一切，遲早會像父親一樣被人淡忘。

再來，我也必須去愛那些愛著我的人才行。我想傳達出這份愛意。即使無法將喜歡宣之於口，倘若是用寫的，就辦得到。寫在紙上就能辦到。只要依託於小說，我便什麼都說得出口，什麼都辦得到。

自己的感受逐漸變敏銳了。

倏地，一種宛如嚼薄荷口香糖時散發出的清新空氣湧入腦袋。

感覺在我的體內正興起一股什麼東西。

好像有什麼話語呼之欲出，我猛地咬緊牙關。

小倉雪・夏季廟會

雨後的氣息，孩童的聲音，攤販店員朝氣蓬勃的叫賣聲，看似美味的烤雞肉串的香味。

「吶，雪，來拍照吧。」

小夜拉了拉我浴衣的袖子，開啟手機的前置鏡頭高高舉起。我瞬間揚起嘴角，從口中流出口水。

「嗚耶——」

我胡鬧著做出回應，面對小夜的手機擺出耍寶的表情。無論我的表情有多醜，在螢幕的世界裡都能變身成隨處可見的可愛女孩子，簡直就像魔法一樣。

拍完照片的小夜心滿意足，立刻投稿到 LINE 群組上。不知為何她仍然拉著我的袖子，所以我也抓住小夜的浴衣。

身在同一個群組裡的我，同樣接到了小夜傳來的 LINE 通知。

『御幸，我們在等妳唷。』

下一秒，御幸馬上回了訊息。

『妳們兩個都好可愛，天啊。』

『我快到神社了。』

『時速一百公里。』

御幸以飛快的速度連傳好幾則訊息過來。和我在看相同內容的小夜笑著說：

「時速一百公里很不妙耶。」我也笑出來，同時心臟跳個不停。

當然不只有我，小夜也被誇獎了，不是只有我而已。可是御幸也誇獎了我。有穿浴衣來真的太好了。

要不了多久，我們便在沿路走動的人群當中發現穿淺藍色浴衣的御幸。小夜對著她拉長聲音喊道：「喂——」至於我仍嘴角上揚著，一句話也沒說。

御幸走到我們面前停下腳步，原以為是這樣，不料她卻毫不猶豫地抱緊我們。我不禁叫出聲：「哇！」並順著這股氣勢組織出話語，「御幸等妳很久了！」

「小雪，小夜！公車塞車所以來晚了……真的很抱歉。殺了我吧真的。」

不不不，不會殺掉啦。怎麼可能殺了妳。繼續待著會擋到其他行人，所以我們維持抱緊彼此的姿勢移動到路旁。嘿咻、嘿咻。

為了平衡說話造成的缺氧，我用鼻子用力地吸氣，心臟瘋狂跳著隱隱妨礙了我的呼吸。好不容易才重新感受到空氣時，我聞到了一點兒御幸平常噴的止汗劑的味道。御幸以抬頭的姿勢面對高個子的我，望著我的眼睛。小夜在御幸的笑容面前，同樣笑顏以對。

別去什麼廟會了，好想就這樣緊緊抱住彼此不動。腦海中不小心冒出這種奇怪的想法，我忽然不安起來，自己有像她們一樣開懷地笑著嗎？沒有流出惹人嫌的汗吧？

這個鎮上，一到暑假期間便會舉行以地方規模而言相當盛大的夏季廟會。

地點位於一座名為五衰神社的大型神社當中，每年向來在這個時期舉行，對於什麼也沒有的藍濱市而言，可謂少數的觀光勝地之一。這裡在沒有活動的平日，淨是些前來參拜的爺爺、奶奶，不過到了廟會，便不分藍濱市內的男女老少，大家齊聚於此，把五衰神社擠得水洩不通。由於神社後方的河川地會施放較大型的煙火，特地前來觀賞的人亦不在少數。

見到久違的人潮，我發出感嘆：啊，感覺好懷念。

在我還是小學生的時候，繼母每年都會帶我來這個廟會。儘管如今是個充滿感傷的話題，但老實說，當時的我只覺得很麻煩罷了。

繼母大概是真心想和我成為家人，所以積極地在努力吧。我初次見到繼母時便有感覺她是個十分溫柔、卻沒什麼距離感的人，這點在父親失蹤後變得更加明顯。她帶著我一個接一個挑戰了那些家人間會有的行程，舉凡去遊樂園，或者去溫泉旅行等等。

為了不讓我感到寂寞、不讓我產生距離感，她總是會聽取我的請求，有時甚至會覺得她在逞強。像是在遊樂園時，繼母一臉疲憊的面容明明很明顯，可是直到回家以前，她的微笑始終不曾垮下來過；聽到在看電視特輯的我說「想泡泡看溫泉」一時，馬上就安排好行程，當週週末便帶我去了。

為了和我成為家人，她卯足了全力。

所以我也時時刻刻提醒自己要為了繼母，表現出樂在其中的樣子才行。會來這個夏季廟會也是一樣的情形。小學的時候，差不多正好是父親失蹤的隔一年吧，因為班上坐我隔壁的實久同學說要全家一起去夏季廟會，羨慕她的我，一回家便趕快告訴繼母自己也想去。

如今想起來，那是自從父親失蹤後總有些悶悶不樂的我，第一次提出的願望。雖然我本身並沒有什麼深刻的用意，但或許因為我對繼母提出願望，所以她很開心吧，很快就帶著我來廟會了。

然而當時的我，一看到夏季廟會的擁擠人潮，最先冒出的想法卻是好想回家。那時還在就讀專門學校的繼姊因為討厭人群所以沒有跟來，而我到了現場才有一樣的體悟。人群的吐息、笑聲，所有一切聽上去只不過是噪音罷了。

可是，這是繼母特地帶我來的。我說不出口想要回家，只好將注意力集中到刨冰或烤雞肉串之類的，那些不健康卻美味的食物上面，硬是裝出愉快的樣子。這項例行活動，一直持續到去年，我讀國中三年級為止。

現在我穿著當時繼母穿的紫色浴衣，來到夏季廟會。

然後想當然的，我再度因為人潮的吵雜聲感到身體不適。

「小雪，身體有比較好了吧？」我出神地望著遠方，坐在右手邊的御幸溫柔地對我說道。

「嗯，抱歉耶，讓妳們擔心了。」

我朝御幸的方向轉過頭去，但出於愧疚與難為情的感覺，沒能對上她的視線。

接著，她輕輕伸手貼撫到我的背上，像在哄小狗狗似地一邊說著「乖喔乖喔」，一邊順著我的背。好可愛。

坐我左手邊的小夜見狀，也將手搭上我的肩膀，學著御幸的樣子跟著說：「乖喔乖喔。」我彷彿被她們兩個飼養著的感覺。能交到在難受時老實說出難受的朋友真的太好了，我打從心底如此想。

當初因為被她們邀請，所以我覺得不來不行。儘管討厭人潮，但畢竟是成為高中生後的第一個暑假、第一場夏季廟會，而且還是第一次和朋友一同參加的夏季廟會，想說靠氣勢克服就行了吧？和她們兩人相處的時間哪怕只多一點點也好，高中一年級的夏季廟會就只有今天而已。

結果我厭煩了人潮，表情變得僵硬。注意到這點的小夜關心我，「人潮讓妳暈眩了嗎？」這時我才第一次知道，人潮會讓人暈眩這個說法。

於是我們三個拿著刨冰，來到離人群稍有段距離的花圃石牆邊坐下休息。

但御幸的刨冰上停了蒼蠅。

「討厭！」

聽見她驅趕蟲的聲音，我立刻遞出自己的刨冰，「我的給妳。謝謝妳陪我休息。」

我以為御幸會把吸管做成的湯匙拿起來，卻只見她張開嘴巴看著我。

這是「啊——」的意思嗎？

「餵我。」

可以嗎？

喜歡的青春歌曲在今天一整天已經響徹我的心扉十次左右，此刻再一次於腦海中奏樂起來。我故作平靜地將檸檬味的刨冰送入她的口中。

「小夜。」

我沒作多想，只覺得既然餵了御幸一口，也要餵小夜一口，便朝小夜遞出盛有刨冰的湯匙。小夜同樣打開嘴巴，嘗了一口刨冰。

「那我也來。」小夜說著，用吸管湯匙盛起草莓口味的刨冰，送到我的嘴邊。

我靈活地把冰一口吞下。

緊接著右手邊的御幸馬上探出頭說：「也給我一口！」

她的重量搭在我身上，我不禁失笑，「好重！」

「呼呵呵。」

不小心發出奇怪的笑聲，她們受到影響也笑了出來。我的臉漲得通紅。

『煙火，差不多開始了？』

一時間，三個人聊著輕音樂社的事、學校裡喜歡的男生，這時繼姊傳了 LINE 過來。

「說真的，妳姊姊也來就好了。」小夜說。

「她說在家喝酒比較好。姊姊最喜歡酒了。」

「是喔，好有大人的感覺。吶，妳們兩個對將來有什麼想法嗎？」

小夜問起這件事，我一時語塞。

將來……「創作型歌手」這個詞霎時浮現眼前。可是我現在，還沒有昂首挺胸說出口的勇氣。

「這個嘛——」我含糊地說著。

一旁的御幸略過我，悠哉地說：「我想當尼特（註6）。」

我趕緊大叫：「沒錯！」雖然有想蒙混過去的意圖，但我的確也由衷贊同她。

註6　英語為 NEET，是指在資本主義社會中不安排就學、不就業、不進修或不參加就業輔導的年輕人。

小夜同意地說「確實是」，三個人又笑成了一團。

「煙火要開始了吧。怎麼樣？河川那一帶人很多，妳應該不想去吧。」御幸擔心地對我說道。

可是，為了我害得她們看不到煙火的話，我會很過意不去。

「沒問題喔，我也想看煙火。」我如此說完後，率先站起來。

「不要勉強自己喔。」小夜也出聲擔心我。

我們從神社出發，一移動到河堤，便是一望無際的人山人海出現在眼前。為了十分鐘後開始的煙火表演，有的人鋪了野餐墊，有的人準備了摺疊椅，亦有準備好相機的人。

『哇。』我發出驚嘆。『好壯觀喔，媽媽。』一面說著我一面轉向旁邊。

在身旁的卻是御幸和小夜。

我是笨蛋嗎？

「找個地方坐吧。」

御幸跟在想找空位的小夜旁邊，我則跟在她們後面。三個人之中我是最高的，以旁觀的角度來看，我應該才是監護人吧。監護人。監護人。監護人啊。

今天一直想起繼母的事。正確來說，全是些繼母看我臉色行事的記憶。去年繼母當然也帶我來夏季廟會了。說實話，到了國中三年級還和家長一起去夏季廟會，讓我有點、不對，是真的讓我超級羞恥的。不過我連同那份羞恥感一起隱藏起來，好好地配合了繼母。

我笑的話，繼母也會笑。當我累得嘆氣時，繼母便會去攤販買刨冰來給我吃。若我牽起繼母的手……

咚。

思緒在這時被打斷。我不小心撞上迎面走過來的情侶。我著急地道歉，「對不起。」然而對方似乎沒聽見我的聲音，就這麼匆匆走了。真是的，好歹也回點什麼話吧，我邊想邊往前看。

卻沒看到她們兩個。

「咦……」

騙人。騙人騙人騙人。

只不過是一瞬間的空檔？可能，不是只有一瞬間吧？在我思考繼母的事的期間，究竟過了多久？我恍神了嗎？

我焦急得想跑起來，但在這種密集的人群中撞到人會造成困擾。怎麼辦？該怎麼辦？從前方到後面盡是如川流般攢動的人影，我升起一陣恐懼。

人們的吐息、喊叫聲、孩童的哭泣聲、踩踏石子的聲響、爸爸的聲音、媽媽的聲音。

「媽媽。」這時我忍不住喊了繼母。
世界在頃刻間隨之動搖。頭好暈，眼球深處一陣發麻。
不是御幸，也不是小夜。我求救的對象很自然地選擇了繼母。
啊，不行了。糟糕。這種孤獨的感覺，好久沒出現了。
只有我是孤單一個人。只有我好孤單。討厭。討厭討厭討厭討厭討厭討厭。
我不要我不要我不要。繼母，別離開我。等等我、等等我啊。我四處張望，轉了整整一圈，再逆時針轉一圈，忍無可忍的我又一次下意識喊了她。
「媽媽。」
即使我出聲呼喚，周圍的人也沒理會我，只是繼續走他們的路。為什麼誰都不願意瞧我一眼？明明我就在這裡啊。我正穿著妳的浴衣喔，這個標記很好認出來的吧？吶，媽媽。
「媽媽、媽媽、媽媽。」
不要留下我一個人。我其實，很討厭人群的。最討厭了。可是，以前有媽媽陪著我所以沒關係。因為妳會一直牽著我的手啊。吶，我的手現在，是空著的喔。
妳看。吶、吶、吶，妳看看我啊！
「媽媽！」
我終究大叫了出來。就在這個時候。

從後面伸來一隻手握住了我。那是隻柔和的、和我差不多大小的、軟乎乎的手。我立刻回過頭。

「是媽媽喔。」御幸微微笑著說。

煙火在這一刻升空，照亮了御幸的臉。

那張臉上布滿汗水，她剛才也很著急吧？啊，她的眼裡閃爍著光輝。星星。是星星。

好美。

好美麗喔。

「啊——好了呀，別哭了。沒事的。沒事，沒事。」

在煙火的照耀下，我的淚水映出光芒，鼻水也是，還有那些已經無法分辨是什麼的液體。有股柑橘止汗劑的味道，身旁的這個人雖然不是繼母，不知為何依然給我一股強烈的安心感。

「我好寂寞。」

「嗯。」

「我好寂寞喔。我真的，非常寂寞。」

「我想也是。」

「好想見媽媽，好寂寞。」

「嗯、嗯。」

透過淚水浸溼的視線一角，我看到小夜也跑著趕了過來。我緊緊抱住比自己嬌小的御幸哭了起來。

啊，真的是，我毫無成長嘛。

每次表達出情緒的時候，我總覺得自己變得很大膽。就像當初我在葬禮上大鬧了一場，而現在居然還抽抽搭搭地哭個不停。不過算了，反正其他人都在看煙火。

好想見面。我愛妳。好寂寞。這些話全都無法再傳達給妳了。

「妳已經不會再一起和我來廟會了，也不會一起烤肉，不會陪我一起睡覺。可是，我卻從來沒說過什麼。沒能說出我最喜歡妳了。」

我放任淚水縱橫，滔滔不絕地宣洩情感。感覺自己超級蠢又羞恥。每次提起繼母時，御幸和小夜總會露出尷尬表情的樣子浮現在腦海中。我會被認為是個沉重的傢伙，被覺得有病，但是我停不下來。

過沒多久，我的哭喊聲成了無法化作言語的叫聲，同時煙火一口氣磅礴綻放，將我們照耀。

我一直在流淚。

御幸便一直在我耳邊低語。

「沒事的，有我和小夜在呀。不會再留妳一個人了。好啦好啦，是呀，我們哪裡也不會去的喔，會一直待在妳身邊的，妳已經不會再寂寞了呀。」

一陣子之後，小夜也緊緊抱住了我。

我靠在她們兩個的肩上抽噎，弄得狼狽不堪。

直到眼淚乾涸為止，直到我說了沒問題以前，她們就如同御幸所說的，一直陪在我的身邊。

柿沼春樹・夏季廟會

『雪，別認輸了。雪，加油。』

在穗花同學讀到這句話時，從遠方，神社的方向傳出轟鳴。好像是煙火開始了。

穗花同學深深呼吸後稍作停頓，宛如品嘗空氣似的，再以吸管喝光僅剩不多的冰茶，接著看向我，像是在等我反應的樣子。

「覺得怎麼樣？」

我不禁問她。這個問題或許很怪也說不定，因為我同樣剛讀完這本書，所以也應該說出感想才對。但穗花同學沒將我的擔憂放在心上，開口說：「能和這本小說相遇實在太好了。」

僅僅一句話。她只低聲說了這句便合上書本，狀似滿足地發出嘆息，「呼——其實我是單親家庭。所以呀，這種為了缺少的親人而煩惱的心情，我懂的。」

「單親家庭？」

「嗯，我家只有媽媽喔。」

好震驚。她竟然和我一樣是單親家庭。忽然間我興起一股衝動，想用手觸碰她的肩膀，便把手緩緩伸了出去。可是，在看到玻璃窗中倒映出的自己後，我感到異常地羞恥，遂放下了手。

臉頰好熱。我一口氣乾下自己點的咖啡。窗戶外頭陸續有身穿浴衣的人經過，大概是去觀賞五衰神社的煙火吧？今天被她叫出來的時候，其實我還以為要去看煙火。

明明我們沒有深交至此，可不知為何，我就是產生了這種想法，整個人飄飄然的，才發現她只是想讀《尋找母親》的後續罷了。暑假結束之後有漫畫比賽，她為了準備似乎會變忙，所以才想趁現在把書看完。

我們兩人來到咖啡廳，一起閱讀《尋找母親》。

「我也好想被說說看喔。」

「說什麼？」

「穗花，別認輸了。穗花，加油。」

穗花同學說完便靦腆地搔弄臉頰。我的視線移到她的側臉，注意到她的脖頸一帶隱約出了汗。

「被妳媽媽說嗎？」

「不是，是想被我爸爸說。」

「妳爸爸？」

「感覺呀，這本小說裡的媽媽，該說是女強人嗎？還是像個男人呢？感覺不像一名母親吧。」

不像一名母親。

「不是不好的意思喔。不過，那種強悍也給人一種父親風範的感覺吧？總覺得很讓人羨慕。我爸爸不太會和我說話，感覺是個不可靠的人，因為和我媽媽個性不合所以最後離婚了。啊——我也好想被人說那種話喔。」

感覺心臟跳得越來越快。我為了強裝鎮定，下意識將手肘抵到桌上。

「是嗎？我覺得——」

不是這樣。我是想這麼認為的。

我之所以開始撰寫《尋找母親》，起因於國中二年級修學旅行時去到沖繩，根據當時湧現的靈感才有了這個故事。這是以沖繩做為旅途的最後一站，從日本這端冒險到另一端的少年的故事。

因為還想加入沖繩之外的要素，所以我另外用網路針對路線與途經縣市的整體氛圍做過詳盡的調查。因此說實話，我投注最多心力的並非這個故事當中登場的「母親」。

就是因為這樣，因為這個緣故，正因為沒有花心思去刻劃，反倒讓我那樸實的欲望滿出來了嗎？對於所謂的「父親」抱有厭惡，我才刻意選了母親描寫，但莫非我在無意間，將母親的角色與自己理想中的父親重疊了？我在尋找理想的父親。

尋找父親。

「覺得不是這樣嗎？」

早在我釐清答案以前，穗花同學便率先發問。我朝她望過去，只見到一張笑吟吟的臉。

「有什麼好笑的嗎？」

「我之前就想和人討論這本小說了。」

她的話音落下，正好這個瞬間，更大的一輪煙火聲再度傳來。我和她紛紛反射性往那個方向的窗戶望出去。

「吶，難得的機會，我們去看煙火吧？」

她說著，將《尋找母親》收進包包裡，站了起來。我也跟著站起來，兩個人一同離開咖啡廳。隨後她立刻打了一個好大的呵欠，朝神社的方向邁步走去，我跟在她後面。

通往神社的街道上，處處洋溢橙子色調的景象。攤販相連，有樂團在路邊現場演出。

「果然，我看春樹還是加入文藝社好了。」

「為什麼？」

「我想和你當朋友。」

她坦率地回話，沒有看向我，只微微地勾起脣角。我猶疑著該如何回答，乾脆把話題岔開。

「漫畫——」

「嗯？」

「穗花同學是想成為漫畫家嗎？」

「完全沒想過。」

「咦？為何？」

妳不是在畫漫畫嗎？這樣的疑問馬上浮現心頭。妳不是很有畫漫畫的熱忱，等暑假結束後，還要為了即將舉辦的比賽做準備嗎？

我們邊聊天邊走，很快就來到神社附近的河川地。人群摩肩接踵，擠滿了孩童、年紀與我們差不多的年輕人，以及親子同遊的家庭。驀地，她牽起我的手。我嚇了一跳想要放開，她卻不讓我逃。

握著我的那隻手隱隱出著力。

「春樹你啊，是認為不論何時何事，都非得要有個理由才行嗎？」她握著我的手往我湊近。距離近得幾乎和周遭的情侶同化，她說：「未來的事，怎樣都好呀。隨心所欲去做現在想做的事，做那些喜歡的事，這樣有什麼不好嗎？」

如此訴說著，她淘氣地笑起來，仰頭朝空中看去。

煙火曼舞，人聲響動。這是我第一次來參加夏季廟會，對於這座城鎮中存在著如此多的人感到吃驚。

我觀賞著煙火，陷入沉思。

沉思。沉思。沉思。思考。思考。

隨心所欲去做想做的事，做那些喜歡的事，這樣有什麼不好嗎？

此刻的我，打從心底地，羨慕著她。然後，我覺得她非常的，非常非常的，美麗動人。

我明白有股強烈的嫉妒感從腹部深處上湧。好狡猾。太狡猾了。就算我這麼說，她肯定只會用相同的眼神責備我，而後笑出來吧。笑出來，並鼓舞我。隨心所欲去做喜歡的事。如果換作別人來對我說那種話，我一定不會產生任何想法吧？既沒有想法，亦沒什麼感觸。管你說什麼，反正我跟你不一樣，所以閉上嘴巴消失吧——即便我不直接這麼說，也會像這樣惡言相向並保持距離吧。

可是她不同。她和我一樣，是單親家庭，而且同屬於會創作的人。雖然我沒有萌生出同伴意識，認為彼此是同一種人，不過能算相近的存在吧？尤其是雙方的家庭環境，那個被我當作不寫小說的藉口，所謂的父親，她也沒有，我們在這方面一模一樣。

藉口？剛才我想的是藉口嗎？

並不是藉口，而是理由才對吧。我又不是在做什麼壞事。

不，其實不對吧。真相不是這樣的吧。關於這一點，我應該是最清楚的人才對。

「其實我也是單親家庭，和妳一樣。」我將自己的事，告訴了穗花同學，「我討厭父親，最討厭了，他拋棄了媽媽和我。我一直、一直、一直以來都在警惕自己，不要成為會拋棄所愛的醜陋的人。但其實我一直都在尋找，理想中的父親身影。」

「是喔，這樣啊。原來是這樣。」

「我父親曾是小說家。」話音落下的瞬間，我注意到穗花同學倒抽了一口氣，

「所以我不想變得和父親一樣。我一直在想，自己要是寫小說，說不定就會變成父親那種人，我八成也會成為和他一樣捨棄、傷害別人的人吧？可是不知為何，我就是喜歡小說。這份喜歡小說的心不輸給任何人，也不想輸給任何人。我也有好多喜歡的書、討厭的書，有好多好多。」

即使是我，即使是我也想用自己的話語組織出更多的語句。想組織出語句，我想要組織話語說出口啊。

「穗花同學，我想拜託妳，請妳貶斥我、藐視我。希望妳嘲笑我。但是就算如此，穗花同學妳所說的每一句話，全都讓我很高興。」

「這是什麼意思？」

穗花同學一臉訝異地看著我，那副嚴肅的神情明顯與方才不同。不過也能理解為，她是因為覺得做出奇怪發言的我，是個噁心的人。

汗水自長長的瀏海上往下滴落，流入眼中，視線彷彿置身汪洋般變得模糊。我眨眨眼從水中掙扎脫身，吸入一口氣。接下來，我告訴她。

「我就是春。」

我是春。

喜歡小說，想要寫小說，並且實際動筆寫過。

然後我望向她。我能將這份悸動傳達出去嗎？能夠相信她嗎？
她不再微笑，一雙眼筆直地注視著我。
我也將意識深深地投入她眼底的光芒中。是煙火。在她的眼眸深處，綻放出煙火色的光輝。
「騙人……」
「慢著，慢著！先聽我說。」我不由得伸手堵住她的嘴。管他什麼手汗，那種東西現在怎樣都好。穗花同學吃了一驚，以眼神控訴我，但我繼續說出自己想說的話，「我非常、非常害怕寫小說。」
聞言，她怔怔地瞪大雙眼。
「聽好了，聽好了穗花同學，小說這種東西，只憑自己一人的力量是無法出成書籍的。需要聽取編輯的校閱和提案，以此完成品質優良的成品。我寫的《尋找母親》也是如此。但是，我對於這件事真的非常的、非常、非常非常非常！非常的厭惡！」
那隻堵住她嘴的手稍稍出了點力氣。儘管擔心她會因為突然被我做了這種事後而討厭我，然而自己現在所說的內容早就是最差勁的發言，也顯得其他狀況全都無所謂了。
既然她是按照自己喜歡的方式活著，那麼我應該也能按照自己喜歡的方式，暢所欲言才對。

「自己的話語、自己的故事，經由他人的手被改造、被修改，就好像內臟被人翻攪了一通的感覺，令人非常作嘔！但是！因為這樣才能成就出厲害的作品，反倒感覺更差勁了！正是由於他人的助力才得以成為優秀的作品，被迫得知這點讓人非常不甘心，不甘心得想死！可是啊，就算是這樣，仍然會有一點點、一點點的負評存在咧！這一幕的停頓寫得不好、不太能讓人代入情緒之類的，誰理你啊！鬼才曉得！已經搞不懂我的作品到底是不是這種東西了！那些莫名其妙的傢伙在那邊評論，實在吵死人了！給我閉嘴乖乖讀！然後賣給二手書店！在廢紙回收日那天扔了！我的腦袋轉個不停，頭暈目眩得好噁心。旁人給的無論是批評還是好評，對我來說都好噁心。想要獨自一個人，我想獨自一個人待著，然而想獨處的心情比我想的還、我也說不清是怎麼回事，搞不懂原因，但我就是會不自覺地一直想著，好想再提筆寫一次小說……說什麼我父親怎樣，那些其實根本就無所謂。雖然我想寫小說，想寫得不行，可要是下一個作品讓人失望的話，我就會很想要、很想要去死。感覺自己快被壓力壓垮了……」

使勁把心裡的牢騷發洩出來後，我的力量漸漸轉弱，最後鬆開了那隻捂住穗花同學的手。

穗花同學什麼也沒說。僅是面無表情地看著我。

說起來有個叫做混亂戰的樂團。

他們是最近頗具人氣的團體，發行的第一張專輯獲得了絕佳的銷售成績。國中的同學們，每個人都能哼個幾句出來。記得在得知那個混亂戰介紹了我的書的時候，心臟怦怦地狂跳不已。

可是，他們推出的第二張專輯，獲得的迴響並不怎麼好。失去了首張專輯的聲勢，評價亦變得不上不下。

所謂的第二部作品，帶來的壓力不容小覷。

然而事實上，我無疑是喜歡寫小說的。我當然想要寫。但若是被批評的話該如何是好？被嫌無趣的話我該怎麼辦？自己寫出的故事，倘若被否定得一文不值的話該怎麼辦？

我很害怕。始終懷抱著畏懼。所以我才把問題歸咎給父親，因為這樣很方便。把問題推給父親的話，自己就不用面對寫小說的事了。尤其媽媽身為知情的人，即使無法理解，肯定也能輕易接受這套說詞吧？

所以我欺騙了自己的感受，硬是扯出藉口。說自己因為討厭父親，不想成為像父親那種人，所以才不想要寫小說。

「但是妳卻理直氣壯地說出，隨心所欲去做喜歡的事就好，我打從心底討厭妳。討厭，討厭，討厭，討厭，很討厭。可是我也想變得和妳一樣。想變成像妳這樣，按自己喜歡的方式去享受喜歡的事物。有時候我確實會這樣想，就算是我也會冒出這種想法。」

每天，我都會讀那些留給我的評論。

受到不知不覺間在心裡壯大的壓力影響，我只將注意力放在負評上面，而非好評。每一篇負評都令我膽顫心驚。

「春樹，你是春嗎？」

在聽完我冗長的悲憤之詞以後，穗花同學只說了這一句話。她的雙頰染成緋紅，表現出害臊的樣子，而我默不作聲。我不發一語地瞪視著她。

「穗花同學，我不想輸給妳。」

她錯愕了一下，傻傻地說：「咦？」

「我羨慕不怯懦、可以坦然說出自己正在創作著什麼的妳。」

「你、你是指漫畫嗎？」

「嗯，沒錯。我羨慕妳，羨慕妳可以告訴別人妳在畫漫畫，羨慕不在意周遭眼光、堂堂正正畫漫畫的妳。像這樣自信地說出將來怎樣都好、無所畏懼的妳，讓我打從心底既羨慕，又可恨。好可恨……」

說到最後，我的話已不成字句。

我對她喋喋不休地傾吐了一堆話，連氣都不喘一下。我並沒有怒吼，只不過淡漠地，有如詛咒般絮絮叨叨著。隨後我為了取回吐出的空氣，於是深深地吸氣。我將空氣堆存進肺腔裡，隨著劇烈跳動的心脈一同向她道出口：「所以我打算，再寫一次小說！」

不曉得是因為我的聲音稍微大了點，又或是因為這個瞬間炸出格外壯觀的煙火的緣故，穗花同學的身體猛地震顫了一下。

「我不想輸給妳。我要證明，我比妳還要強，證明給妳看。我也一樣，想要為所欲為去做自己喜歡的事。我要寫出新的一本小說！」

煙火舞於高空。不過比起煙火，從我心臟發出的喧囂肯定遠要來得吵鬧。我是活著的。和煙火相比，遠要更堅強地活在當下。我的情緒相當亢奮，能感覺到自頭頂到腳趾尖端的血管全在蠢蠢欲動，這毫無疑問是心臟正操縱著身體的證據。

而若要連同我一直在找藉口的做為一併提及，即意味著我接下來所做出的發言，並不是我自己想說的。是我的心臟操縱了我的身體，讓嘴巴擅自動作，讓肺擅自呼吸，是心臟擅自的任意妄為。

這並不是、我的意思。絕對，不是我的意思……

「所以，等到小說完成之時，妳願意和我交往嗎？」

哪怕不是我的意思，可要是變成這樣的話也挺不錯——我認同了我的心臟。

她恐怕還無法馬上理解眼前的狀況。衝擊、困惑、興奮，與各種情感交織混雜，最終穗花同學的臉上仍然未能做出表情，唯有雙頰上泛起了些許酡紅。

隨後她低下頭，一度以似有若無的音量清了清嗓子，而後再次凝望夜空中紛飛的煙火。

片刻後，她稍微放輕了手上的力量，回答：「我等你。」

小倉雪・自家

我一直，都很難受。

我持續逞強了四個月、不，已經五個月了。繼母不在以後已過去五個月。告訴了許多人繼母逝世的事，旁人皆對我投以異樣的目光。對於氣氛變化敏感的我，果然也敏感地察覺到了這點，因而逞強著自己。

可是，我其實一直都很難受，難受到幾乎想放聲哭號的程度。好寂寞啊。好辛苦，好痛苦，甚至想要忘卻這份難受。它卻始終縈繞著我。

不管我再怎麼思念繼母，她都已經不存在於任何地方了。她的髮型、嗓音、語癖、面容、氣味，一切的記憶都在逐漸淡去。

即便是現在，我也覺得只要打開眼前的玄關門，繼母就會從廚房跑過來，迎接我並說「妳回來了」。但是像這樣的奇蹟，不可能會有人把它賜給我。何況對象還是我這種一無是處的人，神明才不可能對我展露微笑。

我在玄關門前想著這種事，低下頭，無法打開門。除了腳以外的地方全使不上力氣，我頹喪地垂著頭。唯獨腦袋還在清晰地運作，準備把意識塗滿整片的悲傷。

不過，我輕易地被拉回了現實。面前的門忽地打開，我的頭被狠狠地撞個正著。

「好痛！」我不禁從丹田叫出聲。

多虧我的其中一個歌唱訓練——腹式呼吸，所以我發出的慘叫聲出乎意料的大，響徹了整棟房子。

「咦，不會吧，抱歉！小雪！」繼姊跑到蹲下來嗚嗚哀號的我身邊，將我擁進懷裡，邊揉我的頭邊說：「很痛吧？很痛吧？」

好痛。痛到忍不住失笑。

「因為好像有聽到聲音，我還以為是小偷。真的對不起，小雪！」

「沒關係。沒關係的，姊姊。沒關係。」

原來是因為這樣。繼姊單手拿著我們平常做料理時會使用的平底鍋。在玄關門前製造聲響，卻默不作聲不開門的話，被當成小偷也很正常。

繼姊環抱住我的雙臂力道漸漸增強。頭上大概腫成一個包了吧？不過劇痛在這份擁抱的力量之下，慢慢變得沒那麼有存在感了。

「謝謝、謝謝妳，姊姊。」

什麼事？繼姊如此問我，不過我什麼話也沒說，只是微微笑著。

沒關係。因為我現在，有繼姊陪在身旁。

所謂的離別，不盡然是難受的。

浴衣被汗水和我的淚水濡溼了。繼姊表示反正到下次夏天之前都不會再穿，所以要替我拿去送洗。

脫下浴衣，交給繼姊之後，我進到浴室邊泡澡邊滑手機。小夜將今天一逮到機會就拍下來的大量照片傳給了我。她真的很喜歡拍照。

在神社集合時的照片、抽籤時的照片、撈金魚的照片、刨冰的照片、煙火的照片、三人齊聚拍的照片，小夜在拍許多照片時都有扮鬼臉，看起來相當開心的樣子。感覺長大之後回過頭來看這些會後悔，不過就算長大成人了，也希望能三個人湊在一起。

將畫面往下滑，出現了一張御幸和我面對著面不知在說什麼的照片。大概是小夜偷偷拍下來的吧？我隔著螢幕，溫柔地撫觸御幸的臉。

『會一直待在妳身邊的，妳已經不會再寂寞了呀。』

聽到那句話，讓我好開心喔。我讓嘴巴以下的部分沉進洗澡水裡，「啵啵啵」地吹起泡泡。我一合上眼，便浮現出御幸穿著浴衣的身影。她頭髮的光澤、聲音、吃著刨冰的嘴、柑橘止汗劑的香氣。

「小雪。」

繼姊突然從浴室門的另一側對我說話。我張開眼，撐起身體，假裝若無其事的樣子。

「什麼事？」

「有寄給妳的信。我放在洗衣機上面喔。」說完這些，繼姊便從盥洗室出去了。

信？在手機當道的這個時代，還有人會手寫信？會是誰寄來的呢？我從浴缸裡起身，走到盥洗室邊用浴巾擦拭身體和頭髮，邊拿起放在洗衣機上的信。

『小倉雪小姐　臺啟』

信封上如此寫著，不過沒有寄件人的地址。這是怎樣？惡作劇嗎？

我這麼想的同時，把信拆開。

「嗚啊呀啊啊呀呀啊啊啊啊啊呀啊啊啊呀呀啊！」

信中文字進入視野的剎那，我頓時慘叫出聲，差點沒有發瘋。

我暫時閉上眼睛，而後再看一次信。

「嗚啊呀啊啊呀呀啊啊啊啊！」

天啊，天啊天啊天啊天啊！

體內的血液上下奔騰，但不是因為剛洗完澡的關係。

在信裡的最後一行，以極其工整的字跡寫著『春敬啟』。

我在這一刻大叫起來，沒有立刻閱讀內文，就把信合上。

是粉絲信的回信!?

「小雪？妳還好嗎？」

聽見我的慘叫後擔心跑來查看的繼姊，「啪」地一口氣打開盥洗室的門。我覺得有點丟臉，不過相較之下，感動的情緒更勝一籌。

「是春寄來的信！」我情不自禁大叫出來。

「騙、騙人的吧！」

繼姊也大吃一驚。我深呼吸一次，卻還無法冷靜下來，於是又做了兩次、三次的深呼吸。

「還，還好嗎？小雪？」

「不行，我先、先進房間裡讀信可以嗎？」

「我知道了。」

繼姊看著我的樣子也跟著緊張起來。我還沒吹乾頭髮，圍著浴巾便往自己的房間走去。我關上房門，打開冷氣後，又做了一次深呼吸。

我沒理會溼掉的浴巾，逕自坐到棉被上。隨後慢慢地，展開信紙。

致親愛的妳

雪，別認輸了。雪，加油。

春敬啟

渾身的血液全在吶喊，視野一下子變得明晰。

我絕對不會忘記今天這個日子吧。我站起來，打算要拿桌面上的空白信紙。然而，我留意到的卻不是信紙，而是立起來靠在桌邊的吉他。

我思考了一下之後，拿起那把吉他。

我重讀了一次春寫的信。雖然是簡短的文章，但我仍然逐字逐句地一一讀過，而後閉上雙眼。屬於我的話語、屬於我的音色在腦海中響起，我隨意地彈奏出和弦。一找到容易唱的音程，我隨即低喃出聲。

「致親愛的你。」

柿沼春樹・咖啡廳

這家咖啡廳相當時髦。由正方形方格組成的書架上，每一格皆擺了花瓶、小東西，或者小熊布偶來裝飾。我考慮是否要在九重先生抵達以前先點個飲料比較好，因而瀏覽了下菜單表，然而光是咖啡的品項便有虹吸式、濾壓式的分類，看不懂什麼是什麼，於是我只得望向窗外，束手無策。

「春樹？」

忽然被人從後方拍拍肩膀，我猛然震顫了一下。因為對方登場得無聲無息，儘管室內冷氣很涼，我還是冒出一陣冷汗。

「九、九重先生，好久不見。」

在他那頭土氣的髮型上能瞧見少許白髮，臉上皺紋顯眼，有著年屆不惑的風貌。睽違多日再見到的九重先生，一點兒改變也沒有。

我立刻站起身，盡可能禮貌地打直背脊，準備鞠躬敬禮。九重先生立刻阻止我說：「不用不用。用不著這麼拘謹。能和你見面我很高興。請坐，春樹。」

既然被這麼說了，我便在九重先生坐到對面座位的同時坐回位子上。

「哎呀，真的很高興，竟然會聽到春樹主動提想碰面。春樹，喝咖啡可以嗎？」

「可、可以。啊，我來請客。」

「不行不行！我難得見到你，這一頓還請讓我來出。」

爽快地接下請客的角色後，九重先生叫來店員。一名只有鼻子下方蓄鬍的叔叔走過來，九重先生接著點了兩杯虹吸式的咖啡。那個叫虹吸的到底是什麼？啥啊。

「櫻美小姐還好嗎？」

突然被他這麼問起，啊，這麼說來媽媽是叫櫻美沒錯，我久違地想起她的名字。

「是的，她很好。啊，容我再次為了初春時的燒肉派對道謝。那時候真的非常幸福。」

「有讓你好好享受到就太好了。」

九重先生啪答啪答地搧著身上的 POLO 衫仰面笑起來。

要在什麼時候、哪個時間點說話比較好，我坐立不安著，目光游移。以前，和九重先生與媽媽一同用餐時，他們兩人時常聊天，所以我只要負責吃就行了，不過今天將他叫出來的人是我。九重先生特地從東京趕過來，在車站前的咖啡廳與我碰面。

我想著不說點什麼不行，卻想不出任何一個閒聊的話題。想不到的話不如就直接切入正題吧，於是最後我一改態度正襟危坐，從背包裡取出帶來的資料夾。

「九重先生，那個，我今天是有要事討論，所以特地請你過來一趟的。」

一聽我如此說道，九重先生便笑容不減地說著「好的」並坐直身體。從遠處傳來熱水沸騰的嗶嗶啵啵聲。

資料夾有四份。每一份當中都放有紙張，是我所寫的東西，以及多張照片。

「這個是？」

九重先生接過其中一份資料夾。我清了清喉嚨後說：「是新小說的設定。」

如此一說出口，九重先生登時發出好大一聲「哦哦！」，我注意到遠處的店員嚇了一跳往我們這裡看過來。

我沒有多加理會，繼續說：「九重先生，我想要寫一本新的小說。想創作出一本超越《尋找母親》的，全新的、厲害的作品。」

我一邊說，一邊就感覺眼眶幾乎快泛淚了，但我努力忍了下來。

除了繼續創作之外我別無他法。

我沒有這以外的才能。

我一直、一直很想寫小說。一直、一直以來都喜歡著小說。

因為畏懼評論，所以才拿討厭父親當作不想寫小說的藉口。

不過，這已經要劃下句點了。
別管父親的事了。
害怕修改什麼的也怎樣都好。
旁人給予什麼評價都無所謂。
我只是想寫而已。
想要隨心所欲去做喜歡的事。
想對喜歡的人說出喜歡。
想要按照自己的想法寫下喜歡的故事。
我想要寫小說。
我從桌子上方探出身體，直視九重先生的眼睛說道：
「請你幫助我。請給我下一本小說的建議。」

三章　秋、高中二年級

柿沼春樹・休假日

「好嫉妒。」在我右邊的結城嘟囔著。

「意見同右。」左手邊的穗花同樣用著有些冷淡的口氣說道。

「這裡是書店喔，請保持安靜。」我笑嘻嘻地對著他們兩個說。其實他們沒有大聲說話，我只是開玩笑。

《泳》

宛如海水顏色般、深邃透明的藍色書封，搭配白色標題。

在眼前的是開頭寫了「致藍濱商場書店」的，我的簽名。說是簽名，其實也不過是寫上筆名「春」的簽名板而已。

我的書就陳列在那裡。

而我們正相隔一段距離觀望。一名看似較我年長的青年拿起我的小說，沒讀內文便逕自拿到收銀區結帳。

結城斜睨青年一眼，再次嘟囔：「好嫉妒。」

我則「嘻嘻嘻」地笑出聲。穗花掐住我的手。結城輕輕敲了我的頭。

好痛。

「對呀，就是說嘛。哎呀，實在嚇了一跳。想不到同個年級的男同學，居然在做那種事。他平常其實不是那樣的孩子。我也是在他向我坦白之後嚇了一跳喔。哎呀。沒想到他居然背著大家暗地裡做了那種事。」穗花用手掌遮住雙眼，改變聲音說道。

結城看著她邊笑邊提問：「您和那位男同學以前是什麼關係？」

結城模仿記者採訪時的高昂語氣，對此穗花故作含淚的模樣發出哽咽，以另一隻手捂住嘴，並且使出聲淚俱下的演技回答：「我們曾經是常常一起看書的夥伴。我也想和對方當朋友，所以才主動約他一起看書的……對啊，說真的，事情怎麼會變成這樣……沒想到那個孩子會、那個、那個孩子竟然！」

「鬧夠了吧！我究竟做了什麼啊！」

我忍不住大叫出口，但其實自己也覺得很好笑而忍不住嘴角上揚。這簡直就像在採訪犯人身邊親友的現場，連聲音都稍微經過變聲處理，逼真地重現場面。而我的吐槽成為爆點，登時讓那兩人捧腹大笑起來。

穗花咿咿呼呼地邊重整呼吸邊說：「咿、他、當著我的面說了。咿、呼，他說『我、我就是春』！」

「天啊啊啊啊啊啊！」

不是，怎麼會是結城在叫啊！結城同樣以手遮口，帶著哭腔大叫。

我被玩弄了。被相當壯烈地玩弄。

出了購物中心後，附近的公園內有紅葉搖曳，時序業已入秋。踏上購物歸途的我們坐進公園裡的涼亭，談笑風生。風一拂過紅葉便旋舞於空中，涼意襲上肌膚。

幾天前分明是有如被毛毯包裹住、柔和溫暖的天氣，可時間一旦接近文化祭，氣溫便一口氣驟降。雖然對怕熱的我來說，這正是宜人的溫度，不過一體悟到時間飛逝之快，多少讓人有些喪氣。

但是話說回來，感覺最近的自己每天都十分享受生活，這份快活並不輸給天氣的寒涼。

我感受到自己的高中生活開始步入正軌，是在去年夏季廟會下定決心寫小說的時候。暑假結束之後，為了在學校可以不顧旁人的眼光寫小說，我接受了穗花的邀請加入文藝社。

原以為很快就能完成一本小說，實際上卻毫無靈感。期間我找了九重先生商討，修改了好幾次架構。不停地重新構思、重新構思，儘管如此，要推出第二部作品仍舊帶給了我巨大的壓力，過程中費了不少時日。

注意到的時候已臨近文化祭。基於文藝社成員必須展出作品的規定，遂變成我負責原作，再交由穗花畫成漫畫，最終展示出我們共同合作的作品。

而正好也是那時候，厭倦了放學後四處遊蕩的結城，在見到我們的作品後產生興趣，因此進入了文藝社。文藝社中和我同屆的學生有好幾個，雖然會向彼此打招呼，不過我還是與結城和穗花待在一起時最快樂。

升上二年級後，我們依然三個人玩在一起。儘管各自分到不同的班級，但我們必定會到其中一方的教室集合。在我得感冒向學校請假的時候，他們也曾來我家探病，所以後來結城被傳染感冒，便輪到穗花和我結伴去他家拜訪。

到了夏天，我們三個一起去了夏季廟會。三個人第一次拍的大頭貼，被我珍惜地收進錢包裡。因為結城會直接叫穗花的名字，所以我亦在不知不覺中，習慣了直接喊她的名字。

等到新的小說構想總算定案時，已是我們三個交情開始變好以後的事了。我向結城坦白自己以「春」為筆名寫過小說，結果他既沒有責怪我過去絕口不提，亦沒有反應得大驚小怪；同時理解我對其他人隱瞞身分的選擇，因此當我在文藝社想去圖書室角落的座位寫小說，結城與穗花便會坐到我正對面的位置，利用他們自帶的品行不良氣場，嚇退附近的社員。

多虧了他們兩人，我才能無須留意旁人視線並完成小說，我由衷地覺得他們兩個是不良少年、少女，真是太好了。

今天是為了看我新出版的書，才會和穗花、結城三個人來到購物中心。之後，我們聊到我寫書的事，這兩人就開始調侃我向穗花表明自己身分的那個夏天所發生的事。

儼然被當成罪犯對待的我，在吐槽的同時，內心也升起一股焦躁。我告訴結城的說法是，自己被穗花建議，所以才決定要寫下一部作品，可事實並非如此。實際上是我和她交易。

「等到小說完成之時，妳願意和我交往嗎？」當時我是這麼說的。不過這句話彷彿禁語似的，從未被她提起。開懷笑著的穗花，怎麼看都像是在敷衍人的樣子，是我的錯覺嗎？

「春樹老師，請舉辦簽名會吧。」就在我望著穗花發呆之際，她主動對我說道。

她從自己的背包裡拿出我寫的小說《泳》。多半是不知什麼時候，在剛才那間書店裡買下的吧。

「咦，妳買了嗎？不是有給妳樣書？」

「因為我想要簽名。」

她畢恭畢敬地掏出油性簽字筆，遞給了我。

「**老師**。」

穗花如此說著，旁邊的結城跟著露出奸笑的表情。啊，定睛一看，我才發現結城也買了。他的手上拿著我的書，不過我已經不會感到羞恥了。「嘻嘻嘻。」我笑著翻開書本，在第一頁的空白處簽名。

「妳的名字是？」

「我叫穗花。請寫『給小穗』。」

「要按血指印嗎？」

「有夠恐怖！不要，普通的簽名就好。」

我簽好名將書遞回給穗花，她開心地笑了。

「太好了。真想讓我爸爸也看看。」

她的爸爸。我還沒習慣從穗花口中說出的稱謂，聞言才想起來，啊，對了。想不到穗花的媽媽下個月就要再婚了。

「話說妳爸，是從哪時開始要一起住餒？」

結城一提問，穗花便羞赧地笑起來。

「剛好在文化祭後的補休日會搬過來！好像也會來文化祭的樣子，我再把他介紹給你們。不過我不曉得他會什麼時候來。」

「真假，好期待。」

我也立刻回道：「好緊張喔。」其實我暗中多少有一點點羨慕穗花。好好喔，父親。我也想要有父親，想要一個新的父親。
不知道我媽媽有在考慮再婚嗎？說起來她有在談戀愛嗎？我思忖著這些，同時伸出手要拿結城的書。
「啊，我想要血指印。等全部讀完之後我要拿到網拍上高價售出。」
「快來人逮捕他。」
就像相聲那般，穗花馬上吐槽結城。結城和穗花很合拍。兩人都有略引人注目的不良品行與生性開朗的共通點，很快便如至交般要好。不知是我天性陰沉抑或其他緣故，見到穗花跟結城關係良好的樣子，有時會產生些許的孤獨感，亦有稍微羨慕他們的時候。
「唉——不曉得趕得上文藝社的展出嗎？」結城在木桌上攤開方才買的資料書，嘩啦啦地一邊迅速翻頁，一邊如此喃喃自語。
文化祭即將來臨。今年有新加入的結城，無論文藝社的社團活動再怎麼悠閒，也不得不展示出什麼成果才行，舉凡小說、詩、插畫、漫畫等等都行。結城決定挑戰看起來最簡單的詩，於是趁著來看新作品的時候，順便在書店尋找我和穗花推薦的詩集。不過，我們只在書店待了一個小時左右，就去遊戲中心打遊戲，還有到美食街用餐。等同於是來玩的行程。
「春樹可以展示自己的書耶，太強了啦。」

「嘿啊，相較之下，像我們這種臨時抱佛腳交出去的作品，根本只有陪襯的分。」穗花和結城笑著說道。

即使明白他們是在開玩笑，可是聽在自我評價極低的我耳裡，只覺得很過意不去。

「沒有沒有，我對大家隱瞞身分所以不會擺出書本展示啦。我決定展示短篇小說。」

「咦，真假？什麼時候決定的！」

給出這種浮誇反應的人是結城。儘管剛剛才說了要拿去網拍賣掉，他其實還是很期待我的作品。

「真的、真的是短篇喔。其中一半類似詩的感覺。」

「嘿，好想看看。春樹你很厲害耶，和我們已經是天差地遠的等級了。吶，結城，我們乾脆來當經紀人吧？春樹的。」

「妳是說春樹**老師**的對吧。」

「說得沒錯，要叫『老師』才行。」

「真是的，別這樣啦，太奉承了。話說——」

要說下一句話時，我突然有點難為情，於是先發出「啊——」的沉吟聲。

「安怎？」穗花打趣說道。

我依然感覺很害羞，說：「你們兩個的作品，我也很想早點看到啊。」

雯時，這兩人不知為何也難為情地沉吟起來。

兩人面面相覷，好似在透過眼神做只屬於彼此的對話。我的這種孤獨感果然怎麼也抹不去。我的視線如爬行般遊走，落到了穗花買下的那本我的小說上。

小說的標題名為《泳》。

深夜，在學校屋頂許下願望的話，泅泳於空中的鯨魚便將替人實現。是像這樣的故事。

*

我們對著露出輕蔑笑意的水鯨大喊。

「我想變成帥哥！」

「我想成為運動健將！」

「想要長高！」

「想吃拉麵吃到飽！」

「想要不呼吸也能活著的身體！」

「我想住在遊樂園裡！」

「我想考試一百分！」

「想要好膚質！」
「想要擁有小臉！」
「想變得很會唱歌！」
「想燙一頭時髦的捲髮！」
我和雄也不停許願、許願、許願、許願、許願、許願、許願、許願。每當受理一個願望，水鯨就膨脹一圈，笑起來的樣子令人心裡發毛。只有跟身體相關的願望被立刻反映，我們的身體在轉眼間發生改變，臉、身高、肌膚、髮型，一個個產生了變化。雄也變成花椰菜般的自然捲時我差點噴笑出來，但現在可不是玩鬧的時候，時間一分一秒過去。我查看手錶。
「雄也！剩不到五分鐘了！」
時間剛過兩點二十五分。水鯨再一下就要截止受理今天的願望了。假如截止，就來不及救彩花。被吸走壽命的彩花正在醫院裡沉睡，我們不能再有片刻的猶豫。見到我們焦躁的模樣，水鯨猝然間張大嘴巴。
吼嗚喔喔喔喔喔喔喔。喔喔喔喔。喔喔喔喔嗚啊啊啊啊啊啊啊。
遠遠地，遠遠地，水鯨發出咆哮，儼然像在高聲嘲笑似的。可惡，那傢伙，竟然把我們當笨蛋。我的手緊握成拳。
「我想要音樂的才能！想要怎麼吃都不會胖的身體！不想變禿！」雄也不服

輸地大叫。然而還差了關鍵性的一步。水鯨只有一點點地、一點點地變大而已。

「可惡，可惡！讓彩花、讓彩花活下來！把彩花的人生還來！」

雄也一喊出那個願望的瞬間，水鯨突然膨脹了起來，「砰」地鼓成兩倍以上的大小。那個大小幾乎要把深夜時分的泳池正上方完全遮蔽。

「好、好厲害。雄也！還差一點兒……」

還差臨門一腳。我轉頭看向雄也，卻說不出話來。雄也忽然倒下了。我急忙趕去他身邊，將雄也抱起來後，發現他只剩奄奄一息。

對了，是水鯨為了剛剛那個願望吸光了他的壽命。

「冬樹……」雄也用沙啞的聲音呼喚我的名字。

動作不快一點兒的話，就連雄也都會救不回來。看時間只剩下最後一分鐘。

快動腦，快動腦，快動腦，快動腦！到目前為止的願望分量，和剛才雄也大喊出來的願望差在哪裡？為什麼彩花的願望會吸走她那麼多壽命？

我閉上眼，回想彩花許下的願望。

『希望父母可以和睦生活直到永遠。』

然後是雄也的願望：『把彩花的人生還來。』

我豁然開朗，對了，兩者是有共通點的。

許願以後安然無事的人，對照被吸取大量壽命的人，其中的差別是什麼，我現在明白了。原來是這麼一回事。

不是為了自己，為了他人許願的話會被吸走大量的壽命。

這麼說來確實是這樣，我和雄也老是只考慮自己，可是彩花總會為了別人著想，祈禱著別人的幸福。

所以我才喜歡過彩花。

我張開眼睛，緊緊抱住雄也並抬頭看向夜空。水鯨眼中噙著淚水，似乎已經想回去了。有了先前我們許的那些小願望，再加上雄也為了彩花許下願望的一擊，水鯨的肚子變得像氣球一樣鼓脹。在那個肚子裡，裝滿了這座鎮上曾向牠許願，所有人的壽命。

宰了那傢伙一切就會恢復原狀。我許過的夢想也會被一筆勾銷。

不過，這樣就好，這樣就好了。

我深呼吸一大口氣，用耗盡剩餘壽命的氣勢全力以赴大喊：「希望彩花和雄也的戀情成真！希望彩花和雄也能一直幸福地交往下去！」

我一許完願望，意識便倏地朦朧了起來。能感覺到體內的生氣正逐漸被吸走。我無力地倒在地上。

用著僅存的微弱力氣，我仰頭望向天空。水鯨開始脹大，再脹大。

脹大、脹大，不停地脹大，幾乎要將所有校舍吞沒殆盡。

等注意到的時候，連同我的身體都被吸進水鯨裡了。

我連屏住呼吸的力氣都不剩，因而嚴重地嗆水。

這裡、我會死在這裡嗎？思及此，我虛弱地睜開雙眼。

緊接著有什麼東西與我對上了視線。

我意識模糊地眨了眨眼。

是鯨魚。鯨魚正愉快地游水。

這個瞬間，水鯨宛如水氣球般爆炸了。我和雄也雙雙掉進積滿水的泳池當中。有光點自水鯨身上散射而出，同時我的身體恢復了生氣。發出巨響、散射出光芒的那副身姿，儼然就像是一枚巨大的炸彈煙火。

小倉雪・下課後

「小雪又在看春的小說了。」御幸在後面邊替我按摩肩膀邊說。

僅憑這樣我就覺得今天是個好日子了。我合上《泳》，將頭抬起來觀察她的表情。由下往上看御幸的臉能把鼻孔看得一清二楚，好好玩。

「這本小說已經看過好幾次了，虧妳還在看。」

教室內只有我和御幸在。御幸的手從我肩上挪開，坐到隔壁座位。當那雙手離開時，感覺肩膀上的重量一口氣增加了兩倍。

「我在做最終檢查，看看還有沒有能寫成歌詞的地方。」

「小雪好認真。」

「因為是第一首歌嘛，想拿春的句子來當參考的範本。」

「嗯——吶，《泳》是怎麼樣的故事？」

御幸從我手中輕輕拿走《泳》，很快地翻頁瀏覽過去。我用著毫無文藻可言的表達方式，磕磕絆絆地開始講解。

《泳》是一部青春奇幻小說。描述校園裡的七大不可思議之一，一隻在天空中游泳、由水做成的鯨魚怪物會替人實現心願。做為代價，怪物會吸取與願望強烈程度相對的壽命。為了尋求那隻在每晚半夜兩點到兩點半之間現身的水鯨，學校裡的學生們偷偷潛入校園、許下心願，之後被吸走和心願強烈程度相等的壽命。

主角與他的死黨，加上主角單戀的女孩子一共三個人，出於半開玩笑的心態向那隻水鯨許了願望。主角許願想在全國大會的游泳比賽中出賽，死黨希望能中樂透，然後女孩子則希望能讓父母取消離婚。三個人皆實現了願望，然而唯獨那個女孩子，或許是許的願望太強烈的緣故，有大半的壽命都被吸走，只能臥病在床。

於是主角他們決定摸索打倒水鯨，奪回所有壽命的對策。他們想起女孩子許下願望時，由於願望太過強烈，導致水鯨的身體幾乎快爆裂開來，因而推測只要讓水鯨膨脹到極限，也許就能引發爆炸。主角和他的死黨對水鯨提出了大量的願望。想要跑得快、想要長高、想要肌肉。

可是爆炸始終沒有發生。接著主角意識到，只有女孩子許的願望被吸走許多壽命，因為她不是為了自己，而是為了他人許願的關係。注意到女孩子喜歡的不是自己，而是那位死黨的主角便許願，希望女孩子能和死黨成為一對佳侶並永遠幸福。吞食下那個願望的水鯨宛如炸彈一般破裂開來，那些被吸走的壽命亦回到了人們身上。

只不過，人們曾對水鯨許過的願望，同樣也回到了實現之前的狀態。游泳比賽的願望、中樂透的願望、中止離婚的願望，最終全部落空了。

「是悲劇嗎？」

「嗯……算哪一種呢？不曉得耶。不過主角的死黨和女孩子得以順利交往，感覺很幸福喔。」

「咦，竟然不是和主角交往嗎？」

只匆匆瞥過幾頁《泳》的御幸，在得知結局後吃了一驚，抬起頭來看向我。

啊，好可愛。

我保持冷靜說：「主角選擇退讓。」

「所以是悲劇？」

「不、不是、不曉得啦！我不知道。雖然不知道、不過、不過像這種收尾的方式，該怎麼說呢？我不討厭就是了。」

我給出模稜兩可的回應，御幸以悠哉的聲音說：「是喔——」並將《泳》還給了我。真是的，什麼嘛。管他悲劇還是皆大歡喜的結局，怎樣都好吧。

儘管是個讓人無法信服的結局，但對我來說無論主角的戀情是否能夠實現，只要能夠積極向前看就夠了。我邊想著這些邊望向御幸。在她後頸的地方，出了一層薄汗往下滴落。

所謂的戀情，大概沒能實現的才是多數吧。

「吶，小雪，話說回來呀，我有件超想要問的事。那首歌是情歌嗎？」

我不知道怎麼回答比較好，只是「唔嗯——」地沉吟著。

御幸好像把這當作我的表態，擅自理解之後喃喃說道：「說得也是嘛。」

「歌詞裡雖然充斥了滿滿的愛，但和戀愛不同對吧。」

「是嗎？嗯。沒錯吧。」

不明白御幸想說什麼，我只好給出含糊的回應。或許是御幸覺得這樣很可疑，又或是受到了激勵，她稍微把臉湊過來，揚起嘴角。

「所以才有一種明淨透澈的感覺，我很喜歡唷。」

我垂下目光，沒有直視她的眼睛。她的鼻梁很挺。漂亮的鼻子，漂亮的肌膚。

「哼哼。」

我的這個反應是怎樣，一著急起來，冒出的臺詞就是這樣嗎？臉頰都快漲紅了，結果御幸模仿我「哼哼」地回了一句，她這樣實在也好可愛，我拚命地故作平靜。

陡然間，室內響起御幸喜歡的混亂戰的歌。她掏出手機，是鬧鈴。

「我差不多該走了。」

御幸說了聲「嘿咻」後站起來，我不知為何也差點要跟著站起來，但是冷靜下來後便重新坐好了。

「當文化祭的執行委員好辛苦耶。」

「就是說呀。不過負責的老師是志田老師所以很有趣喔。我有告知十五分的時候會先走，等等輕音樂社見吧。」

「嗯。」

御幸說完再見便背起書包離開了。等到她完全離去以後，我留在教室中變成孤零零的一個人。

我合上《泳》，將書當成枕頭用臉埋上去。封面的紙張材質滑滑的，摸起來很舒服。我維持這個姿勢望向窗外，有了獨自一人的孤寂感加乘，外面撫過樹木的風給人一種更寒冷的感覺了。我交叉雙臂，按上自己被御幸摸過的雙肩，緊緊抱住自己。

春，你最近過得好嗎？今天我的心情也被你寫的小說深深打動著。

我在腦海中嘀咕著這些，合上雙眼。

如果這間學校也有水鯨的話，我會祈禱自己的戀情能夠實現。利用被削減的壽命，去痛痛快快地談一場戀愛。我可以對喜歡的人說出喜歡。沒有任何障礙，不會覺得這很奇怪，能夠坦然向喜歡的人說出喜歡，對心愛的人表達我愛你，並且傳達出自己的愛意，無論多少次都能傳達出口，然後迎來死亡。這樣就足夠了。

睜開眼時，風已經停了，彷彿整個世界都停止了運作，樹木靜靜地佇立。我深深地、深深地嘆息出口。

下午五點十五分。差點睡著的我，被LINE的通知聲叫醒。是悠介學弟傳來的訊息。我帶上吉他前往音樂教室。

音樂教室距離我的教室有一段相當長的路程，我慢悠悠地走過去，等到好不容易抵達的時候，正好是由悠介學弟擔任團長的一年級樂團結束練習的時間。悠介學弟一見到我，頓時展露笑容，背上貝斯朝我走過來。

「雪學姊，辛苦了。請接著使用教室吧。」

還聽不習慣的「學姊」一詞雖然令我產生動搖，不過我依然提高語調，對他笑著說：「謝謝你！」恰好這時小夜也來了。

「你好咧悠介。」

「小夜學姊，辛苦了。」

面對小夜那種像大叔一樣的打招呼方式，悠介學弟禮貌地給予回應。小夜也注意到了我，我反射性叫出聲。

「嘿！」

「嘿。」

「嘿——」

「嘿欸欸欸！」

我們互相打招呼鬧對方，最後是小夜放聲大叫，所以我也準備以大叫來回應，但考慮到等等就要開始練習，不能這麼耗損喉嚨，我才因此克制住衝動。小夜一湊過來就勾起我的手臂，我的身體在反作用力之下晃了一晃。這樣並不讓我覺得反感，因為幾乎每天，小夜都會纏抱住人，我和御幸都習慣了。倒不如說不貼上來的話就不是小夜了。

看著我們的舉動，悠介學弟微微地莞爾。

「學姊們請加油。」

如此說完，悠介學弟便和其他幾個一年級生一同出了音樂教室。這回輪到我和小夜兩人獨處。我們維持勾著手臂的姿勢想要脫掉室內鞋，如此一來自然無法保持平衡。

「危險，小夜危險。好危險。」

「不要，別離開我，我會死。」

「別死啊。」

被小夜像鬼針草般緊緊黏住害我很難行動，不過我也沒有做出強烈的抵抗。好不容易脫下室內鞋放進音樂教室的鞋櫃後，我們一起走進教室裡，以防對方跌倒。

呼嘿嘿嘿，我們兩個笑著，接著開始準備各自的樂器。

「我覺得，悠介絕對是對妳有意思。」小夜一坐上鼓椅，旋即裝模作樣地說道。

「對我？」

「嗯，絕對是這樣。因為他明顯只對妳態度不同啊。之前只有我一個和他碰到的時候，他說的是『學姊好』，但是和雪一起碰到，他就是說『學姊們好！』」

小夜胡鬧著刻意提高語調模仿。我馬上發出乾巴巴的笑聲。

「哈哈，欸——是喔是喔，這樣啊。嗯。」

我一面心想：那是怎樣啊？一面敷衍地回應。

將吉他從袋子裡拿出來後，我將袋子擺到音箱的後面。不知是否因為看到我不為所動的樣子感到不滿足，小夜找碴說：「別岔開話題啊！」她將總是放在包包裡的鼓棒取出來。我透過鼓架的縫隙間看到，忍不住出聲說話。那雙鼓棒因為最近的打鼓練習已經變得破舊不堪了。

「哇啊，該買新的了。」

「真的耶，變得超級破破爛爛的。」小夜如此說著將鼓棒放到小鼓的上面，然後用自己的手機拍照。又來了。晚點她多半會上傳到ＩＧ或推特上吧。小夜真的超喜歡用社群軟體。

「實際上又是怎樣呢？」

「什麼怎樣？」

「不覺得悠介很帥嗎？」

我將導線插上音箱，在彈奏之前先替吉他調音，同時在腦袋裡暗忖：又要提那件事了嗎？一邊思考起關於悠介學弟的事。

今年加入輕音樂社的悠介學弟，是個靦腆寡言的孩子。相較於跟他一起入社的源太學弟或真一學弟，他在社團活動的時間幾乎不說話，老是窩在角落練習吉他。由於我也是吉他部的人，加上看到御幸和小夜積極地與一年級生交流，讓我也想這麼做，便向悠介學弟說了加油。原以為是個不怎麼說話的孩子，卻在聊到音樂的話題後，突然就侃侃而談了起來。

他聊起喜歡的音樂、喜歡的吉他、喜歡的樂團，還告訴我雖然自己完全不會彈吉他，不過希望有朝一日也能站上舞臺，做出懾人心魄的演出，抱持這樣的心情才會選擇吉他兼主唱的位置。

「他是個好孩子喔。」

我認為，是個好孩子。但是我沒有往小夜的方向看過去。因為我很心虛。儘管認為對方是個好孩子，從另一方面來說，他卻不是我擅長相處的類型。

我向他搭話時只會陪笑而已。起初正是因為看到他不太說話、與周遭格格不入的樣子，我才產生了某種自視甚高的優越感。可是實際上的悠介學弟，具有果斷告訴別人自身喜好的力量。

他和我不同，是和我完全相反的孩子。他是個可以當著他人的面，闡述自己喜歡事物的孩子。

「長相呢？」

面對小夜接二連三的追問，我壓抑住自己真正的想法，笑著答道：「討厭！我覺得他是個可愛的孩子啦。」

一聽我這麼說，小夜似乎誤會了什麼，馬上賊兮兮地笑起來。我用偽關西腔應付過去，「有啥米好笑的餒。」

就在我準備完畢的時候，御幸抵達了音樂教室。

「歐嗨——」

「歐嗨——」

「歐嗨——」

我們在社團碰到彼此時，一定會這樣打招呼。早期電視節目上的打招呼方式成為了我們最近的流行。

「小雪、小夜，抱歉。執行委員會那邊找不太到開溜的機會。」

御幸反覆微微鞠躬道歉，並走向貝斯音箱的旁邊開始做準備。

「完全沒關係喔。」我笑著回她，並將樂曲的歌詞與和弦表擺到譜架上。

小夜先從鼓的位置離開一下，來到音樂教室的正中央，在可以同時看到我們三個人的地方擺好一張椅子，再用百元商店買來的手機架立起手機，按下錄影鍵。我在這個瞬間繃緊了神經。自己並沒有特別討厭被錄影，只不過為了紀錄演奏模樣所做的拍攝，對於技巧尚未純熟的我來說很有壓力。但是，這麼做才最能從客觀的角度審視自己的演奏品質。

小夜回到鼓的位置，御幸亦準備完畢，強烈的緊張感霎時籠罩住我們。無論練習過多少遍，在最開始的時候，身體仍會不由自主地變得僵硬。

呵呵。

從身後傳來笑聲。是小夜忽然笑了出來。受到感染的御幸也笑出聲音，然後我也跟著笑了。有時我們會像這樣不帶任何理由地笑出來。臉頰的肌肉變柔軟了，僵硬的肩膀也放鬆了下來。

「那就開始吧。」

我面對手機鏡頭說道，旁邊的御幸回答：「好。」而在經過短暫的沉默以後，小夜揮動那雙破破爛爛的鼓棒開始倒數。

文化祭在後天舉行。

我們要在文化祭上，演奏我第一次創作出的歌曲。

柿沼春樹・圖書室

遠處的音樂教室響起吉他與鼓的聲音。

除了媽媽在車內放的那些音樂以外，我認識的不多，所以去唱卡拉ＯＫ時，我幾乎只會唱距今有些年代的歌，還因此被穗花取笑。

從創作出某樣事物的觀點來看，小說和音樂是一樣的。倘若我沒有寫小說的話，或許會透過某項契機開始玩音樂也說不定。

我邊思考這些事，邊和文藝社的社員們為了文化祭一起布置圖書室的展覽。當然，穗花與結城也在幫忙的行列之中。

文藝社的宣傳海報，由那些總是聚在教室角落畫漫畫的女孩們愉快地設計，瑣碎的陳列說明牌交給手工靈活的社員來製作，至於穗花和結城兩人則共同合作，將百元商店買來的桌布鋪在桌面上。

「春樹同學，接下來的這個也麻煩你。」

我按照古角老師的指示，挪動有滾輪的小書架，打造方便客人們移動的動線。我跟古角老師一起，將書架一座座靠到角落去。

「春樹同學，不展出自己寫的小說，這樣真的沒關係嗎？」古角老師一面挪動書架，一面用只有我聽得見的聲音說話。

「又是這個話題嗎？」我邊推書架邊笑著回他。

我在寫小說的這件事，沒有告訴穗花和結城以外的同學，只有向這位既是老師又身為大人，還早已和我情同友人的古角老師坦白。古角老師沒有對我另眼相待，反倒還會陪我討論小說內容，像是這種發展比較有趣啦、這種用字遣詞給人比較厲害的感覺啦等等。

「沒關係。只要我喜歡的人們知道這件事，這就夠了。」

我小聲回應，老師則一如往常地回我，「這樣啊、這樣啊。」

「春樹同學，我很高興喔。」等我們一起把最後一座書架推到角落靠齊後，古角老師說，「謝謝你信任我。」

「要說是信任嗎？唔。」

「你從去年暑假結束之後就改變相當多。在這一屆學生當中，你是改變最多的一個。這讓我在高興之餘，也覺得感傷哩，簡直就像在看自己的兒子一樣。」

這種感想也太誇張了吧，我這麼暗忖的同時，卻又感到有些難為情。

說什麼自己的兒子。你又不是我的父親。

要說我有所改變的話，或許真的是這樣吧。最近我很少煩惱父親的事了。我「嘻嘻嘻」地笑起來。

「啊，只有這點一點兒也沒變。」

如此說著，古角老師也學我發出「嘻嘻嘻」的笑聲。嘻嘻嘻。嘻嘻嘻。

「都是多虧身邊的人的關係。」

如此說完，我朝穗花與結城的方向望過去。

他們在所有桌子上都鋪好桌布，為了劃分各個社員分配到的區域，正用膠帶做區隔。穗花貼得很認真，不過結城好像厭倦了，在打哈欠。

「有交到除了我以外的朋友，太好了。」

「我跟古角老師不是朋友吧，不是摯友嗎？」

「看看這孩子多麼的好啊。如果你是我學生，我就給你A評分了。」

聊到這裡，我和古角老師兩人一起「嘻嘻嘻」笑起來，並以此引發共鳴，笑得合不攏嘴。

不久，準備工作全數大功告成，最後社長發給大家文化祭的展覽室櫃檯排班表，一解散之後，結城便馬上湊了過來。

「春樹，我們同個時段耶。」

我和結城被安排在首日的十二點到下午一點值班。中午的時段多半很閒吧，另一方面，穗花則是輪到第二天的班。

「為何……」在我們後面散發出負面氣場的穗花喃喃自語。或許是覺得三個人排一起比較好吧。

「來找我們玩啊，穗花。」

我對她這麼說後，穗花隱約綻放笑容，眼中卻泛著淚光。

「我討厭被排擠。」

她抓上我和結城制服背後的縫線那一帶。

「耶——！」

結城一奚落穗花，穗花馬上掐住結城的背，那股擰扯的力道感覺都快把肉掐下來了。

「春樹！這個女人！欺負我！」

聞言，穗花對結城輕輕使出擒抱，結城接招後在原地打轉起來。彷彿遊樂園的旋轉木馬似的，他帶著穗花繞著圈團團轉。

「慢著，你們兩個，難得布置好的空間會壞掉，冷靜點。」

這起騷動甚至讓古角老師著急地出聲提醒，兩人頓時停下來低聲道歉。

他們苦笑著，一想到古角老師鮮少會出言提醒，遂又有點心生膽怯。

小倉雪・社團活動

「呼——」地嘆出好大一口氣後，我看向御幸。

「很好餟。」御幸笑嘻嘻地說。

這回我朝另一邊，坐在鼓前面的小夜的方向看過去。

「很好的餟。」小夜模仿御幸的說話方式，跟著用了偽關西腔來說話。

我深深地、深深地吸入一口氣，隨後面向正在替我們錄影的手機鏡頭說：「很好餓啊！」

我一發話，繃緊的緊張感倏地應聲斷裂，室內同時充滿了我們的笑聲。

今天就是文化祭之前最後的練習日了。三個人再一起練習個幾次，接著就要迎來後天的正式演出。

決定稍作歇息後，我喝了水滋潤喉嚨。小夜去操作自己的手機，將相機的錄影模式暫時關掉。

「吶，妳們還記得約定吧？」

小夜的話害我心跳漏了一拍。約定……

「那個表情是怎樣！」

「咿！」

我胡鬧著裝出恐懼的表情。是的是的，我記得的喔。有好好記在心上的。

她指的是，要把我們三個演奏為了文化祭創作出的原創曲的影片，上傳到社群網站上這件事。像這樣毫無可取之處的我們，究竟有什麼好讓人看的啊？

儘管我曾這樣說過，但是說實話好像有點有趣，所以我沒有反對也沒贊成，畢竟御幸也表示過可以，還能以此增加三個人之間的回憶。目前首要的就只有專注在即將到來的文化祭上，並完成最後的練習而已。

「不過啊，要是這個影片被廣傳的話，事情就有趣了吧。」

「等等，不要啦，很丟臉欸。」

「咦——我覺得這很有可能欸。」

「就是說呀，小雪唱歌很厲害喔。絕對會有很多人要聽的！」

即使御幸誇獎了我，我依然沒有自信。

我將寶特瓶裡的水一飲而盡，清了清嗓子後，便催促兩人再度開始練習，「來吧，要繼續了喔。」

結束了全部的練習，接下來輪到三年級使用教室。雖然我們到此便算練習結束，可距離下午六點的離校時間尚有一點兒空檔，文化祭執行委員的會議亦結束一段時間了，於是我們決定去找志田老師玩。

拔腿衝在最前面的是小夜，她一抵達國文科辦公室便大喊：「志田老，呀吼——！」

完全是叫朋友的態度，我和御幸紛紛被她亢奮的情緒逗笑了。不過，自從升了一個年級後，她就不再對老師說出「我們結婚吧」這句話，光從這點來看就當作小夜有所成長好了。

志田老師嚇得抖了一抖，但在弄明白出現的是我們之後，便拍拍胸口放鬆下來。

「別嚇我餒。妳們幾個怎麼了，結束練習了嗎？」
「結束了——志田老師我們好快又見面了。」
如此從容說話的人是御幸。啊——好可愛。
我也想和志田老師說點什麼、想要聊點什麼，心情七上八下的。老師看穿了這點，笑著說：「在慌張什麼餒。」
升上二年級後我明白了一件事。志田老師雖然有點可怕，卻是個有著成熟思考方式，溫柔的人。儘管說話口氣粗暴，卻時常陪伴在學生身邊。當我為了自己寫的樂曲歌詞煩惱時，有時會從志田老師那裡得到建議。自那以來，即便我不如小夜那麼積極，也漸漸地對老師敞開心房了。
我不怎麼喜歡男人，不過唯有志田老師不會讓我覺得討厭。
「咦，只有志田老師一個人在嗎？古角大叔呢？」
「不要叫老師大叔。古角老師身為文藝社的顧問，好像從今天就要開始準備。妳們明天也要做輕音樂社的準備哩，記得穿運動服來。」
「好——」
為了後天的文化祭，明天整整一天都要耗在準備上面。動作快的社團和班級似乎從今天放學以後就開始著手準備了。輕音樂社因為是在體育館舉行活動，得等到文化祭前一天才能設置道具器材，要搬鼓，還有音箱等等過去。

「志田老師絕對要來看我們表演喔。曲子是雪超努力做出來的。」

小夜這麼說，我當場難為情得低下頭。戰戰兢兢地抬眼往志田老師看過去時，只聽老師說完一聲「喔」，接著便露出牙齒笑了起來。

「我知道，之前為了寫歌傷了很多腦筋嘛。我超期待喔。」

「好、好的。」

「小雪太好了耶！」

站在我身旁的御幸興高采烈地握住我右手。感受到被誇獎的喜悅，身體還被御幸手中的暖意浸染，我不禁咧嘴而笑。

小夜堂而皇之地坐到志田老師隔壁的山角老師的座位上……她坐下了!?隨便坐老師的位置不會被罵嗎？我看向志田老師，後者一如平常沒有出聲指謫，我這才長嘆出一口氣。

我和御幸都覺得只有志田老師在是好事。我們靠到牆邊，擺出放鬆的姿勢。沒有像小夜那麼明目張膽就是了。

「志田老師。」

「什麼事，御幸。」

「老師的同學們不會來嗎？或是朋友呢？」

一聽御幸這麼說，志田老師頓時「嗯——」地沉吟起來。

「朋友嗎——」

「志田老師，其實沒有朋友。」

「不，我有啦！」

小夜的調侃與志田老師的吐槽讓我忍不住呵呵笑出聲。被志田老師發現後，他瞪大眼睛說：「有啥米好笑的。我的教師證是到縣外的大學讀書後取得的哩。以前雖然也有關係不錯的朋友，但都過去十年了，不知從什麼時候開始，就沒再聯絡了。」

「咦，原來是這樣嗎？」

對老師說的內容有反應的人是我。十年，十年後。我望向御幸和小夜。經過十年之後她們兩人會變得如何呢？還會記得我嗎？還會和我是朋友嗎？

我頓時伸手摸起近在身旁的御幸的頭髮。御幸察覺到我的動作，便甩了甩頭和我玩鬧。為了掩飾自己的不安，我對御幸的頭髮一通猛揉，於是她「哇——」地叫了起來。

「是滿寂寞的啦，不過就算沒聯絡了，要是哪天碰到一定還是會像當初那樣相處愉快。像妳們就算過了十年，肯定也還是好朋友吧。」

不曉得志田老師是不是看穿了我的不安，他盯著我這麼說。我感到一陣害臊，將視線轉往御幸與小夜的方向。

我噁心地嘿嘿笑著，隨後，御幸與小夜也和我一樣，嘿嘿笑了起來。

我喜歡她們兩個。

喜歡小夜的開朗，感覺連自己都變開朗了。

喜歡御幸的溫柔，想要被她的一切包容。

柿沼春樹・放學後

到了離校時間，我們步出校園。

三個人一起從學生專用的校舍出入口出去，這之後結城為了去打工要往車站的方向走，我和穗花則要走去公車站。我們無一例外，總是在這裡道別。

「那就明天見囉。」

「拜拜，結城。」我說道，穗花也一起道別。

——原以為會這樣，然而不知為何穗花不發一語地沉默著。

「穗花，加油喔。」結城看著她邊笑邊說。

接著穗花低聲回答：「嗯。」不明緣由的我覺得很尷尬，只好裝作沒有聽到。

這兩人有時會說些只有我聽不懂的話。而我不會主動過問。

「好期待文化祭耶。」我們邊走著，我邊和平時一樣主動開啟話題。

穗花說她討厭被排擠，這點我也一樣。為了不讓彼此陷入沉默，為了不感到尷尬，當只有兩人獨處時必定會由我拋出話題。穗花本身也很健談，所以一定會回應我。當然結城也是。

但是唯獨今天不同。穗花什麼話都不說，連一聲都不吭一下。

「烤地瓜的季節到了耶。」

焦慮。明知秋天都過去一半了，我還這麼說。至此穗花總算點點頭應聲，「嗯。」她的樣子很反常。

「穗花。」

「什麼事？」

「妳肚子餓了嗎？」

下一秒她默默地伸手戳我的背。好痛。不過我很開心。

「春樹你啊，真的很厲害耶。」

突然間，穗花說出平常的她不會說的話。我想也沒想便刻意用粗魯的口氣回應她，笑著說：「啥？」。

「寫的書很厲害，《泳》好漂亮。」

「漂亮？」

「用字很漂亮。」

穗花一面往前走，一面以認真的口吻說道。她的這些話惹得我一陣羞澀，差點就像私卜和古角老師相處時那樣，發出「嘻嘻嘻」的笑聲。

「之前，我們不是有學過詩嗎？雖然自己有寫了點什麼成果出來，可是後來我讀了春樹的小說卻發現，啊，感覺完全不同耶。於是我又從頭讀了一次《泳》，有種透澈的感覺。」

「透澈是指什麼？」

「用詞呀。讓人沉浸在其中，很安心。像是躺在游泳圈上仰望天空，身體漂浮於海面上的感覺。但是不會讓人覺得孤獨。」

「咦——！」

「那個『咦——』是怎樣？」

「好羞恥。」

「真的？」

我要發狂了。

這樣反常地說些認真的話，又用平常的態度嬉笑，使得我莫名地緊張起來。我知道自己笑得很不自然。無法巧妙地笑出來，為此我緊張得直盜汗。

剛剛說的巧妙地笑出來，是為了什麼？我是想要掩飾什麼嗎？

我是從何時開始，在他們兩人面前學會陪笑了？

「發表了《泳》，真的很恭喜你。」

「謝謝。」

我道完謝，穗花卻仍盯著我，好像還期待有下文的樣子。

「妳肚子餓了嗎？」

我問出和先前一樣的句子，以為又要被戳背了，遂退後一步。不過，穗花什麼也沒對我做。她轉過頭，背對夕陽的逆光讓陰影蒙上那張臉龐。

我觀察她的表情，發現她沒有笑。

「就是現在呀。」這時，穗花溫柔地開口說道。

其他學生的足音在放學的路途中奇異地迴響著，從中傳來她柔和的語調。

「說你喜歡我。」

早在許久之前，她的棕髮便消失了，如今那頭烏黑的髮絲隨風飄揚。頃刻間我整個人直到耳尖都燙紅了。然而與此同時，亦感覺到腹部深處傳來某種蠢動。是憤怒。

既喜悅，又羞恥，還很憤怒。

搞什麼嘛，妳這不是、不是有好好記住嗎？明明就有好好記得嘛。結果到目前為止，卻都表現得像是忘記了一樣。搞什麼啊，這算什麼嘛。

「還以為妳早就忘了。」

沉默橫亙在她與我之間。一種獨特的氛圍盤踞著我們，落在她身上的暗影越發濃重，空氣逐漸轉涼。可不知為何，這股寒涼令我感到舒心。

「我沒有忘記。不可能忘記的喔。」

「已經是一年前的事了喔。」

「那又怎麼了嗎？」

我向前邁出一步。穗花那張化為朦朧暗影的臉龐總算變得鮮明可見。她的臉蛋紅通通的，一路延伸到耳朵都染成了緋紅色。那絕不是夕陽的緣故。

「現在想想，我覺得春樹就算沒有喜歡上我，也一定會繼續寫書；就算沒有遇到我，也會持續寫書才對。所以寫出《泳》並不能證明什麼也說不定，不過……」

穗花說話時的呼吸有些過快，為了讓那些快要滿溢而出的話語平靜下來，她揪住我的衣領，使勁握緊了手。

「我一直在等。春樹可能已經忘了，不過我一直在等你。春樹。」

「什、什麼？」

「現在由我來告白。」

那個宣言是怎麼回事！然而眼前似乎不是適合吐槽的時候，我只好嚥了口口水。從旁邊經過的男學生好像聽見了對話，一副饒有興致的樣子回頭看向我們。

穗花沒有理會對方，面對我的那副神情滿是嚴肅。

「但是在告白前先讓我說一件事。」

她究竟有多少想說的啊？我已經難為情得不行了。穗花鬆開我的衣領，慢慢伸手指向我，簡直就像小朋友要對另一個小朋友惡言相向時的舉動，接著她開口說：「你這個膽小鬼！」

穗花如此發話，然後狠狠地、毫不留情地，踹上我的後背。

「呃！」

超痛！

咦，穗花剛才說了什麼？雖然由我自己來講感覺也有點那個，不過接下來她是要對我告白沒錯吧？

「到底打算要讓我等到什麼時候？想要讓我困擾到什麼時候？你的小說根本就寫得不順利嘛，虧你去年在夏季廟會時還誇下那種海口。究竟想讓我等多久啊？都過去一年了耶！一**年**！」

穗花氣勢洶洶地仰面大喊，宛如一名偶像般令我無法移開目光。我彷彿產生一種錯覺，每當她發出一個音節便掀起一陣暴風，而我只想用手擋住自己的臉。

「光是這樣、光是只有這樣還可以算了。但是啊！你好不容易寫完了小說！寫完小說，出了書，然後呢？到現在已經過去一個禮拜了喔。這樣算什麼啊！」

切、切中要害。

「再加上，小說是寫完了沒錯！但這顯然是以我們三個當原型寫成的沒錯吧!?雄也是結城，冬樹是春樹，彩花是我！」

「妳、妳發現了啊。」

「絕對會發現的吧！我馬上就很激動耶！春樹竟然把我寫進了故事裡！是那個春耶！將我寫成了小說的登場人物！可是，最後的結局！為什麼是彩花和雄也成為一對啊！」

穗花就像是怪獸電影中的怪獸在噴火似的，大吼大叫著彷彿要將一切破壞殆盡。要被宰了，要被宰掉了！附近盯著她看的人們，同樣害怕地移開視線。我也跟著退後兩步。不如就趁這個機會，拔腿逃得遠遠的吧。

就在我這麼想的時候，她終於說了這句話，「應該是彩花和冬樹要變成一對才對吧！」

在那聲吼叫結束以後，四周迎來一片寂靜。

烏鴉高飛而去。以此做為信號，太陽緩緩西落，周圍蒙上了少許的灰暗。穗花深呼吸好幾次，肩膀上下起伏著，隨後整個人變得通紅。對於不會像野獸一樣憑藉衝動行事的她而言，不難想像剛才的吼叫到底豁出去了多少。

我苦思著要說些什麼，應該說些什麼才好。

我喜歡妳。

無論是三個人一起吃午餐的時候，在圖書室讀書的時候，甚至放學後從學校走到公車站那段短短的距離，彼此配合著腳步走路的瞬間，我全部都喜歡。

可是有天我想到了，像這個樣子，該不會只是我的自我陶醉而已？因為不就是這樣嗎？假如最初告訴我《尋找母親》感想的人不是穗花而是別人，我喜歡上的搞不好就是那個人了。自己只不過是受到愛慕自己作品的人所吸引，但我怎麼能僅憑這種自我中心的態度就去喜歡對方。

所以才會認為結城是適合的人選，認為配得上穗花的人是結城。他的外表帥氣，聊起天來也開心，和我不同，是與穗花般配的人，我一直、一直、一直都是這麼想。一面抱持著這種想法，我一面提筆完成了《泳》。再說妳似乎也已經忘記與我做過的約定了。

我曾經是這麼想的，卻原來不是這麼一回事。原來妳一直在等我啊。這樣好嗎？穗花。

「我喜歡春樹。喜歡二年B班座號六號的春樹。」

我也喜歡妳喔。非常的喜歡。喜歡二年C班座號二十六號的穗花。

「我喜歡雖然還不成熟，可是只要一談到書的事情就會全力以赴的春樹！」

我也喜歡畫漫畫時總會全力以赴的穗花喔。

「喜歡你思考時遇到瓶頸就會咬指甲的習慣！喜歡那隻被咬得破破爛爛的中

指！」

我喜歡妳只要寫作業不順利，就會搔抓腦袋的習慣喔。

「喜歡你身高一百七十公分！」

我喜歡身高一百六十公分、體重五十一公斤的穗花喔。

「喜歡你明明不擅長運動，不知道為什麼在運動會上依然會卯足全力！尤其是打籃球的時候！」

我喜歡在運動比賽快要輸的時候，口氣就會粗魯激動起來，甚至會輕易說出「我要宰了你」的穗花喔。

「喜歡你有時候會發出奇怪的笑聲！」

那個就，嗯，嘻嘻嘻。

「我喜歡春樹的全部……全部都喜歡。春樹對於重要的事情隻字不提，完全不告訴別人自己想做什麼，因為沒有這個膽量對吧？膽小鬼，懦夫，所以不對我說喜歡也沒關係喔。反正我一直都曉得。我也曉得你喜歡我，知道你一直都喜歡著我，所以如果我說得沒錯的話——」

說得沒錯的話？

「就請你握住我的手。」

穗花紅著臉，朝我伸出手。就連這種時刻，我也還在分心留意外物的動靜。

公車到站的聲音。學生騎著自行車離去的聲音。樹木搖曳的聲音。聲音。聲音。聲音。聲音。聲音。聲音。聲音。聲音。聲音。聲音。

提到聲音，從方才起便老是有樣東西吵個不停。是我心臟的聲音。明明想說的話一句都說不出口，偏偏只有身體叫囂個不停。好惱人。好痛恨這顆比我還要大聲叫囂自己心情的心臟。我不想要輸。

於是我開口說：「我喜——」

「快回家去！你們兩個青春的年輕人！」

我嚇得猛然跳起來，一瞬間還以為心跳要停了。穗花也一樣，甚至發出滑稽的叫聲，「嘿嗚！」

由於我們在校舍旁的馬路邊說話，還絲毫沒有打算回家的樣子，負責學生輔導的鄉田老師看不下去，才隔著校舍的圍牆扯開嗓門大喊。穗花突然被這麼咆哮，眼眶裡都泛出淚光來了。

我實在是很笨，所以馬上急著大喊：「不好意思！」一心只顧著要快點、盡快從這裡離開。必須去到鄉田看不到的地方才行。為了帶穗花離開，我握上她的手。

我握上了她的手。

緊接著我拔腿跑起來。穗花邊發出「唔欸」的聲音邊跟著一起跑。我們現在，並不受重力的拘束。就像是順風而行那般，隨著楓紅能夠去到任何地方。

「是我、贏、了。」

穗花在後方如此低喃。我沒有回頭看她，只是一個勁地邁步跑過街道，狂奔個不停。

「春樹，你是喜歡我的對吧？吶，是這樣對吧！膽小鬼！膽小鬼！是我比較強！因為我說了喜歡，我說了喜歡！我說了喜歡你！是你活該！又懦弱，又膽小的春樹，我喜歡喔！哈哈哈！」

路上的行人一臉不可思議地，用可疑的目光盯著我們。從旁觀的角度來看，恐怕會覺得我是名誘拐犯，而她正在求救吧。

我也必須說些什麼才可以。必須說點什麼，我得說出口才行，我在腦袋裡思考。

喜歡妳。說不定我說得出這句話。但是，但是這是我長久以來盼望的戀情。要是說了喜歡的話，要是我說得出喜歡的話，感覺她就會棄我而去了。因為她喜歡的是那個懦弱的我，是那個連喜歡都無法宣之於口的我。

所以，我最終只和平常一樣，笑著回應她，「嘻嘻嘻，嘻嘻嘻。」

小倉雪・早飯

我睡醒的時候，感覺好想吐。

不是身體不舒服的關係，生理期也在前幾天結束了。是出於緊張、興奮、不安，以及想活動身體的心情，這些情緒將我塞得滿滿的。我很快便察覺到身體高呼著好想做點什麼、好想快點活動筋骨。但是必須克制住這一切，雪，現在還不是時候。還太早了。我就像這樣透過對自己喊話來讓自己冷靜。

今天正是我盼望已久的文化祭。是我公開演出人生第一首自創曲的日子。最棒的日子。想必這天會成為最棒的日子。我如此告訴自己，藉此讓身體平靜下來。

然而，在我看到繼姊替我準備的早飯的瞬間，想吐的感覺卻更強了。

由於從事平面設計的繼姊是居家辦公，工作時間亦自由，這似乎讓她有時對於時間的感覺變得混亂。例如不需要接送我的長假期間，她經常會過著日夜顛倒的生活。一旦生活不規律的話，飲食生活或許會跟著混亂吧？

不過再怎麼說，眼前的這幅光景未免也太過分了。

「請享用。」

繼姊面帶微笑，說話的聲音可愛到讓人懷疑句尾加了愛心。我則面對餐桌上擺滿的菜色啞口無言。

白飯、味噌湯、玉子燒、生菜沙拉，到這裡還算正常，但除此之外的料理明顯就很奇怪了。義大利麵、烤遠東多線魚、牛排、咖哩、披薩、炸豬排、能量飲料。

話先說在前面，這些是早飯的菜色，並且現在是早上七點整。

「妳是笨蛋嗎？」

因為現在只有我們兩個一起生活，撇除吵架的時候不論，平常是會留意和對方的說話口氣的，不過此刻我很自然就罵了出來。只見繼姊得意洋洋地用鼻子哼氣，向我展現大功告成的滿足感。一大清早起床做了這滿滿一桌，的確是會有滿滿的滿足感沒錯啦。我盯著牛排，兩眼發直。天啊……超大一塊。

「我會死啦。」

「很棒，保持這個樣子就對了。」

「妳在說什麼啊？」

「懷抱會死的覺悟活下去吧。」

啪，繼姊朝我後背拍過來一掌。我被這股力道壓著坐進椅子裡。她好亢奮喔。到底幾點起來準備這些的啊。

「今天是小雪重要的日子對吧？不用全部吃光光，吃掉吃得下的部分就好。妳最近只顧著練習唱歌和吉他，都沒好好吃飯對吧，這一桌菜讓妳儘管吃到恢復體力為止。」

繼姊如此說完，輕輕拍了我的頭。這種彷彿戀人的舉動害我心動了一下。

我抬頭觀察繼姊的臉，有一點點與我記憶中的繼母重疊在一起。

原來她一直有在關注我嗎？一直在替我加油嗎？因為繼姊很少會問我有沒有享受音樂，所以現在是第一次確實感受到她想替我加油的心意，心情不由得有些澎湃。

經過一次深呼吸以後，總之我先咬了口炸豬排。啊，糟糕，口水一下子湧了出來。咬下去酥脆聲響起的同時，豐盈的肉汁亦隨之噴發而出，我的嘴巴頓時受到一整塊豬肉的支配。好久沒吃到肉了，況且還是炸豬排這種等級的肉。

為了今天的到來，我這陣子晚上必定會練習，晚飯自然就都吃些簡單的東西來解決。隨著日子一天天來臨，忐忑的心情讓我連早飯也吃不太下了。

每當我咬下一口，再咬下一口，嘴巴裡就有口水不斷湧出。這時我才發現自己的肚子早就餓癟癟了。

「好好吃。」

「那就好。」繼姊看著我咬下炸豬排的模樣，流露出滿足的神色，接著溫柔地說：「雪，別認輸了。雪，加油。」

我就這樣在繼姊的監視之下，更正，是在她的注視下，將每一道料理各嘗了一點兒。全部吃光的話真的會出人命，所以我只有在最後一口氣喝光能量飲料而已。剩下的飯菜，似乎會被當成今天的晚飯或便當。

「準備好了！」

我在玄關喊道，繼姊隨後以一身略顯正式的時髦打扮現身。

「姊姊妳好漂亮。」

「我畢竟是設計師啊。」

但又不是服裝設計師？雖然想要吐槽，不過我最終只是默默地和繼姊一同坐進汽車裡。

這段從山路開往學校的路途，我數不清究竟通過多少次了，如今樹葉染上些許秋意，總覺得也在替我打氣應援。我對於浮現出這種浪漫想法的自己感到難為情。

從裙子口袋裡傳來震動的聲響。我查看手機，是御幸和小夜在我們的共同群組裡傳來的訊息，裡面的對話正如火如荼進行中。

『今天就要正式上場了喔！』

『就是今天！』

『喔不，搞不好不是今天吧。』
『搞啥呀！』
在她們做這些無謂的對話的同時，另一方面，我注意到悠介學弟發來的訊息。
『雪學姊，今天請加油。我會從觀眾席上替妳們聲援。』
又是一封彬彬有禮的文字。
『謝謝！我好緊張。』
因為悠介學弟是個文靜的孩子，所以在和他傳訊息時，我也莫名地表現出慢熟的一面，說話的口氣亦忍不住客氣起來。明明學弟們也要在文化祭上表演，居然還認真替我們加油，真的是個很可愛的孩子。
在我回完悠介學弟的訊息之後，便重新回到和御幸她們的共同群組裡聊些沒營養的話題。幾分鐘後，我再次收到悠介學弟傳來的訊息。
『我非常期待。話說，雪學姊，演出前若是方便的話，能否抽空和我單獨見上一面？』

柿沼春樹・圖書室

「還好那時候回家的人很少哩。」

文化祭第一天。

結城在旁邊一面讀書，一面聽我說話。

中午十二點至下午一點的期間，由我和結城輪值展覽室的櫃檯。客人們得以自由觀賞文藝社學生們的作品，而櫃檯人員須負責在客人閱畢後，將展出作品重新整齊擺好，或是負責作品的解說。

想著搞不好會被問到自己的作品，所以我原先還幹勁十足，不過中午的這個時間點果然沒什麼人潮，前後只來了零星幾名學生家長光顧而已。

結城見狀便打著「合法偷懶」的名義，邊看書邊和我閒聊。

至於聊天的內容，當然就是我和穗花的事情。

「所以，結果你們開始交往了嗎？」

「嗯……對吧，嗯。」

「把話說清楚。」

「是的，您說得沒有錯。嘻嘻嘻。」

結城輕輕踢了我一腳，我嚇了一跳，忍不住用敬語說話。

在那之後，我們兩個宛如在演青春偶像劇一般不顧一切地奔跑，於是不小心跑過頭，錯過了穗花平時搭乘公車的站牌。既然機會難得，我便提議讓我媽媽載她一程，所以穗花就一起去了我家一趟。

穗花面對初次見到的媽媽，一點兒障礙也沒有，張口便說：「從今天開始春樹同學就和我交往了，我叫做穗花。」途中場面一度陷入微微的靜默。不過幾秒之後，媽媽旋即噴笑出聲，我面紅耳赤，至於穗花則不知為何擺出一副神氣的模樣。

比我搶先向結城報告的人也是穗花。

「那時候我還在打工，結果來了超多聯絡。等我一結束打工回覆的時候，馬上就接到她超多報告了。」

「感覺、總覺得很抱歉。」

「哈哈，安餒很好啊。我一直都在幫你們加油喔。」

結城的右手從書本上抬起來，握成拳撞上我的肩膀。我一出力用肩膀撞回去，結城立刻發出神祕的聲音，「嗚耶——」

之前結城和穗花看起來莫名的關係很好，其實是因為穗花找他商量我的事情係。關於她喜歡我的事，關於我發表完新書以後可能就會對她告白的事，以及我沒照著她的預期，完全沒有對她告白的事。還有在《泳》的結局是以穗花和結城為原型的兩個角色交往來收尾的事。

聽說穗花再也忍耐不下去，原本打算放棄了，而從背後用力推她一把的人正是結城。好像他為了說服穗花，還在車站前的速食店待到店家打烊為止。

「結城。」

「怎？」

「我和你是朋友，真是太好了。」

這時，結城把視線從書本上移開，瞥了我的眼睛一眼。接著他「哼」一聲用鼻子噴氣。

「這種話你就說得出口喔。」

結城壞心眼地笑起來。他多半曉得，我到最後仍然沒能向穗花說出喜歡吧。我羞愧得低下頭去。

「說出口會比較好嗎？」

「說什麼？」

「穗花說，她喜歡說不出喜歡的懦弱的我。但是，就算她這樣說，是不是其實我也說出自己喜歡她才比較好？」

「這不是廢話嗎？任誰都會想被喜歡的人說喜歡啊。春樹，雖然你是個好人，卻是個卑鄙小人。因為你只接受別人的告白，自己卻不對任何人說出喜歡。」

「抱、抱歉。」

「你的下一個課題就是要對著人說喜歡。」

「下一個課題？」

我冒出疑問。之前的課題是什麼？

「你已經能說出自己喜歡小說了吧。」

啊。我會意過來了。那件事他肯定也聽穗花說過了，關於我因為不確定能否順利寫出第二本小說，就拿父親當理由假裝討厭小說，進而逃避寫作的事。

「那個時候，是因為受到穗花的激勵，好不容易才有辦法說出來。我要是不依賴某個人，就一點兒也、完全不知長進。」

「說這什麼話啊。人是無法獨自生存的，擔任學生輔導的鄉田有說過喔。」哦，是那個聲音異常宏亮的老師。操行不良的結城在各方面都受到了那位老師很多關照。

「我也是這樣啊。如果沒認識春樹和穗花，應該就會一直過著無所事事的高中生活吧。現在的我比以前還喜歡書，不過我覺得這不是依賴，本來會互相幫助的才是人類嘛。欸，春樹。我喜歡春樹喔。」

結城開玩笑說道。我忽然一句話也說不出口，漲紅臉盯著他看。

「春樹你呢？對我是怎麼想的？」

「這個嘛……」

「你知道『喜歡』這個單字嗎？知道『喜』這個字嗎？聽過『歡』嗎？」

「知道啦！」

「那你就可以說啦。」

結城合起書本露出賊笑。好想吐槽這究竟是什麼奇怪的遊戲。我用力乾咳了一下，「我覺得能和結城當朋友，實在太好了。」

一聽我這麼說，結城當場傻眼，「這算什麼啊！」

我羞恥得一把掐住結城的肩膀。

「好痛！就算說不出喜歡，也能傳達出愛意，哈哈。」

掐他肩膀的動作有如按下某種開關，結城頓時放聲而笑。受到他的笑聲影響，同時也為了消弭自己的羞恥感，我於是跟著「嘻嘻嘻，嘻嘻嘻，嘻嘻嘻」地笑起來。

「算了，沒什麼不好吧。雖然你沒說出喜歡，但也有成長了嘛。要是往後能夠告訴更多人你喜歡他們就好了。」

結城如此下完結語，便又繼續埋首讀書了。

我好羨慕結城。也羨慕著穗花。擁有能向某個人、某樣事物坦言喜歡的力量，真的很讓人羨慕。

「春樹同學。」

之後過了一會兒，古角老師來巡視狀況。結城喊了聲「糟糕」後趕緊把書收進櫃檯抽屜裡。我亦挺直背脊望向古角老師。

「您辛苦了。」
「辛苦了。」
「兩位都辛苦了。如何?中午時段果然沒有人上門吧。」
古角老師放眼環視空蕩蕩的展覽室。儘管會有零星的客人前來,然而現在正好一個人也沒有。老師發出嘆息,好像很寂寞的樣子。
「早上是有客人的說,大家都去食堂吃飯了。至於那些去開小吃店教室的客人們,等下午過後就會逐漸過來我們這邊了吧?等到輕音樂社在體育館的表演結束,大概下午三點左右之後。」
「下午三點嗎?記得去年好像也是這樣,差不多從那個時間點開始,客人就慢慢變多了。」
去年我負責那個時段的排班,的確有很多人潮。
「嗯,你們就當成休息慢慢來吧。」
「哦,老師認可我們偷懶了。」
結城說完便將剛才讀到一半的書拿出來。這個人的神經究竟有多粗啊,不愧是不良少年。
「啊,喂,這可不行喔,在客人面前要好好應對。」
「說什麼客人,現在不是一個都沒——」

話還未說完，結城忽然就停下來並矯正自己的姿勢。

怎麼了？我浮現疑惑，循著他的視線看過去，在古角老師的後方出現了人影。

「唷呼，春樹。」

「媽媽。」

是媽媽，另外還有一個人。

留意到那個人的瞬間，我馬上站起身，椅子因此發出好大的喀噠喀噠聲響。這種反常的舉動害旁邊的結城嚇得大叫：「嗚喔！」

「午安，春樹。」

「九重先生！」

一直以來都在書籍出版方面照顧我，東川出版的九重先生，正朝我面露微笑。

小倉雪・校舍後方

「我、我喜歡雪學姊。請問、妳願意和我交往嗎？」

我被叫出來的地點位於校舍後方，這裡既沒有展示品，也不會有學生的家長過來。我來到悠介學弟指定的碰面場所，還想著早上的訊息是怎麼回事，就收到學弟的告白了。

「那個……」

其實也不是沒想過這種可能性，我有感覺到對方抱持好感。正如小夜所說，我有發現比起別人，學弟對我抱持的好感更多。可是我一直以為這份好感萌發成戀愛情感的可能性極低，不至於會被告白才對，因為我總是以半陪笑的態度在和悠介學弟相處啊。這種討好誰都做得到，無論是誰都能模仿。我原本只是打算和身邊的學長姊們一樣，像御幸、小夜她們那樣去與他相處的。我身上應該沒有什麼讓人覺得特別的地方才對。那種唯我獨有，特別的東西，應該不存在才對。

不知道該怎麼回答比較好。不過腦袋裡很快便冒出一種情感。

是自卑感。

他好像不好意思直視我的眼睛，目光稍微低了下去，說話的方式亦有些不自然，還不停流汗。儘管學弟不機靈也不帥氣，在我看來仍舊是閃閃動人的樣子。

為什麼可以這麼簡單就把喜歡說出口呢？為什麼你能對喜歡的事物說出喜歡呢？

像我喜歡春的心情，就算可以透過態度來表現，卻無法化成言語。我完全說不出「喜歡」這兩個字。然而這個孩子，這個小我一歲的學弟，輕易地就能對他人說出喜歡。

明明我也好想這麼做的。

「不、不用立刻答覆我。接下來就要演出了，學姊沒有空考慮我的事情吧。」
看我沉默著沒說話，悠介學弟就算呼吸紊亂仍試圖組織語句。
傷害到他了。我憑著直覺如此認定。肯定就是這樣沒錯吧。那種無法被喜歡的人說喜歡的痛苦與悲傷，就連我也很討厭。我馬上回覆他：「悠介學弟，我很開心喔。可是對不起，這件事太突然，讓我的腦袋都爆炸了……那、那個呀，等我冷靜下來以後，再慢慢考慮這件事可以嗎？」
我勉強自己露出笑容。嘴角上揚的弧度幾乎到達我的極限。哪怕嘴角裂了也要笑，就算痛也要笑，不這麼做會害他傷心，傷心過頭就會死掉。因為換作是我就會覺得很想死。
我不想傷害到他。不想對他造成更多傷害。縱使我無法喜歡上身為一名男人的他，可是我喜歡做為一名可愛的後輩的他。
我不想傷害他。
「我明白了。但我無論如何，都想對學姊說出口。能說出來真是太好了。等學姊冷靜以後，可以給我答覆嗎？」
悠介學弟接受了我的笑容，溫柔地回應了我。太好了，對他造成的傷害看起來沒有想像中嚴重。
「我知道了……」

我稍微鬆了口氣之後垂下視線，悠介學弟見狀便趕緊表示歉意，「請別放在心上。我會等學姊的。對不起，雪學姊，選在這麼重要的時候。我們回校舍裡去吧。」

「呃、嗯。」

啊，別鬆懈啊我，直到最後都要維持他所期望的雪的形象。

我和悠介學弟一同走回校舍。雖然想過要說點什麼來緩解尷尬的氣氛，可是被告白之後馬上就回到平常的態度，才更顯得不自然，所以我害羞地保持笑容詢問悠介學弟，「為什麼你會喜歡上我呢？」

唔呃，這真的是個讓人難為情的問題，但我就是想問。不是小夜，也不是御幸，為什麼偏偏是我？明明我不像小夜那樣活潑開朗，也不如御幸那般大方穩重不是嗎？

接著，悠介學弟很快便答道：「學姊替人著想的那份溫柔，是我最喜歡的地方。」

我霎時因為害臊而變得滿臉通紅。還以為是長相的關係。我以為他會說喜歡我的長相，或是其他外貌上的理由。好想死。

「說我替人著想……」

沒有那回事喔。我沒能把這句話說出口。站在他人的位置設想，對於我而言就像呼吸一樣。這是基於被人收養的成長背景所培養出來的，習慣看人臉色的個性。可是老實說，我不怎麼認為這是件好事。一味地察言觀色，導致我很難向人吐露自己的好惡，只會隨波逐流，老是顧慮旁人的想法。雖然是和呼吸一樣的習慣，但我一直想要把它戒掉。

「雪學姊，在我無法融入周圍，一個人待在音樂教室角落的時候，妳來向我搭話，以及練習結束後要交換使用教室時，妳有時候會請我果汁；還有，就算只是一點兒小事也會向我道謝，這些都讓我很高興。」

悠介學弟一臉羞赧的樣子，說話的音量逐漸低了下去。

「那、那些事，不是當然的嗎？」我不假思索便說。這些事根本一點兒也不特別。我的確有印象自己做過這些，但並不是刻意去做的。

然而，悠介學弟紅著臉，堅定地直視我的眼睛說：「不對，這很特別。可以比一般人更懂得察言觀色，是非常特別的優點喔。學姊能夠稀鬆平常地隨口道謝、普通地替旁人著想的那份溫柔，我很喜歡。這並不是什麼理所當然。雪學姊是特別的。」

或許我應該道歉才對。不對，是絕對非道歉不可。

面對這麼認真向我傳達愛慕的人，這個說我白認為很普通的個性是特別的，而且他很喜歡的人，我應該要向他道歉才對。做不到立刻拒絕你，我很抱歉。給出態度曖昧的回覆實在對不起。但是道歉的話，感覺就輸給悠介學弟綻放出的那份光芒了。

然而，此刻的我充斥了各式各樣的感情，宛如一杯水果奶昔般，直到最後，依然只給了他敷衍的回應。

柿沼春樹・圖書室

「櫻美小姐告訴了我文化祭的事，我便想著一定要過來一趟。春樹，相隔一週後又見面了，文化祭快樂。」

九重先生喜笑顏開地伸出手。聽見他親暱地稱呼母親「櫻美小姐」，雖然我產生了一點兒彆扭的感覺，可仍然要對九重先生伸出自己的手。

上週，九重先生便已配合《泳》的發售時程特地來訪過一趟，加上今天算得上是連續拜訪。

「非、非常感謝你願意過來！請、請、請到這邊坐。」我感到異常的緊張。

可能是為了要提醒我，結城在媽媽和九重先生看不見的地方踩了我一腳。咿。

我輕輕拍了拍結城的肩膀，便領著兩人走到展示作品的區域。一等我們離開，古角老師旋即和結城有說有笑地聊起來。

「也謝謝媽媽今天過來。」
「我當然會來呀。去年不是也有來嗎？」
去年，媽媽是有來沒錯。
去年文化祭的時候，媽媽穿著居家服來學校的打扮，彷彿是在採買食材的歸途中順道過來似的，我的臉紅得跟番茄沒什麼兩樣。還被見到這個場面的穗花苦笑說：「春樹的媽媽很前衛耶。」
居然還被苦笑喔。乾脆被取笑還比較好。
今年的媽媽卻與眾不同。她穿的是一套裙襬綴有蕾絲的純白連身裙。那種衣服，之前都在家裡的什麼地方沉睡著呢？那樣的穿搭並不會給人裝年輕的感覺，反倒有種符合她年齡的時髦感。好想罵她幹麼去年不這樣穿來學校。
要說最讓人看傻眼的地方，則在於男方身上同樣穿了成套的裝扮。更何況對方還是我很熟悉的九重先生。
「這就是春樹寫的短篇小說嗎？」在我觀察媽媽的期間，九重先生找到了我的作品，小聲說道。我慌忙地往他的方向看過去。
「感、感覺很丟臉。」
「怎麼會呢？這很棒啊，沒什麼好覺得丟臉的。要不是現在是文化祭，就算要用偷的，我也想把這本書弄到手。這些全部是手寫的嗎？」

「是的，不過，我其實重寫過好幾次。因為塗改的痕跡把紙張弄得亂七八糟的，所以後來有特意先打草稿，最後再工整地重寫一遍，留意不要寫錯。」

「哈哈，好像很有趣嘛。裝訂書的人也是你嗎？」

「我們有裝訂機，小小一臺，好像是已經畢業的文藝社社員留下來的。」

「這樣啊。哎呀哎呀，很厲害耶，了不起。」

九重先生一邊和我交談，一邊巧妙地一心二用閱讀我的短篇小說。我待在他的身邊顯得坐立不安，媽媽莞爾說：「冷靜點，春樹。」並握住我的手臂。

真希望他別再讀了，我覺得好糗。畢竟這本書和之前出版的兩本小說不同，沒和九重先生經過任何討論，是我獨自寫出來的東西；不過，這同時也是我努力寫出來的作品，所以又希望他可以多讀一點兒。

兩種背道而馳的心情攪和成一團，體現在外便是我這副坐立不安的模樣。

評論吧，評論吧，然後誇獎我，再點出缺點，之後希望可以繼續誇獎我。

「九重先生，那本書給你。」我頓時低聲說道。

「咦，可以嗎？不是還在展示當中嗎？」

「沒問題，有複印的稿。」

其實沒有。

「還請你務必仔細地讀它。」

「欸，但是……」

九重先生好像感到很抱歉的樣子看向媽媽，媽媽則笑著催促他收下，「哎，這不是很好嗎？」

「看他這麼慌張的樣子，你就幫他收下吧。」

「這樣嗎？哎呀，那就謝謝你們了。可以看到春樹這麼享受小說，我實在很開心。」九重先生一面說著，一面將我自己寫的那本短篇小說收進他帶來的手提包裡，「春樹，你明年就升高三了對吧？哎呀，時間過得好快啊。」

「對，與九重先生往來也有好長一段時間了。我還在寫小說，也是多虧了九重先生。真的非常感謝你。」

話音方落，我便聽見九重先生那句「哎呀哎呀」的口頭禪率先脫口而出。

「現在的我已經只剩讀者的身分了，這是春樹你自己的力量喔。春樹，等你畢業後想要做什麼呢？」

「畢業？」冷不防被這麼問，我下意識就反問了回去。

關於畢業的事，我一點兒都沒有考慮過，有種自己會一直是高中生的感覺。不過九重先生說得沒錯，這樣啊，說得也是嘛。剛好在開學後的學年集會上，才被學校叮嚀過，是時候思考未來出路了。

「嗯——」

將來。將來嗎？

「啊，抱歉，談這個還太早了吧？」

就當我剛才沒說吧——九重先生一副想這麼說的樣子露出苦笑，但我馬上對他說：「我想寫小說。」

我想也不想便說出口。

九重先生的表情一度變得嚴肅，不過很快便恢復柔和的神色，朝我伸出手。

「我很期待你的作品，今後也會拭目以待的。」

我先以大腿抹去手汗，再握上九重先生的手。被那隻溫柔的大手包覆的時候，我才想到，啊，把話說出口了。

並不是為了想討九重先生歡心。

喜歡的時候就說喜歡，討厭就說討厭。

我現在喜歡小說，所以，我想要寫小說。

今後也一樣，我要在喜歡的時候，按自己喜歡的方式隨心所欲。

觀賞完全數的展示作品，途中穿插一些閒談，之後媽媽他們表示要去其他地方晃晃。這時我叫住媽媽，並請九重先生先到外頭等候。

「妳喜歡九重先生，對嗎？」我壓低聲音不讓九重先生聽見，對媽媽如此問道。

媽媽卻毫不留情地，是真的毫不留情地用力拍上我的背。超痛！是之前被穗花踢過的地方！

「這是虐待。我要去通報。找兒童相談所（註7），媽媽妳想被抓是不是。」

「吵死了。還想再被揍嗎？」媽媽笑著對我說。

我是不想被揍，不過絕對就是那樣沒錯吧，也太明顯了。那種衣服，偶爾和我出去買東西的時候，媽媽應該從來沒穿過，她甚至有在教學參觀的時候穿圍裙來的紀錄。那樣的媽媽，今天居然會穿那種時髦的衣服過來。

「怎麼樣，你有什麼意見嗎？」

「沒啊，我沒有。抱歉，沒事，沒有那回事。」

雖然我也想追問那件事就是了，也很在意他們究竟是從何時開始保持聯絡的。

我清了清嗓子後，一臉認真地對媽媽說：「我想要、寫小說。」

聽到我重申這件事，媽媽說著「嗯……」之後便嘆了口氣。適才對九重先生做出這個宣言時，我沒漏看媽媽把頭低下去的反應。

「媽媽，妳是怎麼想的啊？關於我在寫小說這件事。」

註7　是日本基於兒童福祉法設立的組織，防止兒童遭受體罰或虐待、保障兒童權利。

「你在說什麼呀，我當然尊重你呀，很替你加油。小說可以出到第二本，簽名還被裝飾在書店裡，我真的很高興唷。」

顯而易見地，老套地，媽媽的回話簡直就像模版似的，彷彿是一名普通母親會說的話。但是我曉得，我的媽媽並不是尋常人家的母親。她是個想法迥異，而且總是在我面前逞強的人，這些我是明白的。

正因為明白，所以我更不能不顧她的想法，不能夠對此視而不見。

「媽媽，我不想變得像爸爸那樣，我現在也還是這麼想。」

直到這一刻，媽媽終於顫抖了一下，顯露出詫異的神情。她用右手抓住左手腕，宛如躲進殼中、緊抱住自己那般縮起身體。

「可是，我想成為小說家。想嘗試這條路。想要從事自己想做的事。今後我依然想讀小說度日；甚至往後的日子，我也想寫小說度日。是否要把這當作本業或是興趣是另一回事。不過，我想得到媽媽妳的祝福。」

「祝福……」

「沒被媽媽祝福的話，我就不想寫什麼小說。無法得到媽媽認同的話，我就不想寫小說。要是在媽媽沒有允許的情況下繼續寫小說，我一定會後悔一輩子。後悔一輩子，然後一輩子都拿媽媽當作我的藉口。受挫的時候、妥協的時候、苦惱的時候，我肯定都會拿媽媽當成我的藉口。我不想成為這種大人。」

拿媽媽當藉口。

就像我恐懼於被人批評下一本小說，因而拿父親當成藉口，好讓自己不寫小說的時候一樣。寫不好都是媽媽的錯，我會像這樣將問題全部怪罪到媽媽身上，然後對她懷恨於心。我會變得厭惡媽媽。

我不想變成那種人。

媽媽盯著我認真的眼神，倒抽一口氣。

我至今，一直認為媽媽是個樂觀的人。覺得她老愛胡鬧，可仍然是個溫柔而理想的媽媽。然而自從我高中入學前出版小說的那個春天起，我始終感覺到一股違和感。

媽媽像是在對著什麼逞強，試圖欺騙、想逃避什麼東西似的，同時卻又故作平常的態度，溫柔地對待我。我不覺得悲傷。只不過、只不過我會覺得難受。

看著那樣的媽媽，我很難受。

「對不起，春樹。」媽媽總算開口說話了。她道出的是賠罪之詞，令我一時語塞，「等等，你先別消沉。春樹，對不起，現在的我，還沒辦法祝福你。要我替你祝賀多少次都行，因為這是非常值得慶祝的事呀。我很尊敬你，很開心，這些都是真心話喔。只是，我現在還無法發自內心地祝福你，沒辦法欣然接受。」

媽媽乾脆地說了，她無法欣然接受。

一種失了魂的悲戚朝我襲來。與此同時，我卻也稍微可以理解。媽媽她總算對我說出了真正的想法。

「我一定——」

正當我垂頭喪氣之際，媽媽強硬地開口：「我一定會祝福你的。在你還是高中生的時間內一定會做到。所以，希望你也可以等我。」

媽媽說完這些便準備走出圖書室。然後她在剛出圖書室的那一刻回過頭來，注視著我的雙眼，清清楚楚說：「不過唯有這點希望你不要忘記。我是打從心底地，打從心底愛著你。」

那之後我繼續展覽的值班，好不容易挨過下午一點。

輪值下一個時段的文藝社社員來了，於是我和結城一起離開展覽室。

「穗花沒來耶？」

結城嘟囔了一句，我也回他：「對耶。」明明決定好值班時段的時候，穗花還說要趁這段時間盡情去玩的。她到底跑哪裡去了啊？虧我還想說難得可以三個人一起聊個天。

「結城，我們看要去哪裡晃晃吧。」

反正穗花沒有過來，機會難得就和結城去逛文化祭吧。一聽我如此提議，結城立刻雙手合十到面前，一副歉疚的樣子。

「抱歉，我再一小時後要負責扮演班上鬼屋的幽靈。」

真的假的啊。心情一口氣盪到了谷底。這樣說來，我之前的確有和穗花約好要一起過去玩。

「是喔，那我就去找穗花囉。等找到她之後，我們一定會過去你那裡。」

「好喔，啊，我是那個喔，負責趁別人經過的時候發出呻吟的，請多指教。」

那是怎樣啊，我邊想著邊向結城揮手道別。

好了，現在怎麼辦呢？總之一邊找穗花，一邊在校舍裡慢慢閒晃吧。

每間教室都有不同的展覽，雖然也有開小吃店的教室，不過自己一個人吃肯定不會開心。既然要吃，我就想跟穗花和結城三個人一起吃。想到這裡，我發現自己想的全是他們兩個的事。

這麼說起來，我已經好久沒有落單了。自從一年級暑假結束後開始，穗花和結城自然不論，現在我的身邊除了他們以外，也還會有其他人在。不如說，我產生了很大的轉變，變得可以主動向人搭話了。現在的這份孤獨實在久違。我莫名地浮現出一種優越感。

我前往穗花的班級二年C班。聽說她們班推出的表演項目居然是占卜。話雖如此，其實也不過就是將事前決定好的臺詞說出來而已，像是「抽出這張撲克牌的話就是這個結果」這種感覺。
猶記得穗花在文藝社時還在圖書室嘆氣，說她想開的其實是小吃店。我偷偷往C班裡面看，卻沒看到穗花。
唉——我長嘆出氣。要做什麼好？我自己班上的輪值是排在明天。
在我隨意信步而行的期間，注意到了貼在走廊上的傳單。
是輕音樂社的傳單。似乎從下午一點三十分開始，在體育館有表演的樣子。
哦，這不是正好嗎？於是我改走去體育館。
體育館這邊的表演已經開始一陣子了。看起來像三年級的樂團正在演出，感覺十分有趣的樣子。
前方擺滿椅子，其餘坐不下的學生們站在後面觀看。我踟躕著是否要到前面去，最後還是選擇待在後方，一個位在最後排的角落觀賞演出。

小倉雪・體育館

悠介學弟他們的一年級樂團比我們早登場，如今表演已經開始。他們結束的話，下一個就輪到我們。
我躲在舞臺翼幕後方偷偷觀察觀眾席的狀況。除了在校生之外，還有許多學生家長來場觀看演出，有空的老師們也來看了。志田老師同樣身在其中，默默地關注悠介學弟他們的樂團表演。

背後傳來被某種東西劃過的感覺，我於是猛地轉過頭回看。是御幸。

「小雪，妳還好嗎？」

面對御幸的關心，我其實是想強裝沒事，迎合氣氛，帶著自信地回些什麼話，卻禁不住說了喪氣話出來。

「不好，好討厭。我好想逃跑。」

我快陷入恐慌了。

就像在繼母的葬禮上大鬧時那樣。

或是像夏季廟會時和御幸及小夜走散後放聲大哭時那樣。

現在的我，正不能自已地全身打顫，被一種無可奈何的想逃跑的衝動驅使著。

「彈錯的話怎麼辦？走音的話怎麼辦？吉他弦斷掉的話怎麼辦？撥片弄掉的話怎麼辦？沒有人、沒有任何人在看我們表演的話怎麼辦？不盡興的話該怎麼辦？怎麼辦？怎麼辦……」

腦袋裡全是不安的想法在打轉。我當場蹲下來，蜷縮在地上。眼淚快冒出來了，不想被御幸看到我的臉。

御幸和我一樣蹲下來，搭上我的肩膀說：「說什麼傻話。」

她的口氣有一點點強硬。有別於平常的從容，是我從未聽過的認真嗓音，令我驚訝得抬起頭。

「因為喜歡，所以才努力到今天的不是嗎？因為喜歡，所以才堅持到現在的不是嗎？因為喜歡，所以才會一直練習到現在沒錯吧。我也是，我也是因為喜歡，所以才會陪著小雪來到這裡啊。彈錯也沒關係，走音也無所謂，但是今天，只為了這一天就好，為了說出喜歡而努力到今天的我們，去想著這一切可以有所回報吧。」

說了這些話之後，御幸的眼眶裡也泛出了些許淚光，肩膀微微地顫抖。

對了。不安的人不是只有我一個。大家都一樣。大家同樣感到不安，同樣在恐慌。

『這很特別。可以比一般人更懂得察言觀色，是非常特別的優點喔。』

我想起先前悠介學弟對我說的話。

沒有錯。如果我是特別的，如果能以這種個性為傲的話，我就應該為了她而做出適合的應對。為了讓心愛的她打起精神，做出適合的應對吧。

沒錯，並不是為了自己，而是為了某個人去察言觀色。我想成為某個人身邊的特別的存在。

好想逃走。好痛苦。想放棄。想要哭出來。

可是為了她，我要做出適當的應對。

「抱歉，御幸。」

我擦了擦幾欲流淚的眼睛，緊緊擁抱御幸。她身上有股好聞的味道。

「現在不是我在這邊氣餒的時候。還不是認輸的時候。」

我一這麼說，突然間御幸把臉埋上我的肩膀哭了起來。慢著慢著！她真的在哭！

「等等！欸！剛剛我才快哭出來耶！」

「抱歉，因為、抱歉。謝謝妳，小雪。我很享受音樂喔。」

很享受音樂。

啊，真好。御幸可以好好地說出自己喜歡的事物。

不過，這沒有什麼好羨慕的。

是的，我也想要說出口。想說出我喜歡的事物，說出我尊敬的人，以及我所愛的人。

面對面說很害羞、很可怕，所以我才做了這首曲子。

我在接下來，要向更多更多的人們傳達出自己的愛。做為第一步，我創作了這首曲子。

悠介學弟他們的樂團表演終究結束了。待在翼幕後面觀看的小夜朝我們打暗號。

「要上場囉！妳們兩個！」

我和御幸手牽著手，走到小夜身邊。

接著我順勢也牽起小夜的手，「小夜，那個啊。」

「怎麼了，雪？」

「謝謝妳陪著我一起努力到今天。」

我一說，小夜馬上「呼哈」噴笑出聲，笑得像個男孩子一樣，「妳在說什麼啊。」

「馬上就要開始了喔，屬於妳的傳說。」

居然說是傳說。

那儼然像是動作漫畫裡的夥伴會說的臺詞，害我跟著笑了出來。

擔任司儀的學生為了換場時間的空檔正在和觀眾閒談。我在面對舞臺即將踏出第一步以前，先取出了放在口袋裡的護身符。

打開護身符的袋口，抽出裡面的信紙來看。紙張雖然已經變得相當皺了，不過它一直以來都帶給我動力，在背後推著我前進。

這是去年的夏季廟會那天，春寫給我的信。

『雪，別認輸了。雪，加油。』

「雪，要上囉。」

御幸和小夜注視著我。我將信紙收回護身符中，放進口袋裡邁步向前。

站上舞臺就位，從聚光燈打亮的表演臺上，看不清臺下觀眾的狀況，不曉得確切的人數到底有多少，只不過，我明白所有人的視線全部集中到我們身上。

有種被看穿一切的感覺。我緊張得屏住呼吸。

「接下來表演的是二年級的女子三人組樂團，『鯨魚樂團』！」

司儀喊出我根據春的小說所取的樂團名字，隨後將舞臺轉交給我們。

我輪流看過御幸和小夜的臉以後，再一次面向前方。

「為了今天的這個日子，我做了這首曲子獻給我所愛的人。請大家聽聽看。」

春，你最近過得好嗎？

從那之後，我又長高了不少，現在還學著談一場不符合我作風的戀愛。對於逐漸改變的自己仍然充滿了困惑。

不過，在困惑的同時，我也非常快樂。

我的人生是從那天，被你拯救的那一刻起才開始轉動，我不得不這麼想。可以擁有想做的事，明白自己不想要做什麼，一切全都是因為你才有了開始。

推動我人生的人，是你。

我有想傳達給你的話語。即使傳遞不到你身邊，無論你聽了會怎麼想，我依然有想傳達給你的話語。

從收到你的信那天開始，我就一直有話想要對你說。

還請你聽聽看。

「〈炸彈〉。」

*

當宛如炸彈的煙火於街上奔馳四處時

我想起了你的事情

你肯定也在某個地方遙遙望著相同的煙火

我祈禱的不禁全是這件事

薰風貫入耳畔，夏蟬嘲笑著汗溼的肌膚

我就像要融化在這個熱帶夜裡

致親愛的你

我能夠成為我嗎

能夠用這具身體、這副外表去愛自己嗎
我能夠成為親愛的你的炸彈嗎
好想成為將你的一切粉碎殆盡的
那樣的夏天

街道滿溢哀愁
毫不講理的熱度已然熟透
透過窗玻璃所見的廟會曲聲暮色濃郁
連同蚊香的氣味全都惹人憐愛了起來
令人不禁想起所謂的永遠

你必定也在沾染金錢與生活的同時
尋覓著什麼重要的事物吧

致親愛的你
每當想起你便萌生厭惡
厭惡了痛苦了然後我又戀上了你

親愛的你的話語就如同炸彈
如同將我的一切粉碎殆盡的
那樣的夏天

巧妙地妝點整齊地排列
將如此巧麗構築出的人生
毅然捨棄的我恍惚地望著煙火升空
你所寫的詩
我唯有用愚鈍的腦袋去描摹
去泅泳
恍如身處金魚缸之中

致親愛的你
我終將成為我
必定會向你證明就連再見的一切也都惹人憐愛
我能夠成為親愛的你的炸彈嗎
好想寫出將你的一切粉碎殆盡的

那樣的詩歌
好想成為足以俯瞰你的一切的
那樣的夏天

我想成為那樣的夏天

＊

只是一瞬間。

那正像煙火一樣，一瞬間飛揚而上，一瞬間爆炸，稍縱即逝。

不過我正是為了那一瞬間，所以活著。

那首歌，毫無疑問是唱給「春」聽的曲子。雖然春不在場，我還以這種心情去唱是搞錯了什麼也說不定。

但是這樣就好。好比有修成正果的戀情才是少數，沒能傳達出去便無疾而終的愛肯定才是多數吧。所以這個樣子，與喟嘆、呢喃、喘息是相同的。縱然傳達愛意很困難，但只是讓我傾訴愛意的話，是可以被接受的吧。我只是想說出來而已。因為遇見了你我才會活著。遇見了你我才因此得救。

對了，我是為了什麼而決定練習唱歌，為了什麼而練習吉他呢？我忽然想到了。直到此刻我才能夠斷言，是為了今天的這個日子，為了今天的這個瞬間我才會堅持練習到現在。成為高中生的時候我不是就許過願了嗎？想要成為像春一樣可以感動他人的人。

啊，好難為情喔……明明是為了讓別人感動才練習唱歌的，可是做出來的曲子，卻是只對春一個人唱的曲子。況且春本人還不在這裡，這樣是不能感動任何人的。為此我有些沮喪。

或許是炸彈仍殘存在我胸口的緣故，心跳重重地撼動著身體。

不過，嗯，算了。這樣就好。

因為，我已經打動我自己了。

由於我們是壓軸演出，所以在表演結束後，輕音樂社的所有社員便全體聚集到舞臺上，下臺一鞠躬。右手邊站著小夜，左手邊是御幸，我主動握上她們兩人的手，她們兩個亦自然地回握住我。手心被汗濡溼了，不過這種事現在怎樣都好。

猶如話劇結束時那般，我們三個一同鞠躬。緊接著從觀眾群中響起熱烈的掌聲。掌聲此起彼落地貫徹場內，彷彿推往海岸的漣漪。謝幕曲奏響，舞臺布幕垂落。

從去年夏天延續到現在的我的夏天，如今轉為高中二年級的秋天，而我總算得以展現出我的一切。

與我們的感動背道而馳，舞臺上即將推出下一齣節目。一小時候將由話劇社帶來表演，於是我們匆匆忙忙地開始收拾樂器與器材。

「小雪，等一下。」

我提著自己的吉他，正打算從側臺下去時，御幸從後方叫住了我。一轉過頭，她便用果汁冰上我的脖子。

「呀！」發出不符合自己形象的叫聲，我覺得好羞恥。御幸也有嚇到，眨了眨雙眼。

「辛苦了，小雪。」

「謝謝。」

「小雪，妳剛剛很帥氣喔。」

心跳重重地漏了一拍。

很帥氣。很帥氣。很帥氣。

我幾乎要不能自已地淌下淚水。有種所有的一切都獲得了回報的感覺。

從我喜歡上御幸算起過去一年三個月。聽到御幸這個名字會心跳加速已經過了一年。打從我和御幸同班開始經過六個月。

距離我向御幸說出喜歡她，還要多久？
世上沒有什麼水鯨。不存在什麼可以替人實現願望的怪物。
要是我不說出喜歡，就不會有任何人察覺到我的愛。
「御幸，那個啊……」我抓住御幸的手臂。她的手臂好細、好白，脆弱得好像輕易就會折斷。
「咦，什麼？」
「晚、晚一點兒，有話想告訴妳。」
不可思議地，御幸從我認真的表情看出來我想說的事很重要，馬上便點點頭。
「好呀，會是什麼呢？好期待喔。」御幸呵呵地笑起來。見到她的這副模樣，我心滿意足地鬆開了手。
「謝謝妳。抱歉耶，把妳留下來。我先去音樂教室放好吉他就過來。」
「嗯，我知道了。」
我與御幸分開，走下側臺進入觀眾席。觀眾席內已作鳥獸散，學生家長們亦離開得差不多，場地空曠得能看見彼此的臉。當中有幾名輕音樂社的社員，以及小夜和悠介學弟正開心地邊聊天邊為了話劇社接下來的表演，將椅子整齊排好。悠介學弟注意到我，揮了揮手。我也咧嘴露出滿面笑容，朝他揮手回去。
腦袋熱到感覺快冒出蒸氣了。我抹開額頭的汗珠，一邊喝著御幸給的果汁一邊往體育館的出口走去。為了一口氣灌下果汁，我抬起頭，直到嘴巴裡滿滿的都是果汁，把瓶子喝空了才把頭低回來。這個時候，眼前出現一張熟悉的臉龐。

我有點訝異，腳步因此頓了一下。她明明討厭人群才對。

我連忙旋緊果汁瓶蓋，跑到那個人身邊。

「姊姊！」

柿沼春樹・體育館

演奏結束，學生家長們接連移步前往別的展覽。

感覺，我的身體深處倏地有些躁熱。

儘管表演不如專業的音樂人那般老練俐落，不過在聽見現場樂器奏響的聲音時，直接接受到那股震動讓我感受到自己身為血肉之軀的實感。那種感覺，與閱讀或撰寫小說時的興奮感很相似。

好像很快樂的樣子。我無法做出那種演出，不過，能感受到一種親近感。為了向某人傳達某種想法而竭力以赴，果然是件快樂的事。

此時觀眾已經散去，輕音樂社亦著手收拾。記得中間有一小時的準備空檔，接著便輪到話劇社在體育館公演。我想著要不再去其他地方繞繞好了，遂朝出口走去。

「春樹。」

這時，穗花恰好走進體育館。我跑到她身邊。

「穗花，妳去哪了啊？」

「抱歉，輕音樂社的表演結束了嗎？我好想看的說。」

「剛剛結束。他們很厲害喔！打鼓的人咚——地這樣打，彈吉他的鏘——地演奏。那個，他們有表演混亂戰之類的曲子。好想和妳一起看喔。」

我興奮地轉述，穗花卻不知怎的反應很遲鈍。奇怪？難道交往三天開始出現價值觀的差異了嗎？就在我感到焦慮時，我注意到站在穗花身後的男女。

直覺覺得這個場合很不妙，我的身體頓時進入過度反應的警戒狀態。穗花察覺到這點，苦笑著向我介紹，「春樹，這個人是我媽媽。」

「初次見面，我是加奈子。你好。」

那副沉穩的口吻與穗花正好完全相反，名喚加奈子的女性鄭重地向我鞠了一禮。

「初、初次見面！我是春樹。」

感覺喉嚨好像被梗住似的，但我仍略微抬高音調打招呼回去。加奈子阿姨呵呵地露出淘氣的笑容。

接下來我將目光轉向那名男性。對方咧嘴露出潔白的牙齒微笑。穗花先是清了清喉嚨，隨後朝我說：「然後～這邊這位是即將成為我的新爸爸的翔叔叔！」

穗花的口氣彷彿要在語尾加上「將將！」的樣子，那名被稱作翔叔叔的人只是靜靜地笑著。

這樣啊，這個人，就是她的新繼父——高眺的身材與那身輕便的夾克很相襯。

穗花在過去和我一樣是單親家庭。不過她說過母親即將再婚，姓氏也會因此改變。總算見到對方了。

「幸會，春樹同學。」

「幸會……」

接著，在寒暄的途中，我注意到翔叔叔身後有某個影子晃了一晃。我將視線落到下方，那個影子立刻藏到高大的翔叔叔背後。翔叔叔笑了起來。

「啊，真是的，妳也打個招呼啊。」

「她在緊張嘛。」加奈子阿姨出言袒護。

什麼情況？我朝穗花遞去詢問的視線。她有些靦腆地漾起笑容。

「那個呀，我有了新的妹妹。」

「咦！」我不禁大叫一聲。雖然有聽說新繼父的事了，不過妹妹！姊妹耶！好羨慕！

我為了和躲在翔叔叔腳邊的女孩視線齊平，於是稍微蹲下去。
隨後，一張戰戰兢兢的臉龐露了出來。
「初次見面。妳叫什麼名字？」
那個女孩子約莫是小學低年級的年紀。我沒怎麼和這個歲數的小孩說過話，發出奇怪的語調讓我覺得好糗。她也和我一樣害羞，不過一對上視線，女孩便以稚氣的語調慢慢做起自我介紹。
「初次見面，我叫小倉、雪。」

小倉雪．體育館

我奔向繼姊，緊緊抱住她。
「唔哦喔！」
繼姊被我如此來勢洶洶的撲抱，低聲叫了出來。啊，抱歉。我放開她，將背著的吉他改用手拿，避免撞到繼姊。
「姊姊，妳覺得怎麼樣？」
「非常讓人感動喔。妳完全沒有緊張耶。御幸和小夜也很帥氣，但是小雪妳是最帥氣的喔。妳唱歌真的進步了好多。」

繼姊笑嘻嘻地撫摸我的頭。我發出「嗚嗚嗚」的含糊聲音，感覺又有什麼炙熱的情緒湧上來，於是我再度抱緊繼姊。

抱緊她，將臉和頭埋進她的胸部鑽呀鑽。真是一對好胸餒。

「那個呀，小雪，那個……」突然間，繼姊有點抱歉地說。

什麼事？就在我準備問出口時，我注意到後面站著一名男人。那人和繼姊的距離很近，顯然是熟識的人。咦，難道是男朋友？在吃驚之餘，想到我在那名男人面前做了不像樣的舉止，我羞恥得馬上從繼姊身上退開。被發現我超喜歡繼姊了，要被嘲笑了。我邊考慮著這些事邊看向那名男人，只見對方露出尷尬的笑容。

「穗花？」

當我躊躇著要向那名男人說些什麼來打招呼而僵在原地時，在遠處指揮學生排座椅的志田老師，喊出了繼姊的名字。

咦？老師怎麼會知道繼姊的名字？

繼姊轉頭看向志田老師。就在這一刻，她的表情蒙上了陰影。我立刻就想起來了，那是在繼母的葬禮上，忍耐到極限即將哭出來前的表情；是逞強與哀傷眼看就快滿溢而出時的表情。

然後，繼姊懦懦地開口：「結城……」

繼姊她，承認了志田老師的存在。她把志田老師叫做結城。那是志田老師的名字。

「妳是穗花，對吧？真假？咦，喂！超級久不見餒！」

志田老師激動地喊出偽關西腔。過大的音量導致附近學生全往我們這裡看過來。我和繼姊，紛紛被嚇得抖了一下。

「好、好久不見。結城……」

「真是好久不見餒。從那之後就完全沒收到妳的消息，我一直都超擔心的……」

志田老師朝繼姊走近，因此他也發現了站在後面的那名男人。

就在這個瞬間，志田老師顯得非常心神不定，不知為何還輪流看向我和那名男人。

「結城，我要說了喔。」

面對心生動搖的志田老師，繼姊平靜說道。看來志田老師知道些什麼，但是被繼姊阻止說出口的樣子。繼姊撫上我的臉說：「小雪，和妳介紹一下喔。這個人，是柿沼春樹。」

柿沼春樹。

「初、**初次見面**。」

我對著那個人微微鞠躬，對方則在短暫的沉默後，靜靜地笑了。

「妳好。」

剛才那張尷尬的笑容消失了，轉為柔和的神色讓我感到安心。不過，雖說是要和我介紹——我望向繼姊。我和這個人，有什麼交集嗎？

而這回，換成志田老師使力摟住我的肩膀，他的臉略微湊近我耳邊說：「雪。」

「什、什麼事？志田老師。」

無論是老師忽然像這樣拉近距離，還是表現出這麼激動的樣子都是我第一次看到，這讓我莫名地產生恐懼。說到底，被男人靠得這麼近也是第一次，我因此擺出戒備的樣子。

「他是春喔。是妳喜歡的那位春。小說家，春。」

突然被這麼告知，我搞不清楚現在是什麼狀況。

我看著志田老師的臉。彼此的間距體感只有五公分，是個近得感覺只要被人輕輕一推就會不小心親到的距離。

心臟開始傳出轟鳴，每一下每一下的跳動，簡直都像炸彈爆炸開來，發出好大的聲響。

那名男人往我靠了過來。

他經過繼姊身旁，走到我的面前。志田老師揚起脣角，向後退開一步，形成只剩我和那名男人獨處的世界。

柿沼春樹。春樹。春、樹。春。春。春。

為什麼，繼姊會和春待在一起？為什麼志田老師知道繼姊的名字？為什麼志田老師認識春？這些種種的疑問，放在此刻全都變得無所謂了。

我唱出的那首歌，〈炸彈〉。

那是送給春的曲子。我渾身發熱。呼吸本來是這麼困難的一件事嗎？春、春、春。我有好多話想告訴你。

「您、您好。」

我鼓起勇氣打招呼，春盯著我，接著靜靜地笑起來，「嘻嘻嘻。」

我說的「您好」，有這麼奇怪嗎？

話說回來，他笑了。笑了耶。那個春，他真的存在。

春的身高一百七十公分左右。體格瘦削，臉上鬍子沒刮，頭髮也亂蓬蓬的，散發出一種獨特的氣質。他大概和繼姊的年紀差不多吧。這麼說來，就是比我大十歲左右？書籍和出版社的官網上，均沒有提及他的年齡和出生地等詳細情報。

說些什麼話吧。我應該說什麼才好？

我現在可以感受到自己活著的實感，全是多虧了您的關係。我會決定玩音樂，也是拜您所賜。我能夠努力到今天，都是因為您的緣故。因為有了您的話語，我才能夠努力到現在。啊，說起來關於那封回信，真的非常謝謝您。我現在也把那封信帶在身上喔。就像護身符一樣，我一直、一直、一直都帶在身上喔。

無論我如何絞盡腦汁思考，都沒辦法把自己想表達的意思好好統整成一句話。該怎麼辦？冷靜一點兒，雪。那麼，假如說，假如我能傳達給春的事情只有一件，我該怎麼做？如果我只傳達出一句話，就從此再也見不到春的話呢？

沒辦法順利地呼吸，感覺快要換氣過度了。可是我應該有非對他說出來不可的事才對吧。

不是感謝。那些感謝的心情，肯定無論我傳達得再多，再怎麼傳達，也說不完。我筆直地凝視春的眼睛。搞不好都已經泛淚了吧。不過，我有非向他傳達不可的事。

「我想像春老師一樣，成為創作出感動他人的作品的人。」

我當著春的面，把這句話說出口了。

這是我最想告訴他的事。

一聽我這樣說，春立刻斂起笑容，一聲不響地直盯著我。

要、要說些其他什麼話才好嗎？縱使我有好多話想告訴春，但首先要等他回答才可以。保持冷靜、保持冷靜。

我被體內震盪得宛如爆炸音的心跳搞得心神不寧，同時依然等待著春的回答。

下一秒，春慢慢朝我伸出手。

起初我以為那是想和我握手的意思。我的心情一下子輕鬆了起來，準備握上春的手。

但是，那隻手錯開了我伸出的手。

直到剛才為止都還在的笑容消失了，他的那雙眼睛注視著我的手邊。

怎麼了嗎？

緊接著，春動作輕柔地一把奪過我拿在手裡的吉他袋並說：「妳是無法變得跟我一樣的。」

那是拒絕的話語。

無法一樣。無法變得、跟他一樣。

很自然便先入為主認為會獲得祝福的我，一瞬間不能理解春在說什麼，錯愕得啞口無言。

趁著這個空檔，春從我的吉他袋裡拿出吉他，用力握住琴頸的部分，有如揮舞球棒那般揮動我的吉他。這一刻，我才清楚地窺見春那張因為背光而蒙上陰影的臉。到了這個時候我總算察覺，春看著我的眼神充滿惡意。

那種鋒利瞪視人的眼神我從未見過，好似要貫穿我的臉，死死地看著我。

我在這個時候，有生以來第一次，嘗到了被人以猛烈的惡意相向的感覺。至今我有不少喜歡的人，也受到不少人喜愛。儘管我無法向所有人坦率說出喜歡，不過就算我沒有說，也能明白所有我身邊的人都愛著我，我就像是一國的公主，對此懷著滿滿的信心。

然而我並不是什麼公主，更不是女王。

我充其量不過是個平凡的學生罷了。

不習慣惡意的我，馬上就僵住了身體。猶如一隻遭到捕食的小動物，恐懼得縮起身體，連顫抖都不敢，唯有動彈不得一途。

見到春擺出危險姿勢要揮舞吉他，在場的眾人自然都做出了反應。繼姊，還有志田老師，他們都說了些什麼。

可是，我的大腦沒辦法聽清楚。我的腦袋讓我僅是呆呆地望著春。就連這裡是體育館、是在學校，這些事我也沒辦法好好地意識到。感覺整個世界上只剩下春和我。這句話簡直就像在形容相戀的情侶，如果真是這樣該有多好。

聲音消失了，眼前的一切宛如慢動作鏡頭般緩緩地動作著。

戀愛。啊啊，對了。不就是那麼一回事嗎？

所謂的戀愛，沒能實現的才是多數吧。

我自己不是早就深刻體會到了嗎？不是早就用這個腦袋好好理解過了嗎？

「妳的音樂是最差勁的。我都快吐了。放棄這種東西才是為了妳的人生著想。」

在只屬於我們兩個人的世界裡，春最後這麼說。
「就由我來替妳踏出那一步。」
下個瞬間，春把我的吉他砸向地板。

四章　冬、高中三年級

柿沼春樹・自家

『聖誕節一起出去吃個飯嘛。』

我傳出這封訊息給穗花。感覺最近的穗花越來越像個大人了。不止留回一頭黑髮，臉上的妝容也進步到好像沒上妝似的，輕透卻好看。或許是反作用的緣故嗎？不知為何她最近回訊息的速度老是很慢，不禁讓我覺得她像是個遙遠的存在，不過其實在那之後我們一如往常，仍然維持著交往的關係。

我關上手機，嘆了口氣後改盯著電腦看。

放寒假後馬上以版稅買來的這臺電腦，雖然性能不錯，可惜我還遲遲未能發揮它的本領。我搔搔頭，先前洗澡時使用的洗髮精香氣頓時撲鼻而來。

要寫什麼好呢？

我最近腦海一片空白。簡直就像外頭的雪景顏色那樣，純白得一望無際。為了文化祭而寫的短篇小說獲得了九重先生的肯定，繼《泳》之後以《春夏秋冬》為題，並出版成冊。

當時我相當樂在其中。由於我是三分鐘熱度的個性，膩了便著手寫別的短篇，要是又膩了就再寫另一篇短篇，這種作業方式讓我一直寫得很愉快。

不過接下來我想寫出一部像樣的長篇作品。我想要寫出一部超越《尋找母親》與《泳》，規模更加宏大的故事，卻始終沒能浮現好的靈感。

我想這是因為眼看畢業在即，多了許多要煩惱的事的緣故。畢業後要做什麼打算呢？是要讀大學、就業，或者就讀專門學校？現在的這個時期，其實我應該認真考慮想就讀哪所大學才對，可是對我而言，小說才是需要優先考慮的事。

「啊——」

嘆氣的同時，從我喉嚨發出滑稽的聲音。

寫不出小說的時候，我常會憎恨父親。

因為這樣很輕鬆啊。我在過去，曾經以「不想變得和父親一樣」，做為不寫小說的藉口。儘管現在不這麼做了，但是我討厭父親的這點不會改變。寫不出小說時，就會遷怒似地恨起父親；小說沒有進展時，我會認為這不是我的錯，而要怪罪於父親。迄今我依舊在逃避自己的責任。

我漸漸無力了起來，把頭抵在電腦的鍵盤上。鍵盤的稜角戳到額頭會痛，可是要爬起來也很麻煩。

真的是，可恨的父親。

你這傢伙憑什麼擅自死掉啊。我現在可是正苦於什麼點子都想不出來欸。也為了將來的出路很煩惱，為什麼這種時候你偏偏不在？我正在苦惱欸，幫幫我啊，喂。

腦海裡盤旋著這些我在學校時從來沒用過的粗魯口氣。

每每有煩惱時，我總是獨自苦惱。如果去依賴媽媽的話，總覺得對她很抱歉。既有種抱歉的感覺，也覺得好像有哪裡不對。處理這種事，是父親的職責才對，而沒有父親的我，只能靠自己去解決。

我閉上雙眼。

要是我有父親的話，肯定會成為一個更普通的人吧。

要是我有父親的話，肯定會成為一個更活潑的人吧。

要是我有父親的話，身高肯定會長得更高吧。

搞不好我還會是個帥哥。也許會有一副肌肉發達的身材。說不定也不會有皮膚粗糙的問題了。

要是我有父親的話，要是我有父親的話，要是我有父親的話。

就在腦袋裡上演著那些不存在的情節時，我忽地想到了。

既然如此，缺少父親的我，現在究竟是什麼東西？

我明白自己正在思考愚蠢的問題。我是個人類。一個普通的人類。但我疑惑的不是這個，而是一種概念性的認知。

我對父親一無所知。

父親的長相、父親寫的小說，甚至是父親的想法，他是抱著什麼念頭死去的，我對這些一概不知。然而我有一半的身體，卻是由這個我毫不了解的父親所構成。

我時常意識到自己和媽媽很像。包括偶爾會想胡鬧、喜歡的音樂類型等等，因為和媽媽在某些地方的喜好很合得來，所以我會有自己是她的孩子的真實感。只不過一旦遇到情況不同、和媽媽合不來的時候，有時，我會突然對自己感到不安。想知道自己究竟是什麼人。我不認識父親。因為未知所以會不安。

察覺到這點的時候，我忽然害怕了起來。

這樣好嗎？不明白自己是什麼人，今後還有辦法繼續寫出揭露自己內在的小說嗎？《尋找母親》、《泳》及短篇小說《春夏秋冬》，這幾本是因為運氣好所以有很多人讀，但是從現在起，我還能在不清楚自己身分的情況下持續寫小說嗎？

不行。這樣下去不行。

我想要知道，自己到底是什麼人。想了解「我」這個人。

我必須了解「我」，繼而寫出屬於「我」的小說才行。

「對了，我已經長大了。不去搞清楚不去，不去面對不行。」

閉著眼睛的我，仍然用頭趴在電腦的鍵盤上，如此喃喃自語。我維持這個姿勢兩、三次的深呼吸，隨後猛地抬起頭。將手貼上額頭時，能摸到鍵盤留下的痕跡。

我站起來，打開房門前往客廳。

媽媽橫躺在最近我們一起去買回來的雙人沙發上，正在收看韓國的電視劇。她一手拿著仙貝，另一手撐著頭。

「媽媽。」我喊了她。媽媽咬下一口仙貝，沒有看向我。

「嗯——？」

「我想讀爸爸的小說。」我如此說道。媽媽乾咳了幾聲，從嘴裡掉出一點點仙貝碎屑，好髒。這回她確實往我這裡看了過來。

「咦……」

「我想讀爸爸的小說。」我用著與剛才相同的語氣，對媽媽重複同一句話。

媽媽咬碎口中剩下的仙貝後吞下，然後把手上的仙貝放到沙發上。我說，這真的很髒欸。

「你想讀那個人的小說嗎？」

「嗯，我想讀。覺得沒讀過不行。」

媽媽一動不動地凝視著我的臉。

我走到媽媽旁邊的空位坐下，順手回收仙貝放到茶几桌面，接著直直盯著媽媽說：

「我想知道爸爸的事。想在自己成年以前，了解關於爸爸的事。」

小倉雪・便利商店

「小雪，要去便利商店買什麼嗎？」

一抵達超商，繼姊立刻回頭問我。在繼姊的眼睛下方有黑眼圈浮現。

「沒關係。姊姊，妳工作很累了吧。今天就在家好好休息嘛。」我拿起自己的背包，語速略快地說。

然而繼姊沒理會我的意見，她把車子的引擎熄了。

「我想買茶。陪我一下嘛。」

繼姊下了車子。我跟在她的後面沒再多說什麼。

超商的周圍一帶，不知是不是店員有在勤勞地鏟雪的關係，沒怎麼積雪。我接在繼姊身後走進超商。一進去，繼姊便朝飲料區走過去，我則在雜誌區停步，不由自主地瀏覽起那些雜誌。裡面有我以前常看的音樂雜誌，我移開了視線。匆匆瞥到一眼的封面上是混亂戰的成員。他們似乎決定要發行活動十五週年紀念的精選專輯，感覺人生過得很快樂的樣子。我嘆了口氣後改走去繼姊身邊。

「小雪，至少帶瓶熱茶過去吧。」

也不徵得我的同意，繼姊便逕自拿了兩瓶裝著熱烏龍茶的寶特瓶。繼姊的溫柔中帶著一點兒強硬。而現在，那讓我有一點點覺得心煩。

既然如此，那我就拿和繼姊錯身而過時看到的維他命C能量飲料。這時繼姊去逛麵包區了，我趁著這段期間自行拿飲料去結帳。用IC卡簡單結完帳後，我走到入口附近邊滑手機邊等她。

看看時間，再過十五分鐘左右，我就要和老師針對未來出路做面談了。我在心裡嘟囔著想快點過去，心情很焦躁。然後我一點一點地，對繼姊感到厭煩。

不只是繼姊。

從那次以後，我喜歡的人事物就消失了大半，不再擁有快樂的事物。而最讓我覺得可悲的是，就算沒有了喜歡和快樂的事物，我仍然活得下去。

「讓妳久等了。」繼姊結完帳後遞給我烏龍茶。好溫暖。

走到戶外，趁繼姊坐進車子裡以前，我拿給她剛才買的能量飲料。

「姊姊，抱歉，這給妳。」

「咦，謝謝！妳買給我的嗎？」繼姊收下能量飲料，將我摟進懷中。我沒有回抱她，僅僅走在旁邊任憑她對我動作。

「姊姊，面談結束後我還有事，只有今天不用來接我。我會走路回去。」我一說，繼姊頓時臉色陰鬱地看著我。

「不行喔。傍晚好像又會開始下雨，回來的路會很難走。」

「就說沒關係了。姊姊，妳的黑眼圈很重喔？在家休息啦。」

「不用在意我的事——」

「很煩欸。不是說沒關係了嗎？姊姊妳有夠煩。」我深深地嘆氣，冷淡地對她說出重話。

彼此陷入短暫的沉默。然後我說了對不起，表面上亦裝出很歉疚的樣子向繼姊道歉。

「不會，我才是很抱歉。那我就在家等妳吧。起碼面談結束的時候先聯絡我一下可以嗎？快到家的時候也聯絡我吧。啊，還有，萬一回來不好走，我先給妳搭公車的錢。」

繼姊從錢包裡掏出千元紙鈔拿給我。明明公車錢只要兩百日元左右就夠了，她卻多給我錢，其實我是高興的，卻有些反感。

「不、不用啦，太多了。」

「妳就當作零用錢吧。有空的話，看要去哪邊吃些好吃的東西。小雪，那個呀，像披薩或漢堡之類的，那種對身體不好的食物，妳喜歡對吧？」

「好啦，妳就去吧。」繼姊用溫柔的語調說著，所以我便不再回話，收下那張千元鈔票前往學校。我把鈔票揉成一團塞進裙子口袋裡。

沿著學校牆外鋪成的人行道上，積了一定程度的雪。雪塊在陽光的照耀下熠熠生輝，我用力踢飛那些積雪。

再過大概三個月，這條路也會從我的日常中消失。無論是對此感到鬆了口氣的自己，還是口袋裡的千元鈔票，每件事情都讓我心煩意亂。

眼前所見的一切，全都煩死人了。

柿沼春樹・父親老家

我養過狗。

是隻很會吠叫的狗。

宛如要威嚇世上的一切似的，總是叫個不停。

不過，唯獨我來到牠身邊的時候，狗才沒有叫。我深信只有自己被這隻狗所喜歡，而我也陪著這隻狗度過每一天。

然而，狗卻無預警丟下我擅自死了。令我覺得這世界竟是如此的醜陋。

我遭到深信不疑的事物背叛。這個世界是何等的醜陋。就連在這之中生活的我亦是。

在狗死去之際，我第一次知曉了這個世界的醜惡。

所愛之物是為了背叛而存在。身邊親近之人是為了利用所以存在。謝罪是為了趁虛而入。眼淚是為了欺騙。

一切都是醜陋。醜陋的事物。當然我也是同罪。

所愛之物背叛了我。親近之人利用了我。靠著徒具形式的謝罪與眼淚操弄人心。每天我都詛咒他人，每天都想殺害誰，每一天都在畏懼著什麼。

懦弱、脆弱，以及醜陋。那便是這個世界，是我這個人的全貌。

之所以會說這些，是因為感覺我就快不久於世了。儘管我現在是這般寫得雲淡風輕，但其實我還不想死。還不想就這麼死去，淚水淌了出來。

好可怕。我害怕得不能自已。哪怕只有一點點也好，我想趁著還有時間的時候留下自己曾經活過的證明。

無論何時我都抱著將死的覺悟下筆，無論何時都傾盡我的靈魂。不管受誰批評，被誰貶抑，我只相信我自己。

然後正如字面的意思，從現在起我要拚上這條命去寫小說，雖然也可稱作遺書，不過所謂的遺書一般是指準備自殺之人所寫的文書吧。

我還不想死。所以，請讓我在此斗膽將之稱為「小說」。

反正，願意讀的人業已不在。

像我這種沉溺酒癮、滿腹痴肥，心與身皆變得醜惡不堪的人所寫的小說，到底還有誰會想看。

可是這樣便好。我很醜陋。像我這種醜陋之人，迎來這種結局可謂絕配。我是個惡人。

直到最後一刻，直到最後我依然要說：我還不想死。像這個樣子，才有身為一名惡人的味道吧。實是丟臉的結局。

我背叛了所愛的一切。嘲笑我的一切吧。

我是個沒用的男人。

*

「沒用的男人——」

我在如此複述之後合上父親的小說。媽媽開著車，聞言呵呵笑出聲。

「爸爸很沒用嗎？」

「他是個自私的、可愛的人唷。」

媽媽沒有否定，而是用了別的詞來形容，同時汽車因為開上砂石路而「咯登」地晃動了一下。「唔喔！」我叫出聲，接著朝窗外的景色望出去。

遠處可見相連的群山裹上一層銀裝。從家裡出發要花上四小時的話，搭電車不是比較好嗎？出發前我如此表示過，不過媽媽說這樣比較有樂趣，便強行發動汽車。儘管擔心媽媽會否勞累，但眼前的景色的確讓我有些雀躍。總覺得可以明白有樂趣的意思了。

我打開車窗。媽媽低聲說：「小心點喔。」我沒有回話，僅以肌膚感受風的掠過。不可思議地，外面並沒有想像中寒冷，冷空氣竄入衣服裡感覺很舒服。雖然有著些微的差異，不過我莫名覺得空氣裡透著一股澄淨。我所居住的地方位於鄉下，這裡倒也是個十足鄉下的地方。

父親就是在這裡出生的嗎？

一想到這裡，我感到些許寂寞。

我知道媽媽有父親寫的小說。只不過以往的我總是蓄意迴避有關父親的事，所以一次也沒提過自己有閱讀的意願。

想要了解父親。昨天，我認真地提出請託後，媽媽拿來好幾本父親的書給我。

父親寫的小說，是純文學。

我向媽媽道過謝以後回到自己房間開始閱讀，然後馬上便注意到了，父親身為一名小說家，有著超群絕倫的實力。

他的遣詞用字優美，筆下情景鮮明得浮現於腦海。故事情節時而沉鬱，時而出現華麗的展開，讀起來絲毫不會厭倦。

悔恨的感覺頓時湧上我心頭，還有憤怒。我也想要寫小說，想要寫，想要寫，想要寫，想要寫。

我並不想要變得和父親一樣，而是要超越父親。我想超越這傢伙。

後來，我不停翻閱那些小說直到深夜。只要讀過這些，就能夠了解父親，了解我自己。那個迥然於媽媽的我的半身，一半的感情，一半的身體，我認為自己終於得以了解這些的全貌。想要了解，想要了解，想要了解，想要了解。

然而注意力無法長久支撐下去，醒來時才發現我在讀到第三本的途中趴在書桌上睡著了。

再下一次醒來，是我突然被媽媽叫醒的時候。

早上五點，媽媽猛地搖晃我的身體，不曉得發生了什麼。甫睜開眼睛，尚處在不明就裡的情況下，媽媽便要我梳妝打扮好。冬天的太陽升起得晚，外頭仍是拂曉前的一片黑暗，而我被塞進汽車裡。

「我們被人追殺了嗎？」

我對媽媽問道，她笑著說：「去那個人的老家一趟吧。」

「到了唷，春樹。」

媽媽開的車，在經過長途跋涉後終於抵達一間獨棟房屋。那是間不算大的木造平房。許是因為我們家是公寓大樓裡的其中一戶，因此雖然平房占地不大，光看到還是令我心情激動起來。

房屋外牆設有花圃，不過現在是冬天，所以沒有栽種植物。靠近玄關門的地方，有間相當破舊的狗屋，但是，裡面沒有狗。

『我養過狗。是隻很會吠叫的狗。』

啊。我會意過來。隨後我對父親又多了一點兒了解。

在來到這裡的路上，印象中勉強有經過幾間小超市與一般住家，零星座落的樣子很是蕭條。汽車在這裡應該是必要的交通工具吧，我一面想像這裡的生活一面下車。

呼——地長嘆出氣的人是媽媽。我回過頭，看到媽媽雖然下車了，卻沒有要動作的打算。

「妳在緊張嗎？」

我馬上問出口。原以為會被嗤之以鼻，沒想到媽媽露出老實的神色回答：「我在緊張。」從那張臉上，還透出了些許落寞。

我猶豫著不知回些什麼才好，可其實沒有這個必要。媽媽自行說了下去：「不過總有一天還是要來的啊。」

媽媽向前踏出一步。雪地被踩出咯吱的聲響。她走在我前面，我跟在她後面。媽媽走到玄關門前停下腳步，用力地深呼吸一口氣。

我從來不曾像今天這樣，體會到媽媽像是一名普通的人類。我認知到媽媽在身為媽媽的同時，也只是一個帶有傷痛的人類而已。

我想知道我的真面目。

我到底是什麼人？以及今後我究竟該如何活下去才好？

媽媽按響了對講機。

過了幾秒，從玄關門的內側傳出腳步聲靠近，大門打開了。

一名身形瘦削的白髮男人現身，帶著敵意對媽媽怒目相視。

媽媽嚥了一口氣，似乎想說點什麼話，但是搶在她之前，男人瞪著媽媽，毫不留情地率先斥道：

「妳這個偷東西的賊，還有臉出現啊。」

小倉雪・寒假

好冷。

好懶得做任何事。天氣冷颼颼的。不管去哪裡都很冷。

不管哪裡都沒有我的容身之處。

「能做的選擇越來越有限了喔。」

眼前的志田老師看著我的成績單，面有難色地說。我小聲應道：「是。」而後移開目光。升上三年級後，我的班導換成了志田老師。

「就業的選擇多的是。即使在畢業典禮舉行過後，放春假的期間也還勉強來得及提供妳幫助。但是想升學的話，差不多是時候提交入學申請書了。雪，妳還沒決定未來出路對吧？暑假時的三方面談上，妳姊姊也贊成妳繼續升學不是嗎？在還沒決定好將來想做什麼的這段期間，會建議妳先升大學，再利用四年的時間探索自己想做的事也不遲。妳現在覺得哪個選擇最好？」

幾秒鐘的沉默流淌而過，我才理解過來，啊，我被問問題了。

「……我不知道。」

志田老師重重嘆出一口氣的反應顯而易見。他的表情柔和，但似乎很困擾的樣子。

「對不起。」

「沒事，我拿了新的學校資料過來，還有職場方面的。我姑且先過濾掉太遠的地方，找了鄰近的地點。」

「……謝謝老師。不好意思麻煩了。」

「沒事啦……妳變得很會道歉耶。」

「咦？」

「用不著那麼畏畏縮縮的。不用客氣喔。」

「不好意……好的。」

對於幾乎要把道歉當作打招呼的我，志田老師稍微笑了一下，並拿給我看大學的資料。

由於我不擅長用網路搜尋，所以不清楚哪些地方有哪些大學。身邊同學們講過的大學我多少會有印象，然而擺在眼前的資料全是我第一次看到的大學。

志田老師在大學資料的旁邊，另外攤開印有企業針對高中生的徵才簡章的紙張，上面列出待遇、出勤日數、休假日數。

我發出嘆息。

「這些妳全部帶回去，等寒假過完再讓我聽聽妳的想法。如果是這裡面的學校，還可以慢慢決定。不過要是開學後還在煩惱的話，到時候這些大學的申請期限也快截止了，只有這點妳可以記在心上嗎？」

「……好的。」我給出平板的回應，心裡想著實在有夠麻煩。

不想思考關於自己的未來。

可是不能讓繼姊操心。繼姊總是替我著想，一直以來都支持著我的高中生活，就算是為了她也好，我必須好好決定自己的出路。

但是，說真的，真的是麻煩死了。

乾脆就業算了。老師印給我的徵才簡章裡有工廠的職缺，工作內容似乎以單調的作業居多，不過休假與福利待遇意外的還不錯。另外也有花店的工作。要碰水的工作感覺會讓手變粗糙，但可以過著被花包圍的生活應該會很開心吧。

感覺很好。好像很快樂。雖然給我這種印象，但是我沒有決定性的動機。沒有想行動的心情在。如此這般便迎來高中三年級的寒假了。

窗外正在下雪。哈哈，如果我也能像那樣，一味地隨風徘徊就好了。隨風徘徊，而後落到地面，消失得無影無蹤。

要說徘徊的話，或許我現在也處在相同的狀態吧。可是為什麼我會如此地滿懷不安呢？

我抓緊布料略厚的裙襬，以此暖手。

「雪，還有一樣東西，妳可以看一下這個嗎？」志田老師如此說完，取出藏在成績單後面的資料夾。資料夾中同樣放了學校的資料。

「專門學校……？」

「是培養音樂家的專門學校。」

音樂。

聽到那個詞的剎那，空氣彷彿凍成了混凝土。身體僵硬得動彈不得。
那是我一直、一直在迴避的東西。
我曉得志田老師在觀察我的表情。他好像在擔心，又似是感到抱歉。看到老師這樣，想要道歉的衝動再次湧上。
對不起。對不起。讓老師困擾了對不起。
「因為是在東京的專門學校，所以需要和妳的監護人商量……不過舉凡從作曲到以音樂工程師（註8）為志願的人，都可以在這間學校學到音樂方面的知識。雪，去年妳說過，想成為創作型歌手對吧？」
對不起。
謝謝老師，用那麼溫柔的口氣對我說這些。對不起。啊啊，拜託不要為了我而困擾。讓老師感到困擾我很抱歉。
「雖然妳在退出輕音樂社後，就一直沒再接觸這塊……要是迷惘的話，至少這也是其中一個選擇。這間專門學校距離申請截止還有寬裕的時間，而且似乎培養出不少知名歌手，是間有名的學校喔。」
是的，是這樣沒錯。老師想說的事，我明白的。

註8　指工作涉及錄音、調整、混音以及聲音再製的人士。

對不起。我現在擺出了怎麼樣的表情？對不起。

「如果是為了音樂的事情在煩惱，老師會支持妳的。老師啊，在那場表演上深受感動喔。去年的文化——」

「對不起。」

就像戳破氣球那般，啪地，我打斷志田老師的話。

然而志田老師不為所動，只是等待我繼續說下去。我好想現在立刻逃出去。可是我真的、真的覺得好對不起老師，因此最後我慢慢地開口說：「我會在寒假期間慢慢考慮，也會和姊姊商量看看。資料可以讓我帶走嗎？」

我強迫自己揚起嘴角，用略微開朗的語調說話。硬是扯動僵化的臉部肌肉的緣故，可以感覺到我的臉是繃著的。

志田老師的態度依舊沒變，他溫柔地說：「當然可以。」便將蒐集來的資料整理好放入資料夾中。

我的心情全被志田老師察覺到了。

此時距離我和老師面談的原定結束時間已超過十分鐘。老師收拾好資料後站起來，將資料夾交給我。

我同樣站起來拿走掛在桌子側邊的背包，把收下的資料放進背包裡。

接著我先把背包放到椅子上，再穿上那件掛在椅子上的繼姊汰換下來給我的大衣。

「今天姊姊也來接妳嗎？」

志田老師對著還在動作的我話家常。我回想自己先前的說話語調並回答：「今天姊姊休息，所以我叫她不用來接。而且，我還有其他事……」

「這樣啊。也代我向妳姊姊問好吧。啊——一等我整裝完畢，直到剛剛都還正襟危坐的志田老師忽地放鬆下來，露出天真的表情。

「穗花最近還好嗎？」

繼姊的名字被提起，氣氛頓時柔和了一點兒。

志田老師過去似乎是繼姊的同學兼好友。對老師而言，我就是好友的繼妹。那是在學生面前不會表現出來的，私下的一面。

「啊——是的，姊姊很好。」

「是嗎？哎呀，畢竟那之後我們也完全沒聯絡，想說不曉得她最近在幹麼。」

「咦，居然是這樣嗎？」

好意外。他們去年才再度見到彼此，還以為後來一定有保持聯絡。

「我現在很好——可以幫我這樣轉達給妳姊姊嗎？有記得再說就好。」

「啊，好的。我會幫忙轉達的。」

先前不安的氣氛一下子溫暖了起來。我被志田老師送到門口，心情安定下來後打開了教室的門。

可是，只有我一個人，周圍的空氣馬上又僵住了。

「御幸，讓妳久等了。」

一打開門，便見到走廊對面的教室椅子上，孤零零地坐著御幸一個人。

御幸和我四目相望，臉色一下子明亮了起來。

但是我看到她額頭上的傷痕後，馬上移開了視線，向老師道別。

「老師辛苦了。」

「哦，祝妳有個愉快的新年。」

我如此說完，便趕緊走開，避免看到御幸。

「小雪——」

從背後傳來御幸的聲音，但是我用力咬緊嘴唇離開了那裡。

柿沼春樹・父親老家

那名上了年紀的男性剛見到媽媽，留下「偷東西的賊」這句話後，連一眼也沒分給我就回去屋子裡了。

一旁的媽媽嘆了口氣，跟著步入屋子裡。這樣進去是可以的嗎？雖然我很不安，但總之還是先跟上媽媽的腳步。

甫踏入玄關，旋即有股鄉野氣息撲鼻而來。榻榻米的藺草氣息、樹木氣息、依稀飄蕩在空氣裡的霉味。

男性是父親的父親，也就是我的爺爺吧。我跟著媽媽追在爺爺身後，來到一間和室。室內正中央放了一張醒目的暖桌。我第一次見到這種東西很興奮，有一瞬間簡直想衝過去滑進桌子裡，不過眼下這種劍拔弩張的氣氛，再怎麼也做不出這種荒唐事。要說是劍拔弩張嗎？不如說是很緊張才對。不曉得自己該怎麼做才好。

爺爺進入和室後，立刻坐到靠牆邊的坐墊上，然後拿起遙控器打開電視機。

「嗯，你們坐吧。」

被這麼說之後，率先動作的人是媽媽。她經過電視機前面，在爺爺的對面坐下。我戰戰兢兢地跟著她動作，經過電視機時先行了一禮，而後慢吞吞地坐到她旁邊去。爺爺的視線沒有離開電視。既沒有端茶出來招待，更沒有理會我們的打算。正當我覺得這樣有些失禮之際，有另一個人走進了和室。

「好久不見，櫻美。」

對方是名身材嬌小、戴眼鏡、黑髮與白髮相間的女性。是我的奶奶。媽媽被喊了名字後看往奶奶的方向，坐在原地鞠躬打招呼。

奶奶用托盤端茶過來，先在我這邊放下一杯。

「初次見面，春樹。」

奶奶笑吟吟地，用帶有口音的腔調對我打招呼。我急躁地回應她，「初次見面。謝謝您。」隨後收下那杯茶。奶奶也遞了一杯茶給媽媽，之後坐到爺爺旁邊，將他們兩人的茶杯擱到桌子上。

「帶我兒子來了嗎？」突然間，爺爺開口問。

「別這樣。」奶奶拍了一下爺爺的肩膀，而爺爺的視線依然沒從電視上離開。到了這個時候，我才感覺到他對我們抱有敵意。

「抱歉，謝謝你們特地遠道前來。」奶奶無視爺爺說的，岔開話題後朝我這邊望過來。她似乎沒有惡意，甚至還很歡迎我和媽媽的樣子。

「我們才是，突然跑來叨擾實在非常抱歉。」我先以最近學會的客套話回覆，再看向身邊的媽媽。媽媽的表情很僵硬。

是在緊張嗎？還是生氣？我從來沒見過媽媽像現在這般亂了陣腳。目前為止，不論什麼情況她都笑得出來，現在卻儼然像個孩子似的。

一股憐憫之情油然而生，我悄悄地在暖桌裡握住媽媽的手。雖然媽媽沒有回頭看我，不過做為替代，她緊緊地、緊緊地回握住我的手。她握著我的手，開口：「那個人已經哪裡也不在了。被我碾成灰了。」
碾成灰？
直到說出這句話，爺爺才總算從電視機上移開目光，轉而瞪向媽媽。奶奶同樣看著媽媽，但不如爺爺那般驚詫。她流露出的是一種寂寞與心死的眼神。
「即使這樣還想要我還回來的話，那就由我來當兩位的家管。」
「啊？」
爺爺語氣尖銳地反問。我的反應亦同。啊？到底在說什麼啊，媽媽。在我準備把話說出口以前，媽媽的下一句話馬上讓我陷入沉默。
「有一半，被我吃掉了。」
我依然聽不明白那些話裡的意思。縱使不明白，也聽懂了媽媽曾經犯下錯誤。她握住我的那隻手收得更緊了，可是不會痛。
「兩位能理解他存在於我體內的話，要我在兩位的身邊陪侍多久都不是問題。」
「妳以為這樣做我就會原諒妳嗎！」
爺爺「咚」的一聲拍上暖桌桌面站起來。他的表情顯而易見的憤怒，奶奶卻沒像先前一樣安撫他。我嚇得身體一顫，爺爺見狀，連忙指著我對媽媽說：「要是我把那個孩子偷過來的話妳會怎麼想！說啊!?會很痛苦吧！因為是重要的、重要的家人啊！我一直想把他要回來，結果妳現在說啥！輾成灰？吃掉？開什麼玩笑！還給我！把我兒子還來！」

斥吼聲如洪鐘，感覺整間木造平房都在搖晃，被震得嘎吱嘎吱響。

我嚇得整個人膽顫心驚。說到底我對於眼下的情況是徹底的一頭霧水，不曉得該做什麼才好，也不曉得該站在誰那一邊才對，唯一能做的只有怯生生地盯著爺爺。

在經過片刻的沉默以後，媽媽放開了我的手。血液回流到手上，冒出一股有別於暖桌的熱流。

我瞥了一眼身旁的媽媽，她的面頰上竟在不知不覺間淌過淚水。

「也請還給我。」

她的嘴邊擠出皺紋，嘴唇震顫，每一次淚水潰堤，臉上的妝容也隨之落下了一點兒。沿著臉頰、嘴巴、下頜，依循著臉部的輪廓徐徐崩落。

面對媽媽道出的話語，爺爺氣喘吁吁地抖著肩膀，說了一聲「啥？」。接著媽媽緩緩地、緩緩地以發顫的嗓音回道。

「我也很想再見他一面。想告訴他我愛他，想要抱緊他。我還想再讀那個人寫的故事後續。我愛著那個人的一切。可是他拋下了我！殺了他的人並不是我，也不是我偷走了他！不管是殺了他還是偷走他的人，全部，全部都是那個人自己！」

在媽媽把話說完的同時，盛怒之下的爺爺一把抓起桌上的茶杯，抬手便打算往媽媽身上扔去。

危險！

我趕緊抱住淚如雨下的媽媽。

不過熱茶沒有灑到她身上，茶杯也沒飛過來。是一直靜靜待在爺爺旁邊的奶奶揮開他的手，並且打了他。

「啪」的清脆一聲。

茶杯自爺爺手中掉到榻榻米上。

沉默緊隨而來。

爺爺也開始緩緩地流出眼淚。

原先的那股敵意，已經蕩然無存。

小倉雪・樂器室

一打開樂器室的門，頓時飄出一股淡淡的灰塵與潮溼的霉臭味，同時，還有股寒氣帶著輕柔的壓迫感迎面襲來，彷彿被一團棉花撲過來似的。

「好冷。」

明明只有我一個人在，卻不小心脫口而出。

這間小房間位於音樂教室隔壁，約莫六疊大小（註9）。房內有直立式鋼琴、小桌子，以及在牆邊堆放成山的、不知上一次保養是什麼時候的木吉他。

記得以前趁著其他樂團在音樂教室裡練習合奏的期間，我常和御幸和小夜來這邊一起閒聊，或是練樂器。

如今每當我踏出一步，便會喚起那些曾經的練習情景。這個小小的房間裡分明布滿了灰塵，甚至連冷氣機都沒有，可不知為何待起來卻很舒服。人與人之間的距離好近，要是有誰先彈起有名的鋼琴曲的話，大家就會率性地唱起歌來，我也會配合那陣旋律，恣意地彈奏吉他的和弦。

已經有一年以上沒來過這裡了。

我徐徐走著，以指尖沿著小桌子和直立式鋼琴的表面描摹，劃出一道道痕跡。指尖蒙上一層灰塵，我輕輕呼氣將之吹散。在牆邊那座木吉他堆出的小山的最邊角，房間裡最角落的地方躺著我的吉他。

吉他的琴弦生了鏽痕，黑色的塗裝上，還有道宛如裂縫的巨大傷痕。

我動作輕柔地拿起那把吉他。

註9　六張榻榻米大小。

自然而然的，腦海裡浮現一年多前，那一天所發生的事。

『妳的音樂是最差勁的。我都快吐了。放棄這種東西才是為了妳的人生著想。就由我來替妳踏出那一步。』

如此說完，春把我的吉他砸了。

鏘——的，發出好大好大的聲響，不過實際的損害並不大。

搶在春砸毀吉他的前一刻，志田老師先撲過去阻止他。春因此重心不穩，連帶著揮舞吉他的力道也減弱了，多虧這樣，吉他才得以倖免於斷成兩半的下場，然而黑色的 Stratocaster 上還是留下了白色的傷痕。

志田老師與繼姊聯手壓制春，把他帶到外面去。人在附近的小夜用跑的過來，還有御幸，她也跑下舞臺來到我身邊。

至於我，自始至終只是僵立在原地。僵立著，盯著春的臉。

春望著我。以一副茫然的的表情望著我。即使我不明白他真正的用意，也能理解他對我抱持厭惡。在他被志田老師和繼姊壓著帶出去的過程中，只是一直緊盯著我。

但是不久後他就被帶離場，春的身影消失在我眼前。

我完全無法思考，僅能在視野中看見御幸，小心翼翼地拿起我那把被砸到地上摔出傷痕的吉他。在我的身旁，是小夜摟著我的肩膀正在安撫我。悠介學弟也靠了過來，安慰了我些什麼。

啊，必須說點什麼才行。要做出適當的應對。因為我就只有這個優點了啊。

欸，雪，快想想，說點什麼，說點什麼……

「對不起。」

奇怪，為什麼，為什麼我要道歉呢？

我什麼都聽不見。

什麼都感覺不到。

我坐上鋼琴椅，用直立式鋼琴彈出E的音，藉此替吉他調音。這臺鋼琴本身一次也沒調律過，卻莫名地可以合上音調彈出C大調，音調大致上都有對到。

清了清嗓子後，我輕輕地奏響吉他。

透過生鏽的琴弦撥弄出的悶聲，傳遍了整間樂器室。

「致、親愛的你。我能夠、成為我嗎？

能夠用這具身體、這副外表、去愛自己、嗎？

我能夠、成為、親愛的你的炸彈嗎？

好想成為、將你的一切、粉碎殆盡的、那樣的、夏天。」

好想變成炸彈。
變成破壞掉一切的炸彈。
好想用我的一切，來毀掉全世界。
毀掉全世界，留名歷史，居高臨下俯瞰你。
「雪。」
我被那道聲音嚇了一跳，不小心用力撥響了吉他弦。
就在同個瞬間，吉他的五根弦「啪」一聲齊齊斷裂。在這一年多以來一直繃著的琴弦就這麼輕易地斷了。
我將吉他擺正拿好迅速站起身，轉過頭查看。
在那裡的人，是穿著制服的小夜。

柿沼春樹・父親老家

媽媽向我道出來龍去脈。她在父親的佛壇前面告訴了我。
我與媽媽在徵得爺爺、奶奶的同意之後，來到佛堂。

關於父親拋下媽媽一事，似乎發生在我即將出生的前幾天。由於他們說好等我出生後再辦理結婚登記，所以父親的遺骨並沒有被送去媽媽那裡，而是送到了父親老家的這裡。媽媽會得知父親的死訊，好像是多虧剛才那位我的奶奶聯絡了她的關係。

與化為骨骸的父親再會的媽媽，盜走了那些骨頭。她偷走了父親。

那些事發生在我尚不懂事，還處於襁褓之年的時期。

回到家後，媽媽搗碎父親的遺骨，嚥進肚子裡，並把餘下一些沒吞盡的灰撒到了公園當中。

「他是個可愛的人。」

媽媽在我的身旁，注視著父親的佛壇說。父親的佛壇上沒有照片。

「他不是個會常常傾訴自己心思的人。譬如他的快樂、喜悅、寂寞、悲傷等等。但是我不介意這種事，依舊接近了他。沒有什麼好可怕的。因為那個人只會把自己真正的心情，寫在小說裡面。」

媽媽隨意地側坐著笑著說道。見到她總算露出笑容，我鬆了一口氣。

媽媽拿出父親的小說給我看。封面上寫著《沒用的男人》。

是父親的遺作。他在撰寫完這本小說的幾天後逝世。收回遺物的奶奶與爺爺，取得當時和父親本人接洽過的出版社方的聯絡方式，而後出版了這本書。

「爸爸是喜歡小說的嗎？」

我拿起《沒用的男人》，以指腹摩挲書封。因為出版的年代相當久遠，現在還曉得這本書的人已所剩不多，媽媽持有的這本書上亦留下日晒的痕跡。

「我想他是喜歡的。」

媽媽沒有斬釘截鐵回答，我馬上反問她，「妳想？」

「待在他身邊的時候，我認為他是出於喜歡才會寫小說。不過如今看來，該不會他只是將小說視為揭露自己心情的道具吧，我產生了這種想法。小說……對那個人造成了許多傷害。」

媽媽總是直視著我的眼睛說話，然而現在的她稍微低垂著視線，顯得悵然若失的樣子。在一次深呼吸過後，她將手握緊成拳繼續說道：

「那個人，我喜歡那個人。也喜歡那個人的小說。喜歡他那份一心一意，將自己的心情毫不保留地發洩出來，拚盡全力要在小說上留下自己活過的證明的那份笨拙的率直。對於平凡的我而言，那種遠離塵世、卻在創作上豁出性命的生存方式看起來非常閃耀動人。我也想像那個人一樣自由地、隨心所欲地活著……然而我沒有任何的才能，可也正因為如此，我才漸漸走近了他的身邊。到頭來，陪著那個人身為小說家的人生，奉獻自己的心力，也變成了我的生存意義。

可是那個人卻拋棄了我。他拋棄了我，還有你，春樹。我好想見那個人一面。

聽我說，春樹，那個人，在最後寫了信給我。」

「信？」

「嗯，一封信。信上寫了：『櫻美，我好寂寞，我愛妳，愛妳，愛著妳，我盼望妳能永遠幸福，好想見妳，我不想死。』像個傻瓜一樣。真的是，像傻瓜一樣。又傻，又自私，實在是個可愛的人。不過要是還可以再見他一面的話，這回我不會再做錯了。為了不讓那個人死掉，我不會再離開他。明明不會再做錯……可是卻已經見不到那個人了……」

媽媽說完頓時痛哭失聲，我慌張地陪在她身邊。

「媽媽，媽媽別哭。媽媽，我不會拋下妳，不會離開妳的。」

媽媽聞言抬起臉，凝視我的臉，並用鼻子發出哼笑。

「怎樣啦。」我馬上口氣粗魯地回應。

「你變得很有擔當了嘛，春樹。」

她撫上我的臉龐。

「春樹，你和他很像，雖然不到一模一樣的程度，不能說你們簡直是一個模子刻出來的，不過在無法對喜歡的事物坦率說出喜歡這點和那個人是一樣的。你啊，結果也沒對穗花說出喜歡對吧？無法把你愛她說出口對吧？」

「我愛她這種話……這種大膽的話誰說得出口啦。我們還只是高中生，怎麼說得出口。」

「高中生又怎麼了嗎？單憑年輕不能構成任何理由。語言啊，是最能表達心情的力量喔。別那麼溫吞只會把真心寫進小說裡，直接向對方說啊。究竟要等到什麼時候？你究竟打算讓她等到什麼時候？」

打算讓她等到什麼時候。

不對，不是我。妳說的並不是我吧。妳眼裡看著的人始終是父親。妳真正想對話的人是父親。那句話，妳想把同樣的臺詞告訴他。

我愛妳。

媽媽是否有確實從父親口中聽見那句話呢？父親是否有確實對媽媽說出口呢？不會的，他絕對說不出口，因為換作是我也說不出來。

「媽媽很愛你。發自內心地愛著你。可是你真的和那個人太過相似了，所以沒辦法替你加油，無法祝福你。我到現在也依然想見那個人。想見到他，緊緊抱住他。要寫小說也沒關係，希望他能說出喜歡我就好。沒辦法祝福你，都是我太軟弱的錯。一直以來讓你有內疚的感受，真的很抱歉。」

媽媽說著這些，稍微低下頭向我賠罪。我焦急地扶起她的肩膀，「把頭抬起來啦，不要這樣。」

「可是請你和我約定。」

她仍舊低著頭，語氣卻很堅定。

「我會對你寫小說的事送上祝福，所以請和我約定。在你還是高一的時候，曾經說過吧，你說：『但我不會棄而不顧。不會捨棄自己、捨棄那些愛著自己的人們。』請你發誓，絕對會說到做到。就算說不出愛、說不出喜歡也好，但是，你要發誓絕對不會拋棄愛你的人。」

接著，媽媽緩緩抬起頭。臉上的妝都花了，媽媽的臉今天一直是狼狽不堪的模樣。

媽媽她，並不是做為一名母親，而是做為一個人在拜託我。既然如此，那麼我也要以一個人的身分來回應她，而非一名孩子。

「我明白了。我不會拋棄。我會繼續寫小說，也不會拋棄那些愛我的人，或者我愛的人。」

聽見我這麼說，媽媽才終於恢復平時的神色。

小倉雪・寒假

打開樂器室的門沒關是我的失策。

大概是聽到我彈吉他的聲音了吧。小夜走進樂器室，站到我背後一公尺遠的地方。我一如既往地低下頭，毫不掩飾想迴避的打算，逕自從她身旁走過去。

「御幸啊——」

小夜阻止了我。我停下腳步，因為吃驚。因為在這一年以來的不斷迴避當中，這是我第一次被她留住。

「御幸，得到內定了。」

御幸得到內定了。是嗎？終於嗎？終於有消息了嗎？原來她也踏上屬於自己的道路了嗎？

眼底深處一陣發熱。我久違地再次正面對上小夜的臉。

小夜在這一年間有了相當多的改變。她把那頭短髮留成和我差不多的中長髮，原先老是挨老師罵的醒目紅髮，也染回黑色了。

「是她親戚的運輸公司的行政職缺內定。不過她也在煩惱要不要上大學，所以先提出了申請，打算寒假期間和家長慢慢商量再做決定。」

「是喔……」聽了小夜的話以後，我喃喃回道。光說出這一句就盡了我最大的努力。想不出可以說些什麼，她卻仍窮追不捨。

「但是，不管是內定的公司，還是煩惱的大學，都在縣外。」

縣外。

我們即將各奔東西。

「我會在縣內就職就是了，會一直待在這裡。不過啊，御幸就要去到遙遠的地方了喔。雪，我們可以在畢業前和好嗎？」

麻痺的大腦被小夜搞得更加混亂了。說什麼和好。我又沒有吵架。沒有和誰吵過什麼架。

沒有……其實不是什麼都沒有吧。

✻

「妳要退出輕音樂社的事，不是真的吧？」

御幸流下一滴汗水，握住我的手臂說。不曉得該看哪裡才好，我顧不得體面，眼神游移不定。

「下一首歌呢？寒假前的樂團活動呢？〈炸彈〉不是得到超多迴響嗎？志田老師還要我們務必考慮在明年高一的迎新會上表演耶。」

御幸的臉一下子靠近過來。既然我不曉得看哪裡才好，那就堵住視線，於是我閉上眼睛。

「對不起。」

「怎麼說對不起……」

從御幸說話的聲音裡透出的情緒沒有慍怒，也不是寂寞，而是滿滿的焦急。

我剛後退一步，御幸便鬆手放開了我的手臂，同時，我不知道撞到了誰。

我張開眼睛轉頭查看，是悠介學弟和小夜。

「雪學姊，妳要退社嗎？」悠介學弟望著我的眼睛。他的眼神中流露擔憂，小夜也一樣。

「……雪。妳很在意那傢伙說的嗎？那種傢伙說的話，不用放在心上啦。」

那種傢伙。

她指的，毫無疑問是春。春所說的話與表情霎時浮現在腦中。

『妳的音樂是最差勁的。我都快吐了。放棄這種東西才是為了妳的人生著想。』

「我以前想做的事……不過是自命不凡罷了。」

倏地，左臉傳來一陣疼痛。

被打了。

被小夜打了。

怒氣在一瞬間湧上我的大腦，我被打了，身體順勢朝右邊做出反應，對小夜不假思索地、徹底地、毫不留情地搧了巴掌回去。

「別這樣，學姊！」

「妳們兩個都住手！」
小夜也像往常那般反擊回來。我扯上她頭髮，那頭她小心呵護的頭髮，使勁用力扯。被我扯住頭髮的小夜就著這股力道往我撞過來，朝我脖子狠狠咬下去，像個吸血鬼似的。
好痛，好痛，好痛好痛好痛。
我奮力將她從身上拽下來後，立刻抓住附近的譜架，抬手就往小夜的方向扔過去。
然而，譜架沒有擊中小夜。
被悠介學弟用手從中擋掉了。到這裡為止還沒關係，可偏偏御幸被我和小夜的爭執捲入，在碰撞的途中蹲了下去，而那支被揮開的譜架直接命中她的頭。
「御幸！」
小夜站起來，跑到御幸身邊。悠介學弟同樣跑了過去。
我卻在原地一動也動不了。
失手了。我搞砸了。
我做了什麼？我究竟都做了什麼？
「好、好痛……」
砸中御幸的地方正好是譜架的邊角，血從她的額頭流出來。我想跑去她身邊。沒有人注意我，更沒有人會躲避我，甚至小夜在冷靜下來後還看了過來，感覺好像想向我求救。

可是，我逃出去了。

從御幸、小夜、悠介學弟身邊，從音樂的世界逃出去了。

＊

去年冬天，發生了那起事件。自那以來，我們便沒再講過一句話。

我們彼此的時間猶如石化般凍結住，無法前進到任何地方去。唯獨外貌一點點地長大成人，思考逐漸成熟。

明明是我的錯，卻收到好幾次她們傳來的道歉訊息。我把所有訊息都看過了。儘管如此，卻依舊沒再說過一句話。

像現在，喉嚨也好燙。我猜機會只剩現在了。

這是最後的機會。

「對不起。」

這是我一直想說出口的道歉。

我想靠這句話來獲得寬恕。想要她們告訴我：沒關係，我沒放在心上喔。

但是小夜在聽到這句話的當下，那種打量我表情的猶疑神色立刻從她臉上消失，她狠狠地瞪著我。

「我想聽的不是這種話。」

緊跟而來的是她冷漠的、毫不留情的言詞。

我的身體不由得僵住。又想道歉了。

「雪，妳很卑鄙耶。只會看我們的臉色說話，小心翼翼地對待我們，老是裝作天真爛漫的樣子說自己想做什麼，實際上根本就處處推脫閃躲。這算什麼？雪，妳想做的到底是什麼？」

小夜用力搔抓頭皮，低下頭的同時，說話聲也逐漸變小。我產生動搖，不禁喊出她的名字，「小夜……」

緊接著她猛然抬起頭，大叫：「為什麼妳不和悠介學弟交往呢!?」

悠介學弟。

去年文化祭時我被告白，給了他態度曖昧的回應之後，事情最終不了了之。

咦？

小夜的眼眶裡噙著淚水。這時我才第一次注意到，小夜其實喜歡悠介學弟，而我在不知情的情況下傷害到她了。啊啊，這麼說起來，仔細回想的話的確可以推論出這種可能。她不是總是最先察覺悠介學弟的狀況，再立刻跑來問我嗎？

「對不、起。不是這樣的。我不曉得妳……」

「我知道啊，這種事我當然知道！我火大的是妳沒好好答覆這點！喜歡的話就說喜歡，討厭就說討厭，明明只要這樣說就好了！音樂的事也是！重點不是身邊的人怎麼想，而是要講出妳自己想怎麼做啊！好好想一想啊！」

喜歡。討厭。

在我感到歉疚的同時，或多或少也冒出一點兒帶刺的心理。

如果能這麼簡單說出口的話，我自己倒也樂得輕鬆啊。

「最讓我、最讓我火大的，莫過於我什麼都沒有察覺到。妳的想法，我一點兒也沒看出來，居然沒發現妳為了音樂的事這麼煩惱。如果有再多陪妳談談就好了。我應該要更努力察覺妳受的傷才對。還有妳繼母的事也是！平常妳表現出沒事的樣子，其實心裡非常悲傷，我也是直到夏季廟會的時候才第一次知道。到了現在，我已經完全不了解妳的心情了。雖然不了解，但是至今的回憶應該不全是騙人的才對！或許妳現在是討厭我和御幸，但是，那些快樂的瞬間，那些發自內心快樂的瞬間應該確實存在過沒錯吧！那又是為什麼會變成今天這樣，我完全搞不懂。好討厭。雪也是，沒能察覺這些的我也是，全都好討厭……」

小夜說到最後流下眼淚，宛如孩童般邊哭邊蹲了下去。

她的嗚咽聲像極了貓叫，響盪在小小的樂器室之中。

那個樣子，讓我覺得有一點點可愛。

我到底都做了些什麼？

每次在移動到科任教室的路上和她們錯身而過時，我都把頭低下去。刻意迴避音樂教室，也沒有選修音樂相關的課程。

就連去年跨年，她們兩人傳來的「新年快樂」訊息都被我無視了。無視掉，規避掉，直到她們也自然地經過我身旁而不再打招呼時，我感覺終於得到了回報。對這兩人來說我已經是個不相關的外人，而這正是我所期盼的。為了可以成為她們心目中的壞人，我拚命偽裝自己的態度，露骨地避開目光，也學會了裝出嫌惡的臉色，為了讓她們討厭我。

奇怪，讓她們討厭我，是為了什麼？為了什麼事來著？為什麼我當初會想被她們討厭呢？

『妳是無法變得跟我一樣的。』

我最先回想起的，是春說過的話。

被春這麼說之後，我是怎麼想的來著？腦袋一片空白，那時我第一次放棄了去想音樂的事。

好悲傷。好難過。我好想被誇獎。好想被說：妳很厲害耶。

啊，對了。我是在那時才明白。倘若得不到回報，要想繼續說出喜歡是很痛苦的事。可以給出無償的愛的人類只占了少數。我並不是那樣的人。我渴望回報。渴望得到誇獎。

已經再也不想經歷那種事了。不想被任何人抨擊我最喜歡的音樂。不想被任何人否定我喜歡音樂的感情。所以我在被音樂捨棄之前，自己先捨棄了音樂。

這兩個人的事也是。

我最喜歡這兩個人了。

小夜做為我的摯友，我好喜歡她。每次接觸到她的那份純真，我便會有所改變。練習不順利也沒關係，在樂觀的她的鼓勵之下，無論多少次我都可以重新振作。

御幸做為一名女孩子被我喜歡著。我一直喜歡著她。起初是因為她有著和繼母相似的溫柔與成熟的關係。只要待在她的身邊便感到安心，也讓人心跳加速。我在她的面前，時常產生那種在人前表演唱歌的緊張與亢奮感。

過去的我好喜歡她們。不想要被她們拋棄。

每次錯身而過，她們總會露出擔心的表情。應該很傷心才對，卻仍然溫柔地掛慮著我，這樣的她們露出的表情令我害怕。既害怕，又感覺遙遠，好難受。總有一天，她們會變得討厭我。她們不再擔心我的時節終會來臨。

所以我拋棄了她們。

趁被捨棄前先拋棄她們。被討厭前先討厭她們。受傷以前先傷害她們。

「我很喜歡。」

陡然間，聲音自然地冒了出來。

小夜總算抬起頭來看我。已經不再化妝的她的那張哭臉上，展現出些許成熟的表情。我的聲音讓她止住眼淚，相反的，這回輪到我的眼睛深處陣陣發燙。腦袋彷彿膨脹的氣球似地被壓迫著，產生一種眼球快噴飛的錯覺。不過現在，我可不希望自己的臉爆炸。在我死之前，想把話傳達出去。

「我很喜歡妳們兩個。可是我好害怕。拜託妳們不要消失。不要離開我身邊。」

小夜站了起來，按住我的雙肩，「不會離開，我們不會離開的。我們會一直、一直在一起喔。」

「那種話是騙人的！」

我使出渾身的力氣果斷甩開她的雙手。小夜的手被這股力道揮開，飛到了空中。她的臉，則和那天相同，露出了悲傷的表情在擔心我。

「遲早會分開的。大家都會離我而去不是嗎！就算說了喜歡，心意也不會實現！永遠保持喜歡某樣事物的心情，我做不到。我會害怕，沒辦法在被周遭否定的同時還能喜歡上什麼東西！我不想要被背叛！我沒辦法像大家一樣變成大人！」

父親、繼母、春，每個人都離我遠去了。

我無法成為什麼大人。

喜歡的事物終有一天會消失。我很軟弱。如果不是確實存在的事物，就沒辦法去愛他。要是受到否定就無法去愛他。

「就算這樣我還是喜歡！無論再怎麼甩開，再怎麼想從記憶裡抹除，再怎麼無視，妳們的身影始終在我腦海裡揮之不去。不管經歷多少次我一樣會抱有期待。

拜託妳將我喜歡的心情全部否定掉。否定掉我的一切。我只想平凡地活著。要持續不懈地對喜歡的事物訴說喜歡，對我而言實在太痛苦了。

拜託妳，討厭我吧……拋下我好嗎……」

搶在小夜說話以前，我奮力抓住吉他逃開了。中途幾乎差點跌倒，於是我順勢撞上牆壁。肩膀好痛。生鏽的吉他弦陷進手上的肉裡。但我仍然跑了出去。

跑走，跑走，不間斷地跑，彷彿迷路般好不容易才跑出校舍。

我離開高三的校舍出入口衝向校門口。

外面正在下雪。

那些落到地面的雪，緩慢地消失無蹤。心底深處有股怒火升起。和我同名的東西，全部消失得無影無蹤。要是我也能像你們這樣，一瞬間就消融的話，該會有多輕鬆啊。

我出了校門，繼續跑。

宛如膽怯著什麼，宛如想逃離什麼似的。好可怕，我害怕得無以復加。

我明明喜歡著世界的全貌，世界卻不願意來愛我的一切。

跑著，跑著，不停地奔跑。腳好痛，寒風刺骨，但我始終沒停下腳步。

跑到離學校有段相當的距離之後，在奔跑的過程中滑落的圍巾掉到了地面。那是我在這三年間一直戴著的，繼母留下來的重要的圍巾。

我急忙跑回圍巾落下的位置。就在這個時候。

腰部受到強烈的衝擊，我的身體因此輕輕飛到了空中。

鈍痛感傳遍身體，飛到空中的全身都在晃動。吉他離開了我的手，身體不聽使喚的我僅能茫然地望著它。

過沒多久，吉他便在我的身體摔到地面的同時，默契十足地一同落到了地面。在這個瞬間，琴頸與琴身發出「砰」一聲巨響，應聲斷成兩截。

我爬不起來，只能盯著那把壞掉的吉他看。

啊，神明大人。非常感謝您。

終於將我從音樂這條路解放了。
這個樣子，我總算可以放棄音樂了。
非常感謝您，神明大人。

柿沼春樹・父親老家

「那個，這些東西……」
在玄關準備告辭之際，媽媽忽然從手上的手提包中拿出幾本書。是我寫的書。我到目前為止寫的小說。
「咦，媽媽？」
「這些，是這孩子寫的。」媽媽將書本遞給爺爺。
爺爺不發一語地收下。奶奶則開心地笑著說：「嘿，這樣啊。」
我沒想過要給他們自己的小說，因此這個突如其來的舉動令我心癢難撓。
「那個人的血脈，被這個孩子繼承了。這孩子今後也會寫小說，一直寫下去，不停地寫。他現在以『春』的名義在出版小說，將來肯定會成為了不起的小說家。所以，你們一輩子都不原諒我也沒關係，一輩子都討厭我就好。不過，唯有這孩子，請你們支持這個孩子。這個孩子，是我的希望。」

語畢，媽媽深深鞠了一禮。
爺爺端詳著我的臉。那雙鋒利的目光讓我產生一種會被貫穿的錯覺，但我認為不能在這時避開視線，所以死命地緊盯著他的雙眼。
須臾之後，爺爺重重地嘆了一口氣。
「我沒辦法一下子就接納你們。」
那句話的嗓音意外的纖細，意外的微弱。爺爺說話時不再是那麼的怒不可遏。
「對我們來說，那孩子是我們相當寶貝、珍視的孩子。沒辦法輕易就原諒奪走那孩子遺骨的妳。」
「……實在萬分抱歉。」媽媽再度深深鞠躬致歉。
爺爺也在嘆了口氣後繼續說：「但是妳……是那孩子愛過的唯一一個女人。那孩子也盼望妳能幸福。所以也請妳跨過這份傷痛吧。到那時候，希望妳可以再來拜訪。」
聽聞這些話，媽媽把臉抬起來。爺爺雖然面無表情，可眼神中透著溫柔。
「請妳幸福。」
最後留下這句話，爺爺故意踩出重重的腳步聲轉身回到屋子裡。
奶奶靜靜地揚起嘴角，跟著躬身敬了一禮。媽媽嚇了一跳，又一次對奶奶深深一鞠躬。接著她慢慢地邁開腳步，往停車的位置走去。

我同樣望著奶奶行了一禮，隨後跟上媽媽。奶奶似乎要目送我們，沒有走進屋裡，而是在玄關門前站了許久。外頭天氣這麼寒冷，真是對她過意不去。

我隨著媽媽一起坐進車子裡，媽媽發動汽車引擎，不久便將車駛離。我悄悄回頭看向後方，奶奶注意到我的動作，輕輕地揮了揮手。

直到奶奶的身影遙遠得消失在視野之內，我呼出一口氣。

啊，對了。我有好一陣子沒看手機了。一打開手機，就收到結城發來的簡訊。

『工作面試都沒有下落。』

啊啊，他今天也在奮鬥嗎？結城到現在還沒找到想做的事，加上操行不良的問題，好像在求職方面陷入了一番苦戰。

『沒問題，是結城的話，無論將來做什麼一定都行。』

我回了這封簡訊。之後維持相同的手勢，用手機對著外面拍照。將窗外的整片雪景同時發送給穗花和結城後，我關掉手機畫面。

額頭「砰」一聲撞上車窗。寒氣貼上額頭好舒服。我就這樣動也不動地遠眺窗外景色。

這裡就是養育那個人的地方嗎？

我重新拿出父親的作品來讀。

《沒用的男人》

父親小說的主人公，總是在為某件事煩惱。為戀情煩惱，為長大成人煩惱，為錢煩惱，為酒煩惱。

這本小說，想必象徵了父親充斥煩惱的人生、他的疑問、咆哮、糾葛。父親煩惱著，掙扎著，寫啊，寫啊，寫啊，寫啊，寫啊，最終死去。

你做出的決斷，我不會原諒。我絕不原諒你拋下我和媽媽一事。

但是，但是我理解了喔，關於你的事、你的思想，以及你曾經如何生存。

我不會想要變得和你一樣。

不過，現在我抱著強烈的決心，想要超越你的作品。

倘若能見到父親的話，我想對他說這些話。

然而，父親已經離世了。他已經不存在了，世上再沒有他的身影。

話雖如此，在見到爺爺、奶奶，傳達我們的近況以後，這種芥蒂某種程度上得到了抒發。

「媽媽。」我出聲叫她。

媽媽握著方向盤，盯著前方的道路不吭一聲。

所以我也依舊眺望著窗外，平淡地說：「妳要幸福喔。已經夠了。變幸福也沒關係。雖然不曉得爸爸會怎麼想，但我若是爸爸的話，會希望媽媽妳獲得幸福。媽媽，已經可以了，妳可以和九重先生獲得幸福的。」

說出想說的話的期間，我始終望著窗外。
而母親始終保持沉默。

小倉雪・藍濱綜合醫院

「沒事的，真的沒有怎麼樣。」
儘管我對趕來的志田老師這麼說了，老師卻依然握著我的手不說話。
「別囉嗦，妳安靜等著。」
老師半發怒的口氣令我不知所措。我其實想要獨處。不管怎麼做都不順利。

被汽車撞到了。
衝擊力雖然很大，傷勢倒沒有想像中嚴重。倒地的瞬間撞到頭的地方腫了一個包，手臂有擦傷，腰上有瘀青，大概這種程度而已。
撞到我的是一名載家人出門的父親所開的車。見到小孩子因為驚嚇而放聲大哭的樣子，反倒是我覺得很抱歉。
稍微回過神來以後，我告訴那名擔心跑來的父親，傷勢感覺不嚴重，沒關係。只是那股撞擊力道強勁得讓吉他都噴飛了，吉他因此斷成兩截壞掉了。

雖然說了沒關係，對方還是叫了救護車和警察來。我很感激對方是個善良的人，然而現在想獨處的心情更為強烈。

人生首次坐上救護車。聯絡志田老師後，老師很快就趕了過來，然而我很在意，如果這件事不是發生在御幸面談的期間就好了。

「聯絡不上穗花……」

老師一確認完我沒大礙，便打聽起繼姊的狀況。繼姊今天休假，肯定正在午睡吧。不如說她應該覺得很丟臉，不希望我說出來才對，不過這起事件有警方介入，所以我大概是非交代不可吧。

在醫院做了檢查後，我才知道身上有瘀青。得知這件事的志田老師表情都僵住了，為了讓他安心，我只好安撫他。

事發當下是在號誌轉為綠燈的瞬間，好像因為積雪害汽車打滑了所以才釀成意外。這種意外在這一帶時常發生，也是沒辦法的事。對方大概是趁寒假帶家人出來玩吧，只希望沒有讓車上的小孩留下陰影。

其後，志田老師替我和醫院的醫生與警方談了不少事。

然後現在，在聯絡上繼姊以前，老師要我先在醫院的病床上休息。

「真的是嚇死我了。有些腰痛會等一段時間後才發作，要是過了一陣子開始痛的話，妳要馬上說出來喔。因為是交通事故所以會有保險給付，不用擔心錢的事。」

「志田老師，你好像爸爸耶。」

「這是當然的吧，一想到妳如果出了什麼萬一我就焦慮得坐立難安。而且這樣我還有什麼臉去面對穗花。」志田老師握著我的手，和我說這些。

換作一般情況會覺得這是性騷擾，可是該怎麼說好呢？或許因為志田老師是繼姊的摯友，所以才沒有讓我產生排斥心理。

「吉他好可惜喔。」

經過短暫的間隔以後，志田老師自言自語說道。

我那把「砰」一聲斷成兩截壞掉的吉他。

遺憾的心情固然也有，但是，這樣就好了。這是命運。

我為了被御幸和小夜討厭，已經努力了一年以上。一定是因為認同了這份努力，所以神明大人才會替我實現希望，不會有錯。

神明大人實現了我想被捨棄的願望。

音樂捨棄了我。這下子，我終於可以在真正的意義上放棄音樂了。

「既然這樣，我買新的給妳。」

這個突如其來的提案，令我大受動搖。

「沒有關係的。雖然可惜，但也是沒辦法的事。」

聽見我如此表示後，志田老師有些失望，回話中混雜了嘆息，「是嗎？」

縱使老師就像朋友一樣，可總不能讓一名教師幫我出錢買私人物品。更何況，買了吉他的話，我至今的努力就全部白費了。

「御幸她啊——」

老師突然說出這句話，害我的身體做出反射動作。

「她很擔心妳喔。」

又來了嗎……

今天一天心情好沉重。

結束面談後見到的御幸的臉浮現在腦海裡。戴著眼鏡散發出成熟氣質的她，一臉落寞的樣子看著我。

「欸，雪，妳喜歡御幸沒錯吧？」

「什——」

什、麼？

志田老師冷不防拋出的問題害我陷入混亂。

慢著慢著，咦？至今為止不是沒有任何人知道嗎？

「是出於戀愛感情的喜歡對吧？」

我咬住嘴脣。幾乎要把嘴脣咬出血來。

「為什麼、這樣說？」

「因為……我也和妳一樣。」

「也喜歡御幸？」

「不、不是啦。」志田老師好像難以啟齒的樣子，一瞬間移開了視線，不過很快便又正視著我說：「我也是，有喜歡的男人。」

他握著我的手鬆開了一點兒，彷彿有所顧慮似的。

和我一樣。老師和我一樣喜歡同性。

我頓時理解了。

以前一直以為是志田老師很溫柔、風趣、會傾聽的關係，所以才讓我覺得老師很容易攀談。

這樣啊，原來我們一樣嗎？我們是同類。

「雪，只有現在就好，妳能以朋友的身分聽我說說話嗎？」

志田老師清清嗓子，接著溫柔地對我說道：

「最好要珍惜這份喜歡的心情。雖然難免會有受傷，或者傷心的時候吧，不過去喜歡、去愛某樣人事物的心情可謂一樁美談，那股力量足以把難受的回憶全部趕跑。妳明白這些的時刻一定會到來。現在還不明白也沒關係。只是，妳用不著害怕任何事喔。」
志田老師握著我的那隻手中蘊含熱度，好溫暖，給我一種安心的感覺，從窗邊吹進來的些許寒意彷彿全被他那隻手吸收了。
假如我有爸爸的話，就會是這種感覺嗎？我隱約冒出這種念頭。不回些什麼不行，比如謝謝、對不起之類的，要說點什麼才行。雖然我這麼想，可是長期以來我忘記了表達自己心情的方法，於是一時間我什麼也沒說出口。
我低著頭，舌頭在嘴裡打轉，之後好不容易才吐出一句話。
「我可以去洗手間嗎？」

如廁後，我扭開洗手間的水龍頭洗手。
關掉水龍頭，我看著眼前的鏡子。
志田老師人好好喔。
想不到還有其他和我處境相同的人存在。有其他也喜歡同性的人存在。
『最好要珍惜這份喜歡的心情。妳用不著害怕任何事喔。』
他所說的那些，於我而言是比誰都具有可信度的話語。因為有他說出這些，我才得以如釋重負。
我把手搭在洗手臺上蹲了下來。

可是啊，可是，可是我。
我好害怕。
果然還是好害怕遭到背叛。
喜歡上某樣人事物，為什麼是件這麼辛苦的事呢？而且，為什麼會教人如此的難以放棄呢？
即使被春痛罵，在我的內心深處，依然沒有抹去對音樂的熱情。正因如此才更難受。某種想抹消卻消不去的東西極欲在腹部深處糾纏肆虐，直到現在也依然如是。
不過，我通往音樂的道路已經被封閉了。是神明大人封上的。
神明大人將我的吉他徹底破壞了。
我可以不用再碰音樂。沒有必要繼續執著在音樂上。要討厭音樂也可以。換句話說，哪怕我不再碰音樂，也不是我的錯。就算我不再碰音樂，也沒有人會怪罪我。沒有人會譏笑。誰都不會責備我。
啊——實在是，煩死人了。不想去思考。我什麼都不想思考。整頓腦中思緒的速度跟不上現況。每件事情都讓人提不起勁。不行了。好反胃。好想獨處。不想待在這裡。處在這種情緒不安定的狀況下，我不希望身邊有任何人在。
如此下定決心後我站起身，走出女廁。

我的病房裡有老師在等著，而我朝反方向前進。

醫院的出口在那裡。我避開護理師的耳目，偷溜出去。

口袋裡有錢包。只要有這個就沒問題。

從醫院逃出來後，我奔向隔壁鄰接的計程車招呼站。穿著醫院提供的涼鞋讓腳趾尖有點痛，但我不管它，照樣跑過去。正好有一輛計程車停在那裡。我一靠近，司機注意到後便幫我打開車門。

「您好——請上車。」

對方是名感覺人很好的胖叔叔。我報上自己家的地址，繫上安全帶。

「全程將保持安全駕駛。」

司機說完安全手冊上會刊載的常見語句，隨後開車出發。

我從醫院脫逃了。

離開家門時明明還是正午時分，轉眼間冬天的天空卻已變得相當陰暗，感覺寒意也增強了。

啊啊，我把壞掉的吉他留在醫院裡了。包包之類的東西也是，怎麼辦。會惹志田老師大發雷霆吧。搞不好連警察都會生氣。

在衝動做出決定以後，我的不安感才接踵而至。

嗯不過就算老師想發火，接下來也放寒假了，只要一直避不出戶就好。我盤算著這些，盯著窗外景色看時，發現對向車道上有輛眼熟的汽車。

是我家的車子！

我立刻低下頭，僅露出眼睛窺看車子的狀況。開車的人是繼姊。可能是接到志田老師的聯絡了吧。糟糕。會害她胡亂操心的。

然而，手機在那起事故中壞掉了，因此我無法聯絡繼姊。我束手無策，只能以額頭靠上窗戶的那份冰冷。

途中計程車開上一條碎石子路，終於快到我家了。付完一筆可觀的費用後，我從計程車上下來。脖子冷得要命，到了這時候，我才想起來圍巾也放在醫院。

「夠了。」

我自然地脫口而出這句話。

今天已經不想再思考任何事了。已經怎樣都無所謂了。任何事都無所謂。我從錢包裡掏出備用鑰匙，打開玄關門。

「我回來了。」

像往常一樣習慣性地打招呼，不過繼姊當然不在家。果然是這樣嗎？我如此想著，同時踏進家門一步。

只有我一個人的走廊。只有我一個人的廚房。只有我一個人的起居室。

在我感到思緒倦怠的時候，忽然間意識到了。

這難道不是我第一次獨自待在這個家裡嗎？

雖然我才剛用鑰匙開過門，但那只是個普通的舉動，只是個再自然不過的舉動罷了。然而我用自己的手打開玄關門鎖，還是第一次——算不上人生第一次，可是起碼，從我來到這個家以後，就一直……

錢包裡放有備用鑰匙這件事，因為每天都會看到錢包所以我記得。那是我從起居室的衣櫥中發現後悄悄拿走隨身帶著的，只不過不知為何，以前一次也沒使用過。

在繼母還活著的時候，一定都是繼母到國中學校來接我，上了高中後替我開門的人就換成繼姊。

對了，沒有錯。我獨自留守的經驗，在這個家裡一次也沒有過。

從前回到家時，繼母一定會在。繼母不在的時候，繼姊也一定會在。等到繼母過世以後，雖然開始了和繼姊兩人的共同生活，但幾乎可說是每次繼姊一定都會到學校附近的超商來接我。

這個家是位於山中的一間獨棟房屋，距離高中亦有段距離，所以繼姊願意接送讓我很高興，不過這麼說來，我讀國中的時候呢？

那個時期的我總是放空腦袋遊手好閒過日子，因而未曾浮現過疑問。可是，我讀的國中只要開車十分鐘就能抵達，並不是不能走路的距離。即便如此，每天早上以及放學後，繼母都必定會來接送我，再怎麼說未免也太保護過度了？

待在這個沒開暖氣的寒冷的家裡，獨自一人時竟會覺得呼吸是如此的難受，現在我才頭一次知道。我升起一股恐懼感，趕緊按下起居室的煤油暖爐開關。

因為被提醒過暖爐裡有煤油要小心，所以由我自己一個人啟動它時，心裡有些惴惴不安，不過油箱是滿的，不用另外填充煤油讓我鬆了口氣。屋子裡很快暖和起來，我伸出凍僵的手湊近暖爐取暖。

或許是交通事故造成的影響，從剛才開始腳就在發疼，但我打算先找點東西吃，便朝廚房走去。乾脆自暴自棄算了，把家裡的食物一樣不留地全部吃光光。就在我走向廚房準備大鬧一番時，途中先經過了繼姊的房間。

繼姊的房間。

繼姊老是在家用電腦工作，本人曾告誡我不能進她房間。因為要開線上會議，房裡也有工作用的資料在，所以我被嚴正告誡過不能進去。

我突然冒出好奇心，走進了繼姊的房間。

那只是一間平淡無奇的、普通的房間而已。

有工作桌、電腦、書架、棉被。就只有這樣。只有、這樣？

書架上擺了許多漫畫。看到那些書就能明白繼姊的嗜好——是可以這麼說沒錯……但是，我看不懂。看不懂這些擺設。看不懂她這個人。

我無法理解。無法理解這個房間。更明確來說，像是鑰匙圈、角色圖案的抱枕什麼的，那種基於個人興趣會擺在房裡的東西，在這間房內一樣都沒有，只有工作用具而已。這麼一想的話，書架上的那些漫畫與畫冊，應該也不是娛樂性質的書籍，而只是些能在平面設計工作上派上用場的參考資料而已吧。

我看不懂繼姊這個人。

無法理解小倉穗花這個人。

而既然都闖進被千交代、萬交代不能進來的房間了，於是我理所當然地，接著換去碰她的桌子抽屜。

從外觀看不出個所以然來。那麼裡面又是如何？想到這裡，我拉開工作桌的抽屜。

裡面放了幾本筆記本。

我拿起最左邊讓我感興趣的簿子。該怎麼形容它好呢？感覺在抽屜裡的所有筆記本當中，就屬它最為老舊。而彷彿要印證這點似的，筆記本本身因為受潮，書頁有些變形。

看到筆記本的當下，我很快便發現那是一本日記。

我翻開第一頁。

映入眼簾的是繼姊的筆跡，上面這麼寫道：

『我殺了繼父。』

柿沼春樹・聖誕節

久沒見到穗花，總覺得她變成熟了。穗花在我們老是相約碰面的車站前的那間咖啡店裡。這裡也好讓人懷念喔。經過翻修後，店裡頭變得時髦了一些。記得當時我還和她在這裡一起讀完《尋找母親》。

「穗花。」

我一叫她，她便「啊」了一聲，而後微微笑著替我拉開椅子。「謝謝。」我小聲道謝後入座。像這樣兩人獨處也是相當久違了，我就像是初次交往的時候那樣，有種說不出的緊張感。

升上高三之後，穗花、結城和我，三個人一樣被打散到不同班級。我們三個有共同的 LINE 群組所以聯絡依舊很頻繁，不過我們三個在決定出路的方面都不怎麼順利，所以彼此都變得很忙碌，聊天也就草草了事。在學校見到彼此時，我們常會打招呼，再說我和穗花正在交往，每天至少還是會道個「早安」跟「晚安」；可就算如此，與高一、高二的時候比起來仍然有所不同，我們每天閒聊到深夜的次數少了很多。最近更是鮮少和她說到話，今天同樣是時隔多日才又見到面。

我超想、超想見到她的。畢竟今天可是聖誕節啊。連禮物我也準備好了。我事先請媽媽買給我好看的衣服，還向結城討教推薦的香水與髮蠟的用法。今天的我，可不是一般的酷。

「穗花，妳最近還好嗎？」

我問穗花，只見她仰起頭望向半空中應道：「嗯——」在短暫的間隔過後，才對我露出那張許久沒見到的笑臉。

「很好喔。」

像這般以極其近的距離說話真的也是好久沒有過了，害我好想要現在立刻緊抱住她，於是我摸上她放在桌面的手。

下一秒，她的身體嚇得猛然一顫。看起來就像轉瞬而過的拒絕反應。她的手異常的冰冷，猶如缺乏生命一般感受不到她的體溫，甚至讀不出她的情緒。

久未見面，突然碰觸她的手是個失敗的行為嗎？在確實感覺到自己的體溫替她的手回溫了一點兒之後，我慢慢放開手。

「抱歉。」穗花可疑地苦笑一下道歉。

「沒關係。」我簡短地說道，拿起服務生送來的咖啡歐蕾啜了一口。

「春樹，你最近過得怎麼樣？」

我用手包覆住眼前的咖啡杯，回答：「發生了很多事喔。跟出路有關的，還有我媽媽的事，我爸爸的事之類的……」

「你爸爸？以前你都說『父親』的。」

「咦，啊，嗯嗯。的確是。我都沒發現。」

居然會說出爸爸。明明沒有實際見過面，是從幾時開始對他叫得這麼親暱了？被穗花講了以後，我才首次注意到。我在媽媽面前會刻意這樣喊，但是以前還不曾在外說過「爸爸」。

「我去了一趟爸爸的老家。之前在煩惱出路的關係。不過在接觸到跟爸爸相關的人事物之後，我就下定決心了。我要寫小說。接下來的日子，我也想繼續以小說家自居。」

表明完自己的決意，我有些難為情地望著她的臉。她沒有說話，一雙溫柔的眼神低垂著。

「我想報考文學系，大學在住原市。」

「住原學園嗎？在縣外。」

「對，穗花妳要考藍濱設計對嗎？」

三個人之中最先決定好出路的人是穗花。她想讀的是車站前的藍濱設計專門學校。因為是那個一直有在畫漫畫的穗花所做的決定，所以馬上就讓人信服了。

她的手也巧，我認為對她而言是最適合的出路。

「對、呢……」

「今後我也想寫一堆小說。但是我希望這些時候，可以有穗花陪在我身邊。」

如此說完，我從包包裡拿出禮物。裡面包的是我和結城死命絞盡腦汁經過仔細考慮後才決定送的，名牌錢包。

當初剛入學的我，沒有對喜歡的事物說出喜歡的自信。將爸爸做為找藉口的材料，自我欺騙，我曾是這樣軟弱的人。但是多虧有了穗花，我才得以有所改變。

今後我也想和她待在一起，甚至是結婚。

「我想和妳一起共度人生。」

我將禮物遞給穗花。她欣喜若狂地收下。

——原以為會這樣。

可是當穗花收下禮物的瞬間，竟開始小小地啜泣。我陪伴在她身邊兩年多了，所以很快便看出來，那不是喜悅的眼淚。在她的臉上滿溢著悲傷。

「抱歉。」

接著她小小聲地道歉。禮物從她手中放開，落到了桌面上。

她喜歡的漫畫、心儀的香水氣味、說過喜歡的品牌我明明都曉得，被她拒絕卻還是第一次。

「抱歉，對不起，對不起，春樹。」

她一直、一直在道歉。我一搭上她的肩膀，馬上就被她甩開手。

「對不起，春樹……」

「穗花，怎麼了嗎？」

這個樣子的穗花，我從來沒看過。一直以來笑得天真爛漫的她不在了。是從何時開始的？放寒假之前嗎？文化祭的時候？夏季廟會的時候？我一點兒頭緒都沒有。對於她流淚的原因毫無頭緒。我做了什麼？她是為什麼哭泣？她在變成這樣以前究竟忍受了什麼？

「春樹，這樣下去、這樣下去不行的。我沒辦法支持春樹的夢想。」

那句話令我的思考完全停止，就像是要背叛迄今為止的一切的話語。

因為被穗花稱讚，所以我才重拾寫小說的決定。我下定決心要為了穗花寫小說，並且在往後的日子，往後我也想要一直寫下去。我曾深信身旁會有穗花陪著我。

可是她的那句話，讓我大腦一片空白。那句話刺痛了我，我連保護自己、哭泣流淚都做不到。

而接下來她所說出的話，我完全無法理解。

「春樹，和我分手吧。」

五章　春、高中畢業典禮

日記

我殺了繼父。

正確來說，造成致命傷的不是我。但我並沒有打算以此做為自己沒有錯的開脫。而且假如我站在相反的立場，我想給出致命一擊的人就會是我。

我們發誓要一輩子背負這個祕密。可是，我沒有那麼堅強。我是個懦弱的人。所以才會寫下這本日記。

見到繼父是在高中二年級的時候。他是媽媽的再婚對象。繼父帶著小雪來到我們家。他是車站前一間補習班的負責人。和從事整體師的媽媽似乎是在相親派對上認識的。

最初繼父還是個好人。為了不讓我緊張，他每天會來和我打招呼，問候我的近況。小雪一時也還不習慣新生活，不過在緊張的感覺漸漸消弭以後，我們就開始玩在一起了。

繼父變奇怪是從我升上高中三年級前的春假開始。

那時媽媽不在。我們和小雪三個人一起看電視時，他突然碰了我的身體。在小雪面前我沒辦法嚴正地反抗，於是我被他徹底地上下其手，我好錯愕。

這之後，他越來越誇張。幾乎是只要媽媽不在他就會來碰我。就算是什麼都沒發生的日子，有時候他也會在確認過全家都睡著了以後跑來我房間。他的行為越來越過分，漸漸地，我……

好幾次我都想去死。好幾次，好幾次，我浮現輕生的念頭。最難受的是我無法對春樹和結城啟齒。不想被知道自己髒掉了，所以我只好盡可能自然地、慢慢不再和他們聯絡。我找了藉口，說自己決定出路了所以有很多事要忙。其實我好想把一切告訴他們。好想請他們救救我。可是比起這些，我更害怕被他們輕視，好害怕，害怕得不得了。

剛好高三的寒假左右，月經遲遲沒來，我以為自己懷孕了。雖然後來證實性病才是原因，不過我也認為自己到底還是真的髒掉了，所以就和春樹分手了。

只不過，就算我變得這麼破破爛爛的，唯獨不希望傷害到媽媽。我有的就只有媽媽了。要是被媽媽拋棄的話，我該怎麼活下去才好？另外還有一個人也讓我放心不下。小雪。

繼父對我投注的那種帶有性意味的眼神，有時候也會對自己的親生女兒小雪露出來。讓我毛骨悚然。該不會，在來到我們家以前，小雪也被做了和我一樣的事？我不清楚真實的情況，但是，在我不曉得第幾次被侵犯的時候，我告訴他不要對小雪出手。繼父確實回答了我，說他知道了。

從那以來我就一直在忍耐。一直。一直……

柿沼春樹・國文科辦公室

從三年前的那一天開始，我是怎麼發生改變的？

回想起來我度過了一段應接不暇的時光。古角老師是我進入高中後最先交到的朋友。和穗花相遇之後，我下定決心動筆新的小說。加入文藝社後，和結城關係也變好了。九重先生與媽媽開始交往，而我放下了對生父懷抱的芥蒂。

要說哪一個是最重要的事件？我本想做出排序，卻作罷。不管哪一個全是我寶貴的回憶啊。

每一個當下我都用盡全力活著。

但是，這一切都將化為灰燼。

「有點重，你拿得動嗎？」

古角老師對我這麼說，把裝了不少圖書室的書的紙箱交給我。交付到手中的重量沉甸甸的，我想辦法用不怎麼健壯的腰和腿撐住。

「沒問題。」

雖然旁邊還有其他老師在，但我已經不用敬語說話了。像今天這種日子，偶爾不計輩分也沒關係吧。

古角老師給我的，是從圖書室替換下來的書本。

畢業典禮結束以後，我馬上被古角老師找過去。想著怎麼了嗎？去到國文科辦公室，結果便聽老師說要把我畢業前沒讀完的圖書室的書大量送給我。好像是老師替我買下來的。

「真是寂寞欸。」

古角老師也用宛如我同齡朋友的口氣說話。我頓時展露微笑，回他：「不寂寞啦。我會再來找老師你玩。而且，只要老師還喜歡讀書，就一定有機會再遇到我。我接下來也會一直寫小說。」

今後我會繼續寫小說。就只是想寫，一心一意地埋頭寫作，所以我要寫，隨心所欲從事自己喜歡的事。一聽我這麼說，古角老師便笑著拍拍我的頭。

「你把我當小孩子。」

「唔呼呼。啊，錯了。」

一面來回揉弄我的頭，古角老師一面清喉嚨改口，然後，他真的，真的和往常一樣笑了。

「嘻嘻嘻。」

眼底深處湧出一股暖意。我想著不能哭，眼淚卻仍舊不爭氣地潰堤了。不過不爭氣也沒什麼不好吧。我不是爸爸那種人。因為我可以好好地在他人面前表露自己的情感，我擁有遺傳自媽媽的軟弱。

我讓淚水浸溼紙箱裡的書本，對古角老師報以笑容。

「嘻嘻嘻，嘻嘻嘻，嘻嘻嘻嘻。」

日記

想不出任何對策，那之後繼父依然持續那些行為，時間就這樣流逝過去。也許不是想不出，而是不去做才比較正確。已經感覺麻木的我，將一切當作再理所當然不過的日常來接受。只是我總會覺得，自己已經髒掉了。耿直純粹地生活著的春樹和結城讓我感到鬱悶心煩，於是我更加拉開和他們的距離。如果當時有和他們商量的話，事情可能就不會變成這樣了吧。要是有信任自己愛的人們，和他們商量，緊緊抓住他們不放，就不會落到這種下場了。

然後是高中畢業典禮那天。

老實說，我不太記得到這天為止的每一天，自己是怎麼度過的。雖然我依稀還記得一些片段，像是決定出路的時候，還有每天瞞著身邊的人生活的時候。不知道為什麼，感覺就像一陣風似的，眨眼間便匆匆過去了。

等到我的感覺變得清晰，是在畢業生進場時，看到家長席的時候。座位上只有媽媽在。我明明記得，早上家裡才確實說過會全家一起來參加。明明那個繼父還有小雪，都說了會來才對。

我在畢業典禮的期間一直思考。

繼父的目標，該不會轉到小雪身上了吧？同時，我覺得自己總算得到了回報。自己終於可以逃離那個繼父的所作所為了。我可以逃走了。可以溜出來了。成功逃離那個地獄的時刻，終於到來了。都是多虧了小雪。小雪會代替我，代替我承受那個噁心的繼父的口水、舌頭、手。我產生一種眼前豁然明亮的錯覺。

可是，緊接著我便認為自己不能夠逃跑。我的知覺終於清醒過來，這時才第一次察覺到自己犯下的錯誤。我不應該默默忍受的。

我考慮過無數次最糟糕的情況。那傢伙是補習班講師，該不會也對去補習的年幼的孩子們下手過了吧？還有其他多少受害者？繼父對多少人出過手？從什麼時候開始的？也許我是在背叛媽媽沒錯，但是，背叛媽媽最多的，傷害媽媽的人，不正是繼父嗎！

不應該是小雪來代替我承受，我到底在想什麼。小雪有危險。雖然她身上流著繼父的血脈，可是小雪是無辜的。她什麼壞事也沒有做啊。

一等畢業典禮結束，我連最後的班會也沒出席，就狂奔回家了。
回到家後，我發現玄關門沒有鎖。我沒有脫鞋子，就這樣進入起居室。
在那裡的是小雪和繼父兩個人。兩人正窩在暖桌裡看電視，乍看之下只讓人覺得是家人間團聚的普通光景而已。
只是，有一點不同。有一點不太一樣。光憑那點，我馬上升起一股心臟快要爆炸的怒火。小雪只穿了一件襯衫，也不管當時還是天氣寒涼的三月，旁邊地上甚至有脫下來的凌亂外衣，八成是被脫下後隨便扔開的。繼父的手環在衣著單薄的小雪腰間。很顯然，他正企圖做出那些事。說到底他根本就沒有除此之外不出席畢業典禮的理由吧。這傢伙，這個男的，一直、一直在瞄準我和媽媽不在家的機會。他一直在等我們不在，等待可以和小雪兩人獨處、對小雪出手的可乘之機。什麼時候開始的？到底他是從什麼時候開始改變了目標？媽媽之後是我，我之後是小雪？
我確實就是在那時候，萌生出殺意。

柿沼春樹・三年級教室

我想回到先前放背包的教室，於是在長長的走廊間走著。

看著收下的紙箱裡塞得滿滿的小說，我不禁好奇，話說爸爸到底是從什麼時候開始喜歡小說的呢？

我是在上國中左右開始讀小說的。動起寫小說的念頭也是在那個時候。假如爸爸也一樣的話，我會感覺很開心耶。即使無法再見到你，但我應該不會再畏懼你了吧。

我討厭你。不過，幸好你是我父親。可以像這樣寫小說都是託你的福。感覺我確實繼承了你的血脈。

為了回去位在二樓的教室，我步上樓梯。扛著大紙箱讓我走得腳步蹣跚。我謹慎地踩上一階、兩階，但或許因為鮮少外出造成腰腿力氣不足的緣故，我的步伐很遲鈍。

緊接著，我「啊」了一聲，眼看就要摔倒了。不過很快的便有人扶住我的腰，讓我恢復原本的姿勢。

「好、瘦！」

扶住我的腰的人是結城。

「結城。」

結城搶走我的紙箱，替我扛上樓。

「春樹你去哪啦？還以為你是不是馬上就跑回家了。」

「抱歉，因為我想跟古角老師打個招呼。」
「啊，晚點我也要去打招呼才行哩。」
以為結城爬完樓梯會把紙箱還給我，結果他打算就這樣繼續往下走。「要回教室嗎？」結城問，我回他「嗯」。
「結城你呢？剛剛去做什麼了？」
「我去和鄉田老師打招呼。說我承蒙他照顧了。」
喔喔，他的確受到鄉田老師不少關照。
結城之前為了未來的出路相當煩惱。因為擔任學生輔導的鄉田老師也負責職涯諮詢的業務，所以結城在三年級下學期，去找老師商量了好幾次。拿到內定是在寒假收假之後的事。他應徵上了離這裡有段距離的超市的員工。
「人生究竟會怎麼樣呢？」
結城邊喊了聲「嘿咻」扶正紙箱邊說。突然聽他口中冒出人生這種誇張的用詞，我不禁哼笑出聲。
「笑啥啊。」
「抱歉抱歉，但真的是如此，人生真教人期待。」
「對吧，我們什麼都辦得到。能做到任何事。可是到頭來，卻搞不懂自己最想做的是什麼咧。」

結城說話的語調稍微低了下去。我沉默著使盡全力拍上結城的背。

「好痛——」

他的哀號聲聽起來不怎麼痛。我決定開始練肌肉。不是為了暴力，而是為了體力。

「慢慢考慮吧。我也會陪你商量。人生還很漫長喔，結城。」

「哈，說得是。我會慢慢考慮的。不管什麼選擇都納入考量好了，比方老師之類的。」

「結城要當老師？那會超搞笑的。」

「笑啥啊。話說你明明要去其他縣了，居然還說要陪我商量。」

結城故意發出粗重的感嘆聲，啊——啊。乾脆再揍他一次好了，但是看在他替我抱著那箱紙箱的分上，到底還是不好三番兩次這樣打他，因此最後我只是輕撫上他的背。

「用手機不是可以隨時聯絡嗎？」

「你回訊息很慢餒。」

「抱歉，我每天都很忙。」

「你的小說，是用電腦在寫的餒。我可是知道喔。」

「咿——」

這回輪到我慘叫起來。被檢討我因為嫌麻煩所以不太回訊息的事了。不過接下來真的要好好回訊息了。

高中時建立的羈絆轉瞬即逝。有些人在往後便慢慢不再聯絡。必須珍惜眼前的好友才行。

不久我們抵達我的教室。還有幾個學生在裡面逗留。結城將紙箱放到我的課桌上。

「啊——超重的。」

「謝謝你，結城。請你吃紅豆麵包好嗎？」

我馬上脫口而出的這句話，冷不防惹得彼此失笑。

紅豆麵包。當我們想向彼此傳達感謝的心情時，常會互請對方吃合作社賣的百圓紅豆麵包。今天是畢業典禮，明天起就不會再來學校了，卻還沒把這個習慣改掉。

「哈哈、哈哈。啊——」

結城不停地笑著、笑著，等到冷靜下來後，他露出一副莫名老實、可又似是溫柔的臉色，說：

「請我的東西不是紅豆麵包也行嗎？」

「什麼？」

「來抱抱吧。」

此刻的結城有別於平時的輕浮感覺，低垂著頭說話的模樣好像有點難為情。我沒作多想，見狀便喊：「好嗯！」

「你、你說啥米！」他到最後一刻反駁用的還是偽關西腔，並在這之後笑了出來。

「嘻嘻嘻。」我也一起笑出來，就這樣擁抱住結城。

「噢、噢。」

結城面對我突然的舉動慌了陣腳，我覺得很有趣，於是用力再用力地把他緊緊抱住。結城發出一聲「嘔噁」，我湊近他耳邊悄聲說：「謝謝你，結城。和你成為朋友好快樂。能認識你太好了。」

我向他吐露感謝的話語，真不像我的作風。

國中時期的我並不是這麼的擅於交際，而讓我有所改變的人毫無疑問正是結城，多虧有了他的開朗存在。

我因為結城得到了改變。雖然我自己什麼也給不了結城，不過像現在這樣，我還有這麼一個擁抱可以回報給他，實在太好了。

結城低聲應了一句，「嗯。」他的手環上我的後背。

「隨時回來啊，春樹。我永遠是你的夥伴。」

我同樣低聲回他，「嗯。」感覺有一點點、一點點害羞。

其他和結城關係不錯的同學看我們這樣，紛紛對我們起鬨。

即使如此，我們也沒離開彼此。

片刻後，結城用鼻子嗅了嗅，「好好聞的味道。」

我又一次喊：「好嗯！」

至此我們才終於放開手，相視而笑。

日記

我立刻衝進廚房，拿起第一眼看見的平底鍋。那是早上，媽媽要做玉子燒時會使用的鍋子。我用盡全力跑回起居室，然後像揮球棒那樣用平底鍋從繼父的頭後面毫不猶豫砸了下去。

確實我在那個時候，滿腦子想的都是要殺了繼父。

我想著非殺了他不可。不能再讓他繼續活著了。我明白自己沒有權利決定他人的生死，但是我根本就無法把這傢伙當人來看。

砸了那一下，他隨即哀號著大叫出聲，應該沒想到會被攻擊吧。我看準機會跨坐到他身上，將平底鍋高高舉起，敲下去。有血冒出來，這傢伙終於不動了。以防萬一，我又揍了他一次。

寂靜終於造訪屋內。

我轉過去，跑到小雪身旁。這時我才發現小雪因為害怕我，躲到了角落。當然了。畢竟繼姊突然出現，殺了自己的爸爸啊。可是我在那個時候的確保護了小雪。能保護她的只有我。

我緊緊抱住發抖的小雪，靜靜等待時間過去。越是冷靜下來，就越是對自己犯下的過錯感到恐懼。

我接下來會怎麼樣？應該會去坐牢吧。好不容易考上的專門學校也不能去了。不曉得監獄裡可以畫漫畫嗎？有聽說過為了防止自殺的可能，所以不會給犯人筆，不曉得是不是真的。我考慮著這些事，在奇怪的地方保有冷靜。

只不過，即使是現在我也仍舊想回到當時的這個瞬間。我一直很後悔。

我沒有殺掉繼父。失手了。我沒能給他造成致命傷。

以前曾在漫畫和電影中看過屍體。雖然我不太喜歡血腥片和恐怖片，但就算在動作片、科幻電影和喜劇當中，也充斥著登場角色死掉的劇情。唯有迎來死亡或者結束，故事才會開始。

然而我的故事在這個階段還沒有開始。

我沒注意到繼父還沒有死。沒能察覺到。

要是我有確實對他造成致命傷的話，又或者如果我不只打他三下，而是無數下，用平底鍋把他打到頭蓋骨凹陷下去的話——

就不會連累春樹了。

柿沼春樹・校門前

結城要去和曾經關照過他的老師打招呼，遂和我先別過。我們還約好了，要在我遠赴他縣以前舉行畢業派對。

我帶著自己的東西走出高三校舍門口，外面擠滿了或在拍照或在閒談的學生們。我東張西望找尋媽媽與九重先生的身影，很快便在花圃一隅發現正在交談的兩人，我踉蹌地走過去。注意到我的九重先生跑過來替我接手紙箱。

「謝謝你。」我向九重先生道謝。

「不會不會。」九重先生邊說邊抱著紙箱走回媽媽旁邊。

「九重先生，謝謝你今天過來。」

「當然要來啊。今天可是春樹的大場面耶。」

身材頎長的九重先生從上方俯視著我微笑。大場面。那個用詞讓我羞赧得低下頭。媽媽見狀笑了出來。

「歡迎回來。」

「我回來了。抱歉，讓你們久等。」

「沒關係啦。那個是什麼？」

「古角老師給我的。是我想讀的書。裡面如果有九重先生想讀的也可以給你喔。」

「咦，可以嗎？謝謝你。」

他往紙箱裡看，接著「哇」一聲叫得像個小孩似的。媽媽在一旁靜靜微笑。

「吶，九重先生。」

「是？」

我稍微壓低聲音，冷不防朝他湊過去，九重先生頓時露出一臉誠懇的神情。

大概他在緊張吧。我饒有興致地說：

「說話不用敬語沒關係喔。」

「嗯？」

「媽媽跟我，都很喜歡九重先生你喔。」

霎時九重先生連耳朵都變得一片通紅。媽媽也一樣。她乾咳一聲之後看向九重先生。九重先生亦瞧了媽媽一眼，「啊——」地發出一聲感嘆，而後望著我說：

「春樹。」

「嗯。」
「回家吧。」
「媽媽，是我贏了！」
我邊對媽媽喊道邊蹦跳起來。媽媽一反平時的形象，粗魯地罵了一聲，「可惡！」九重先生被我的大叫嚇了一跳，重新抱好紙箱後愣在原地。
「今天吃燒肉喔。要吃吃到飽喔，不是在家烤的那種喔，是外面的店喔，很貴的那種店喔。」
「我還以為一定會繼續說敬語的！」
「你、你們打賭了嗎？櫻美小姐？」
困惑的九重先生，以及不甘心卻開懷笑著的媽媽。和樂融融的畫面。
他們坦白在交往是好事，但我實在膩了九重先生老是對我說敬語，所以昨天，我向媽媽提出要打賭。我說自己會讓九重先生停止使用敬語，要是他改用對平輩的口氣說話就要吃高級燒肉店，如果照舊說敬語就買超市的便宜燒肉在家吃。而我出色地拿下了這場勝負。
「櫻美小姐請放心，這餐我請吧。」
「不行不行！沒關係啦。女人一言既出，駟馬難追。」
眼前是溫柔的九重先生，對上男子氣概破表的媽媽。

爸爸，你所愛的人，現在正展開一場新的戀情。你會生氣嗎？還是正在哭泣嗎？

但要是你期盼我們獲得幸福的話，便請安心。

我們現在，非常的幸福。

「春樹同學。」

媽媽、九重先生與我三個人準備回去車上，當我們走到停車場時，突然有人向我搭話。我一回頭，便見到加奈子阿姨獨自站在那裡。

「加奈子阿姨。」

「春樹同學，恭喜你畢業。」

加奈子阿姨將頭髮撥到耳後，輕輕行了一禮。我跟著報以一禮，接著轉頭看向媽媽。

「不好意思，媽媽，你們可以先到車上等我嗎？九重先生也是，不好意思。」

「好的好的。」

媽媽也對加奈子阿姨稍微打過招呼，隨後伸手抵上九重先生的背，推著他前進。我重新轉向加奈子阿姨並走過去。

「好久不見耶。」

「真的很久不見。春樹同學，你有看到穗花嗎？」

聽到那個名字讓我心跳漏了一拍。僅是看著加奈子阿姨的臉，心跳便加速了些許；而在聽到那個名字以後，胸口的悸動就更是激烈了。

穗花。直到去年為止我們還在交往，然而她後來不再和我說話，似乎也不再和結城交談，彼此間的關係已然疏遠。

「沒、沒看到耶。」

「咦，還以為你們有待在一起……」

「為什麼會這麼想呢？」

「想說她可能會和你一起去吃個飯之類的。畢竟，因為那個，對吧？」

這是當然的吧？加奈子阿姨看著我的表情彷彿想說這句話，令我感到不對勁。穗花還沒告訴加奈子阿姨她和我分手的事嗎？也許她們的關係沒有熟到會談論太私人的話題吧。

「可是，畢業典禮一結束，她馬上就不知道跑哪裡去了。原以為是跑來找你玩……手機也聯絡不上她。」

「原來是、這樣啊……」

說得明確一點兒，這幾個月——倒不如說這一年以來，不知為何總是掌握不太到穗花的行蹤。

是因為有了其他喜歡的男生，所以對我膩煩了嗎？到頭來她完全不願意告訴我具體的理由。

這段期間，我極力去避免思考她的事。連今天也是，原本計畫就這樣劃下句點。然而，在看到加奈子阿姨的臉的瞬間，我不由得想起穗花。

穗花。自己之所以能確實下定決心寫小說，都是多虧了她。多虧有她的話語、她的生活方式激勵我。

一惦記起這些，我忽然好想再見她一面。至此一切就結束了。反正爾後，或許我們一輩子都不會再見面，用手機也聯絡不上彼此。既然如此，既然如此，至少在最後——

「那個，不好意思，加奈子阿姨。」

「是——？」

「方便的話，可以到府上叨擾一下嗎？該說是我也想見見穗花嗎……」

我一這麼說，仍然毫不知情的加奈子阿姨頓時喜笑顏開。

「當然呀！還請你務必來我們家玩。我們一起等她回來吧！我想雪也會很高興的，你也陪她一起玩吧。搭我的車子一起回去吧。」

加奈子阿姨如此說完便往汽車的方向走去。我跟在阿姨後面。這個人，應該什麼都不曉得吧。我在產生一些距離感的同時，一邊望著加奈子阿姨的背影。

因為阿姨的車和我家的車停在同個停車場，所以我先去告訴媽媽自己要去穗花家一趟。高級燒肉店延到晚上再去，中午的這段時間暫且改為媽媽與九重先生的約會時間。

我坐在加奈子阿姨開的車子後座左搖右晃的期間，為了煩惱要向穗花說什麼才好而忐忑不安。

回想去年的聖誕節，那是我人生中第一場戀愛，也是人生中第一次被甩。就算只能知道理由也好。當時被單方面宣告分手，我一句話也應不上來。不記得自己在那之後究竟想起多少次她的笑容，憶起多少次她的眼淚。我無法將她忘懷。沒有一天不記起她。為了忘記她，我努力過無數次。可就是做不到。

兩旁的街景逐漸消失，轉為荒涼的道路。鄉下小鎮只消經過幾分鐘便化為獸徑，著實令我感到新奇。車子一旦駛過超市，四周旋即塗抹上自然的景色。

開上坡道後，總算抵達一棟平房，附近什麼也沒有。什麼也沒有——這麼形容很怪。硬要說的話是有山簇擁著。他們家的門口我曾經來過好幾次。

「我們到囉！」

車子停在平房旁邊。我不禁想起爸爸的老家，不過穗花的家比較新。

然而，我馬上就注意到不對勁。

「加奈子阿姨，等一下。」

「咦，怎麼了？」

「你們家的玄關門，是開著的。」

霎時我以為是遭小偷，伸手碰了碰加奈子阿姨的肩膀。至此阿姨總算也發現異狀。我與加奈子阿姨雙雙陷入沉默。

「咦，會是小偷嗎？還以為像這種山上的房子，不會有小偷想要來。」加奈子阿姨故作沉穩地說，口氣中卻仍摻雜了少許的膽怯。

「我走前面，請妳跟著我。」如此說完，我先一步下車，加奈子阿姨同樣小心不發出聲音慢慢從車上下來。

穿過已經被人打開的玄關門之後，我很快便停下腳步。是腳印。沾到泥巴與土塊的腳印在屋內的走廊上一路延伸下去。我脫掉鞋子，沿著那些腳印前進。

隨後抵達一間房間。

那裡是起居室。還未進入無線電波時代的類比電視螢幕正亮著，正中央有張暖桌。廚房與起居室相鄰，從敞開的拉門縫隙能窺見充滿生活感的廚房。

但是在其中的一個角落，出現異樣的景象。

「老公，老公！」在後方的加奈子阿姨推開我叫道。隨著那股被推撞的衝擊，我總算回過神。

從翔叔叔的頭上有血淌下，他倒在地上。加奈子阿姨跑過去，搖了搖他卻沒有任何反應。

他死了。

要叫警察。

我馬上浮現這些念頭，但是在此之前，我不禁先朝視野中捕捉到的某副景象奔去。

隔著暖桌的正對面，穗花在那裡。她抱緊年幼的小雪，兩人俱在顫抖。

穗花看見我，喃喃說：「春樹。」

她的右手握著一把平底鍋。是把隨處可見的、普通的平底鍋。

「穗花！」

我跑到穗花身邊，此時能看清楚兩人的表情。穗花感覺有些恍惚，好像也很疲憊的樣子。相較之下，小雪則顯得非常害怕。她發著抖，身體動彈不得。

「到底發生了什麼!?」

我追問，然而穗花不發一語。我小心翼翼地伸手想觸碰小雪，但她一臉恐懼地發出尖叫，「咿！」於是我立刻縮回手。

我的目光移到穗花手握的平底鍋上。血跡沾黏在上面。是穗花用這個打了翔叔叔嗎？

「啊啊，春樹……」

穗花以一副極其倦乏、疲累的表情對我說話。就在這個時候。

「啊！」

倏然間，從背後傳來加奈子阿姨的慘叫。那和她以往的沉著口吻截然不同，我嚇得趕緊回過頭，眼前是翔叔叔站起來的樣子。他站起來，然後，毫不留情地揍飛加奈子阿姨。加奈子阿姨撞到電視機後踉蹌一下倒在了地上。

翔叔叔的雙目充血，情緒激動，頃刻間我理解到他陷入混亂狀態了。

搞什麼!?我張口結舌，馬上挺身護在穗花面前。

「翔叔叔，請你冷靜下來。」

必須做些什麼才行，我搭上翔叔叔的肩膀對他喊話，但是他立刻抓住我的手，使勁一拽。他把我拽過去，狠狠揍了一拳。

好、好痛。

人生第一次挨揍了。不對，和媽媽吵架時到底還是有過幾次經驗，但我還從未像這樣被人痛打。我被男人揍，還是第一次。

尖銳的耳鳴聲響起，我搖搖晃晃著退到廚房，順勢撞上廚房流理臺的抽屜。被打的臉沒有知覺，彷彿被牙醫打麻醉時那樣，有種被強加了什麼東西的感覺。

意識好像有點朦朧。感覺快暈過去了，我頭腦昏沉地看向起居室。

遠遠地傳來小雪的聲音。可是，在一記悶響之後，她的聲音驟然停止。我定睛一看，鮮血從她的頭上流出來，她的人已倒在地上。翔叔叔的手上，正握著平底鍋。

不會吧，不會吧，不會吧！翔叔叔，他從穗花手上搶走平底鍋，打了小雪嗎？

緊接著翔叔叔舉起平底鍋重重揮落。

發出一聲撞擊硬物的響聲。

我往聲音的源頭，那個平底鍋揮下去的落點看過去。是穗花。

穗花被打了。

但是，她還有一絲氣息。她還有呼吸。

我眨了好幾次眼睛。眨了又眨，每眨一下就有更多血液往腦子裡上湧。我站了起來。

接下來，什麼都沒想。

只是當我站起來的時候，用手撐在廚房流理臺上時，我拿起那隻手碰到的某樣東西，並且用那樣東西毫不猶豫揍了他。

「呃嗚。」

猶如動物叫聲般的聲音，從翔叔叔的口中發出來。
他只能發出那種聲音，這也是當然的。
我拿在手上的是菜刀。就和平底鍋一樣，不過是把一般家庭中常見的菜刀。
而我用那把菜刀毆打他，撕裂了他。
菜刀朝翔叔叔的嘴送去，撕裂他的嘴邊。
我什麼也沒想。任憑大腦空白地揍他。
不是砍，而是揍。
用菜刀的刀刃，一味地揍他。揍他。揍他。
我什麼也沒想。
不想去思考。

日記

刺下致命傷的人，是春樹。
我馬上跪在地上。我對著媽媽，跪在地上。
我向她一再磕頭，磕頭，磕頭，直到血流出來，頭髮脫落，我磕了無數次的頭。

要殺了我也好。請將我當作犯人。將我當作殺了繼父的犯人。
只要犧牲我一個人就好。
可是春樹也是一樣的想法。
春樹也主張因為是他做的，所以他才是該去向警察自首的人。
我們兩個，都想著只要犧牲自己一個就好了。
然後，讓我驚訝的是，媽媽也有一樣的打算。
她說，把繼父的屍體藏起來吧。不是死亡，而是當成失蹤來處理。
這裡四處環山，附近的住家離我們有幾百公尺遠。夜裡連路燈都沒有，誰也不會在這一片漆黑之中外出。只要埋起來就行了。
最初，我還覺得她到底在說些什麼。覺得這是不可能的。媽媽哭了。淚水從眼眶滑落，她痛哭失聲。恐怕她在一瞬間便察覺所有的事情經過了，關於為什麼我會想殺了繼父，以及為何繼父爬起來想殺了我。
接著，媽媽接下來說出的話我到今天也忘不了。
『你們還有未來，不是嗎？』
比起自己的丈夫，媽媽將她的女兒，還有女兒的前戀人的未來擺在優先的位置。
春樹的未來，還有我的未來，全都不會沾上任何汙點。春樹想成為小說家的夢想，以及我在專門學校的生活，沒有一樣會被玷汙。只要做為失蹤來處理就行。

很快的我領悟到這是正確的做法。我也認為這就是最好的解決辦法。

小雪因為受到打擊而失憶了，包含今天整天，到前幾天為止的記憶都沒了。繼父準備對小雪做的事、我揍了繼父的事，還有繼父把小雪視為敵人並用平底鍋打她的事，這一切對她來說全都是打擊吧。超過可以負荷的容量，引起了大腦過載。

這之後，趁著小雪住院的期間，我和春樹一起把繼父埋到院子裡。就在從起居室窗口看出去的那個位置。

雖然對媽媽說不出口，不過我把真相告訴春樹了，只告訴他一個人。我說出自己被繼父侵犯的事、覺得自己很髒的事，認為小雪也要慘遭毒手、所以才想殺掉繼父的事。

結果春樹就連那個時候，也仍舊什麼都沒說。

他什麼都沒說，無論討厭或喜歡，都沒說出口。他原諒我了嗎？還是討厭我？儘管我一點兒也無法明白——

可是這起事件，應該確實成了春樹的人生中一個重大的轉折。

*

春樹從大學休學了。

這對我來說是件大事。

他不是想寫更多小說，想成為小說家，為了研讀文學才進入大學嗎？但是春樹只讀了一年，就休學了。於是我直接去追問春樹。

那個時候，春樹第一次吐露了自己的心情。

殺了人的自己，沒有寫故事的資格。

明明他無法將喜歡、討厭說出口，卻能夠輕易就說出責備自己的話語。是我的錯。都是我的錯。

我狠狠地責怪自己。狠狠地，想要殺了自己。能死掉就好了。但是我逃避了死亡。我必須要徹底守護住這份偽裝至今的平穩。只是我在責怪自己的同時，也湧起一股指向春樹的憤怒。

我們是為了我們的未來，才會隱瞞繼父的死。媽媽也是，比起自己的傷痛，她選擇守護我們的未來，協助我們隱瞞事實。這點我也一樣。

只不過，我自己的未來其實怎樣都無所謂。我想看到的是春樹擁有的光明未來，想看到他創作出的小說，替好多人帶來幸福的未來。

我對著春樹吼出這些話。而我無法忘記那時候春樹露出的表情。那是第一次，他將心裡的想法暴露出來吼叫。連他喊的內容我都記得。

為了在將來快要遺忘自己的罪孽時警惕自己，我把當時春樹對我說的話記錄在這裡。

我想寫下真實。想寫出真實的自己。但是我再也寫不了了。每當想寫故事的時候、閉上眼睛的時候，我就會想起來，那傢伙臨死的前一刻，想起埋了那傢伙的土臭味。我想要寫出觸動人心的東西，想寫出牢牢抓住人心的東西。可是殺了人的我，奪走人心的我，哪還有這種資格。奪走他人未來的我，有什麼資格擁有未來？我應該去死。我才是該去死的人。好痛苦，我好痛苦啊。拜託不要丟下我。我寫不了小說了。拜託不要拋棄已經什麼也不是的我。

＊

媽媽死掉了。

媽媽死掉了。

媽媽死掉了。

媽媽死掉了。

不行。無論寫幾遍都沒有真實感。我不想要有。

媽媽死掉了。是我殺了她。

我忘不了媽媽掉下去之前的表情。

搭電扶梯下樓的時候有氣球飄過來，大概是哪個小朋友不小心鬆手了吧。啊，真可憐，我看著那個氣球想。媽媽什麼也沒考慮，就朝氣球伸出手。這個距離是搆不到氣球的，用看的就曉得了。即便如此，媽媽仍然伸出了手。她伸出手，探出身體，我看見了。她跳了出去。宛如一次跳過好幾階樓梯下樓的男高中生，那樣單純而幼稚。可是她跳的不是電扶梯的階梯，而是電扶梯的左邊。她朝著空無一物的空間，越過扶手跳了過去。

氣球確實被她抓進了手裡。那時我也確實瞧見了媽媽的臉。她在笑。在嘲笑。好像很快樂的樣子，鄙視一切的樣子。接著媽媽掉了下去，看起來就像一場意外。

但是只有我曉得，這是自殺。不對，不是的。不是自殺，幾乎就是我殺了她。

在那天的前一晚，我向她坦白了。我告訴她自己被繼父侵犯的事。

我與媽媽的關係早就徹底生疏了。我們不太會聊天，但是在小雪面前仍然裝成感情好的母女。幾年來一直過著這種生活，所以我已經習慣了。我認為自己習慣了。我覺得媽媽討厭我，而會被討厭也是當然的。畢竟對媽媽來說，我是殺了她最心愛的老公的殺人犯。她應該恨我恨到想殺了我才對，光是還讓我活著，這樣就很好了，我一直是這樣以為。自己不被愛也沒關係，我沒有被愛的必要，亦沒有那種資格。可是這個想法，輕易地就受挫了。

當小雪確定和我一樣上藍濱高中時，媽媽和小雪約好，要買手機給她。明明只是件小事，只是因為這樣，就讓我到達了沸點。我可是自己賺錢，自己買的耶，小雪卻是妳買給她？我呢？那我呢？純粹是嫉妒罷了。而且是每個家庭都會有的，隨處可見的，姊妹間的嫉妒。我第一次覺得小雪很狡猾。什麼都不曉得，不用煩惱任何事就能得到想要的東西，也有未來，覺得她的一切都好狡猾。

所以我也想要。就算得不到一切，也想要被理解。理解我並不是加害人，而是受害者。

於是我說出來了。把一切毫不保留地告訴了媽媽。媽媽不在的時候，自己被做了些什麼。大家睡著以後，自己又被做了些什麼。還有小雪差點被做了什麼事。我是受害者。所以安慰我，像以前那樣緊緊抱住我吧。原諒我，拜託原諒我好嗎？

但是，媽媽什麼都沒說。我想，光是我能說出口，能夠坦白出來，就算很好了。可是一定就是在那個時候，媽媽的心壞掉了。

我覺得，媽媽並沒有想尋死的念頭。只是，她應該覺得什麼時候死去都可以。懸著她的線鬆了。被拿掉了。是我拿掉的。

臨死前她望著我笑。就連我往下看她的時候，還有在她死了以後，也感覺她好像是笑著的。

是我殺了她。

是我，把媽媽的心弄壞了。

小倉雪・早晨

一如既往的早晨。

我和平常一樣醒來，和平常一樣用早飯，和平常一樣換上制服，和平常一樣拿起書包，和平常一樣到繼母的佛壇前禱告。

合起雙掌、閉上眼睛，線香的氣味染上意識。能聽見腳步聲，聲音走到我旁邊時停下，隨之飄來一股甜甜的香水味。那人敲響銅缽，呼出一口氣。

「姊姊。」我喊她的時候仍然閉著雙眼。

「什麼事？」

「至今以來謝謝妳。」

繼姊呵呵笑了起來，她面對我的態度也和平常一樣。

「說那什麼不像妳會說的話啊。」

「沒有，是真的很感謝妳。」

我睜開眼，注視著繼姊。一陣子後繼姊也睜開眼睛，就在同個瞬間，我握住繼姊合十的雙手。

「直到今天為止的幸福，都是繼姊的功勞。謝謝妳至今以來，照顧沒有血緣關係的我。」

「謝謝妳。我也是，我也覺得能和小雪妳相遇……真的很幸福喔。」

隨後她便和平常一樣展露微笑。

那個笑容，的確是發自內心的。我也和平常一樣，對她回以微笑。

「我愛妳。」我如此說道，抱住了她。她輕撫著我的頭。合上雙眼後，一種舒心的感覺縈繞全身，我一下子睏了起來。

不過現在不去學校不行了，因為我是高中生。雖然也是最後一次就是了。

這只是個，和平常一樣的早晨。

日記

我到目前為止，始終把小雪當作外人來看待。

我們沒有血緣關係，其中也包含了這層意義。不過，她身為唯一不知道繼父死訊的人，既不是同伴，也不是家人，只是個女孩子罷了。在我眼中的她，只是待在那裡的一個女孩子而已。所以我真的嚇了好大一跳。

小雪原來愛著我。

小雪什麼也不知情，什麼都不記得。她不記得我殺了繼父，不曉得繼父被埋在起居室窗口能看到的庭園裡，那個種了她討厭的番茄的花圃底下。

儘管如此，她卻說了想和我在一起，說她喜歡我，要保護我。

並不是徒勞無獲。不是所有事情都沒有意義。殺了繼父以來，過了七年。春樹放棄了寫小說，媽媽也放棄了活著。連我也覺得差不多可以放棄了。

但是並不是徒勞。我們不停隱瞞、欺騙過來的這些日子，哪怕不是正確的選擇，卻也不是、一場徒勞。

是小雪證明了這點。

小雪好好地接納了我們的愛，並且好好地愛著我們。或許這是份扭曲的愛。

可是，能夠養育出懂得溫柔、懂得愛人的女孩，光是這樣，就是對我們欺瞞的回報了。

我在這裡下定決心。

我不會放棄。至少，在小雪從這個家啟程以前不會。

直到小雪高中畢業，然後有天從這個家離開為止。我會將繼父的死，繼續隱瞞到底。

直到小雪自己從這座牢獄脫身為止，我絕對不會放棄。

怎麼可以放棄。怎麼可以認輸。

小倉穗花・畢業典禮前

「不好意思，請問我可以坐這裡嗎？」

我按照發下來的座位表走過去時，看到座位上被隔壁的太太放了東西。

「啊，對不起！」

那位太太將東西拿開，擺到自己的座位下方，於是我向她行了一禮後入座。

和周圍比起來只有我顯得特別年輕，能感覺到少許的視線。

藍濱高中，畢業典禮。

正好是距今十年前吧。

想不到還是同一天，三月三號。和那天一樣。

能感受到年輕的活力。一想到大家接下來就要踏上新的人生了，希望與哀愁感頓時油然而生。

我看向自己的手。

二十八歲。手的形狀變得相當稜角分明，也有血管浮出，還長了皺紋。我長成大人了。說起來我在這十年當中，都做了些什麼呢？

十年。已經十年了嗎？真的好久了。

為了不讓小雪發現繼父的死，我以能在家執行的工作為目標。我成為了自由接案的平面設計師，也畫過漫畫和插圖。雖然花費了漫長的時間，不過我的收入總算到了足以維持生活的程度。這是為了錢，還有為了監視小雪所選的工作。

在我還是高中生的時候，想做的事應該堆積如山吧。可是最近的捷徑就只有這條路了。只有這個選擇。

如果沒有發生繼父那件事，或許我現在已經離開家裡在外畫漫畫維生。也許我會成為漫畫家，或者成為插畫家。我也喜歡下廚，搞不好會成為廚師。還喜歡看書，說不定也可能成為出版社的職員，之類的？

不對，考慮這些未免太無聊了。

我不會後悔。
不會認為我走錯了人生的路。
就算後悔，就算走錯路，也完全無所謂。

日記

久違地和春樹見面了。

其實距離上一次和他聯絡，也已經好久了，說起來現在還聯絡得到他這件事本身就是個奇蹟。

契機源於小雪。小雪說她寫了粉絲信要給春。對於小雪原來這麼喜歡春讓我感到意外，不過小雪似乎以為只要把粉絲信寄給出版社就好。可是我知道，那本小說已經是十年前出版的東西，春也已經沒有寫小說了。就算把信寄到這間出版社，說不定也到不了春本人的手上。

儘管做為犯罪之身，我卻覺得懷念——對於春樹這個人。那個可以稱為我的同夥的另一個犯人，那個我從前愛過的人，不曉得現在到底在做些什麼呢？

所以即便我認為一定不會收到回信，也還是直接把信送到了春樹的老家去。

我連他的老家是否還在那裡都不清楚，甚至對於他肯不肯看都抱持疑問。

然而，粉絲信順利送到了春樹的手上，我還收到了回信。他很細心地，連給小雪的信都有準備。我不清楚小雪寫的粉絲信內容，也沒有看春樹回了什麼給小雪。而他寄給我的信上，只寫著電話號碼而已。

我趕快、馬上就打了電話過去。先說出想見面的人，是我。

許久不見的春樹，和那個時候一樣完全沒變。沒刮的鬍子恣意生長，肌膚的粗糙程度顯而易見，雖然有著符合年紀的沉著，不過那種完全不表露自身情感的氛圍，和高中時代的春樹簡直一模一樣。

讓我超級、超級超級開心的是，他偷偷在寫小說這件事。只不過，他沒有讓任何人讀過，也沒有發表在網路上。好像只是以老派的做法，用筆在稿紙上一味地寫故事的樣子。他換了好幾份打工，同時隨心所欲地專心寫著故事。我去春樹一個人住的家裡時，讀了他寫的故事。

太好了。真的太好了。我由衷地感動，並且感到開心。

可是春樹說，他絕對不會公開發表。他說自己已經不是小說家，現在什麼人也不是。我沒問他給我看的理由。問的話就太不識相了。他肯定是覺得既然同樣身為罪犯，讓我看一下也行吧。

春樹他，對我究竟是怎麼想的呢？是討厭嗎？還是喜歡呢？他還什麼都沒有對我說過。在他大學休學後我們曾經見過一次面，那時我也希望他可以對我坦露自己的感情。即使現在我們好幾年沒見了，他也幾乎不讓我看見他的情緒。不過這樣也沒關係。只要他還活著，沒有打從心底討厭小說，這樣真的就很好了。太好了。被他討厭也好，就算他希望我去死也好，但是，有活著真的太好了。

小倉雪・畢業典禮前

我在校舍內的長長的走廊上跑著。

體育館與高三校舍出入口分別位於學校的兩端。我已經喘不過氣了，但沒有停下奔跑。

我能夠感覺到，感覺到自己活著。

風的寒意，還有額頭上流淌過的汗水，這一切都美麗動人。我還活著。我的人生，肯定會受人嘲笑。每天過著既蠢又笨還很愚昧的生活，總是受到異樣的衝動驅使，腦袋無法保持冷靜，支配不了自己的感情。可是這樣也好。就是這樣才好。

或許每件事都是虛假的也說不定。我的每一天當中究竟有多少東西是真實的呢？因為連這些都很曖昧不清，所以我只想遵循我體內的衝動而活。

吶，春。

雖然我想用自己的腦袋來思考，不過我每天其實都活在別人的努力與想法之中對吧。我的一切都被人守護著，我一直都被愛著對吧。然而，我卻沒有去愛人，連對喜歡的事物都說不出喜歡。

我喜歡你的小說。你創作出的那些話語、不完美的快樂結局、那些呈現在我腦海中的風景，我全都喜歡。

我喜歡音樂。每次唱歌心就會雀躍，很快樂，睡覺時讓耳朵沉浸在音樂裡就會覺得很幸福。

明明有這麼多喜愛的事物，我卻只會畏懼來自周遭的評價。這點在現在也一樣。總覺得自己做的事經常受到旁人監視，感覺很討厭。每天都感覺很討厭。

可是，春。

不管被誰討厭，被誰瞧不起，那種創作出某樣東西時的快感應該不會輸給任何事才對。傾注了愛，灌注了感情，從而創作出什麼的時候，你應該也很幸福才對。應該也有獲得好評的時候吧，也會有被批評、被否定的時候。不論導向哪種結果，我們都只有創作這個選擇才對。

因為我們，就是這種人。

身體受到了衝擊。我正位於空無一人的走廊上的女廁。有什麼撞到了我的身體，我只以視線探過去查看。在我認清那是什麼之後，馬上又想跑出去。但是我的身體不允許這樣。

我現在是喘不過氣沒錯，可還沒到達體力的極限。是身體自己停止了動作。對方拿著的手帕，隨著那股相撞的衝擊力道從手中飄落。我們沒有理會那條手帕，僅僅是面對面看著彼此。

感覺好久沒見到她了。不對，其實每天都有見到。每天我都追逐著她的身影。只不過，像這樣四目相對，真的，真的已經好久沒有過了。

御幸正凝視著我。

「小雪。」

她終於呼喚了我的名字，我僵在原地。面對動搖的我，她表現得有些難為情。我沒給出任何回應，她蹲下來說：

「三年級的廁所，人太多了，所以我跑來這裡。因為肚子痛。」

肚子痛。啊，記得她常常弄壞肚子來著。她的身體好嬌小，又好纖細。我不禁朝她踏出一步。

「還好嗎？」

在她拾起手帕準備站起來的前一刻，我問。她仰起頭來看我，並露出詫異的表情。我也是。都已經一年以上沒說過話了，現在居然還有臉說什麼還好嗎？我該說的不是還好吧。應該還有其他非說不可的話不是嗎？

譬如對不起，之類的。抱歉，之類的。是我不好，之類的。抱歉傷害了妳，等等。

啊啊，湧入腦海中的全是謝罪的臺詞。忘了志田老師在哪天說，我變得很會道歉。這樣啊，原來我是想道歉的，想對她道歉。

我一直想對被我擅自疏遠、煩惱、寂寞、推開的她道歉。向她道歉的機會，就只剩下現在了。這是神明大人賜予我的最後的機會。

我稍微張開嘴巴。然而無論如何都感覺有股重量死死壓住我，讓我說不出話。她站了起來，拍去膝蓋上的灰塵後，眨了幾次眼睛。

接著，她說：

「我好想見妳。」

那句話有一點兒奇怪。即使不會對到眼神，但我們就讀同一間學校的同個年級，總有經過對方，或者為了全校集會之類的活動而待在同個空間的時候。明明每天都會見面，卻說好想見我，這很奇怪吧。

奇怪的御幸。老是表現得從容冷靜、我行我素的。

正當我在心裡這麼嘀咕的時候，施在嘴上的重壓總算解除了。

「我也是，好想見妳。」

啊啊，事情實在不順利。我原本打算對她謝罪的不是嗎？到了最後一刻卻這樣，實在太失敗了。

然而御幸一聽見我說話，忽然就抱緊了我。

我想起和御幸跟小夜三個人一起去夏季廟會時的情景。

煙火升空時，落單的我放聲大哭出來，她是最先找到並緊緊抱住我的人。當時我好高興喔。

那時候她分明對我說了，不會留下我一個人，會待在我身邊。

可是我卻推開了她。

「對不起。」

先說出謝罪之詞的人，是御幸。

「對不起，我好想見妳，對不起。我完全沒考慮到小雪妳的心情。妳很難受吧？抱歉。」

「別這樣……別這樣，御幸。」在我出聲拒絕的同時，用力抱緊了她。

啊啊，好惹人憐愛。

我一直都好想像這樣抱緊她。想碰觸她。想見她。我好寂寞。好想告訴她，我好痛苦，好難受。

御幸。御幸。

「御幸，我愛妳。」

我第一次對她說出來。

這還是我第一次由自己主動說出口，對某個人做出愛的告白。

我為了不讓御幸抬起臉，緊緊抱住她繼續說：

「我愛妳。不是對於朋友的感情。我愛的是身為一個人、一名女孩子的妳。」

心跳怦怦作響。

御幸沉默不語，只是任憑眼淚流下來。啊，我真的很過分對吧。很噁心對吧。但是已經停不下來了。

「一直好想說出口，好想說我喜歡妳，說我愛妳。雖然知道不可能，妳不會接受，但我還是一直很想告訴妳。我好喜歡妳。一直、一直都好喜歡妳。我能夠遇見御幸，每天心臟都撲通撲通地跳，好幸福。抱歉。抱歉，御幸。」

御幸溫柔地從我懷裡起身，我亦像是受到她催促似地放開了手。能看到她的臉了。

我應該要更常面對這張臉才對。

對於自己喜歡的人，對於自己所愛的人。

「我都不知道。雖然不知道，就算知道了，我也不會討厭小雪的。」

御幸邊以袖子拭淚邊對我說。明明接下來才要開始畢業典禮，她的臉卻早已濡溼。

的確是這樣。御幸不會為了那種事就討厭我。她向來是這麼的溫柔。請原諒沒有相信喜歡的人的軟弱的我。

「御幸，有件事想拜託妳。」

沒有相信御幸的那些過去已經無法挽回，但是未來還可以改變。想到這裡，我對御幸說完話以後便從口袋裡取出一封信。信封是可愛的小熊圖案。本來還在考慮要放到哪裡，現在這樣正好。御幸淚眼汪汪地從我手中接下信封。

「想拜託妳，等畢業典禮結束之後，把這個交給我姊姊。」

「妳說妳姊姊……」

「她應該在會場裡。所以，就麻煩妳囉。」

「為什麼？由小雪妳交給她不就好了嗎？」

「我現在非走不可了。」

「為什麼？妳要去哪裡？畢業典禮呢？」

御幸抓住我的雙臂。力氣小的她拚命摟住我的手。

「小雪躲著我們，弄哭我，現在又要去哪裡了嗎？不要走。我對小雪……沒辦法愛上男孩子的妳，可是小雪做為我的朋友，我非常喜歡喔，我很愛妳喔。就算小雪想迴避我，我也會一直愛著妳。待在我的身邊好不好？」

她的臉靠得好近，明明現在不是做這種事的時候，我卻禁不住漲紅了臉。

搞不好能親到她。話說現在不就應該這麼做嗎！現在就是那種氣氛吧！簡直就是命運的安排吧！

御幸的力氣真的好弱。即使如此，我仍然有種全身都被那隻手支配的感覺。要不就這樣待在御幸的身邊吧。因為我愛著御幸啊。不如就此和御幸一起回到體育館，出席畢業典禮吧。

「我一定會回來。」

然而，我按捺下了那股衝動。

我掙脫御幸的手，她的手臂隨之彈開。

「我愛妳。從今往後也一直愛著妳。御幸，我很幸福。」

我留下這些話，便跑開了。

從背後傳來御幸大喊的聲音。我的腳程很快——倒不如說御幸腳程慢實在太好了。

可以迎來快樂的結局未嘗不好。應該要這麼做才對。如果我的人生是部小說，我一定就會這樣做，跑步的期間我想著這些。

但是這樣就行了。

我想成為能夠幫上別人的自己。而這到底是好是壞，決定權在我。
是這樣沒錯吧，繼姊。
是這樣沒錯吧，春。

日記

今天，我去探望春樹。

好久沒接到櫻美阿姨——春樹的媽媽的聯絡。我去送小雪寫的粉絲信時，替我轉交給春樹本人的就是她。

春樹自殺未遂。他服用大量藥物造成藥物過量。要是發現得再遲一步，就真的救不回來了。

住在二樓的春樹在陽臺吐了，一樓的人注意到陽臺被嘔吐物弄髒才會因此發現。春樹被發現時已失去意識，距離服藥約莫過去四小時左右。

到了醫院見到春樹後，我衝動地揪住他的衣領，使勁搖晃他。明明是我自己自食惡果，我卻衝著他大吼：你要留下我一個人嗎？別以為只剩我還能忍受下去，別以為只剩我一個還能繼續活下去。由於我太吵鬧，害其他患者受到驚嚇引發恐慌，所以曾被趕出醫院一次。

後來能夠再次會面，是幾天過後的事。本以為護理師是看在我低頭道歉好幾次的分上才允許，不過真正的理由，其實是因為在我來探視並對春樹大罵一通後，春樹才終於願意喝下洗胃用的藥劑。要是不喝的話，將來會留下肝臟方面的後遺症。

見到冷靜下來後再次前來探病的我，春樹開始娓娓道來。那些話簡直就像遺言似的。

他說的是文化祭上摔壞小雪的吉他的事。春樹說，不希望小雪變得和自己一樣。

『我是最差勁的人。殺了小雪的父親，還裝作不知情的樣子繼續生活，現在仍然逍遙地活著，我不希望她成為我這種人。因為穗花妳說過吉他是那傢伙的東西，所以我認為必須破壞掉才行。繼續用著那傢伙的東西根本就是詛咒的延續，不砸爛它不行，一這麼想，身體馬上就行動了。

可是其實，其實不是這樣。我很羨慕。發自內心羨慕她。小雪率直地相信自己擁有未來，不，是未來之於她很理所當然，能夠隨心所欲從事自己想做的事，隨心所欲享受創作的小雪閃耀著光彩，讓我打從心底憎惡。她擁有很多我所沒有的東西，擁有很多我想要的東西，能夠展現出那樣的自己，既年輕，又充滿希望，那所有的一切，她的一切都讓我覺得可恨、羨慕、噁心，讓我想把一切都破壞掉。

全部都很差勁。真的，實在是差勁到底。』

像這樣，春樹陸陸續續告訴了我這些。他真的只有在自虐的時候才會吐露自己的事，令我感到些許的憐愛。

我向來是站在小雪這邊的。做為支持她的人，應該要守護好她。可是，唯獨否定春樹這件事，我做不到。春樹的這種自虐，起因於我。所以傷害到小雪的事，我也有分。

春樹似乎很快就可以出院了。我告訴他會在出院以前盡量去探望他。還有，告訴他自己現在依然愛著他。春樹什麼都沒表示，也沒有否定我，只是緘默不語。

小雪自從遭到春樹唾罵以後，便形同行屍走肉。什麼也不說，一點兒主張都沒有，至今以來她所綻放出的光輝就好像騙人似的。儼然就和現在的春樹一樣。出於罪惡感，我提議要買新的吉他給她，可是小雪卻說不要。她說不要。

春樹說，不寫小說的自己，什麼也不是。那個意義，我多少能理解一點兒。小雪現在，什麼也不是。雖然是小雪，卻又不是她。現在的她，與成為高中生之前的她很像；是那個在和春的小說相遇以前，什麼都不思考，就這樣度過每一天的小雪。

小倉穗花・畢業典禮

突然，手機響了。啊，要切換成靜音模式才行，我邊想著邊看手機，是春樹傳來的訊息。

『小雪在嗎？』

呵呵，還早啦。

春樹有來參加畢業典禮。說是有來參加，不過他不在體育館裡，而是在校舍的外面。

春樹好像想和小雪賠罪的樣子。為了那天，文化祭上發生的事。

小雪現在想要放棄音樂。因為春樹那天說的話，所以打算要放棄。

春樹想為了那件事做補償。

等畢業典禮結束之後，我會安排他們見面。

『典禮現在才要開始喔。你先安分待著。愛你。』

就在我送出這個訊息的同時，畢業典禮開始的信號響起，於是我將手機關機。

學生們魚貫進場。

畢業生由正中央的走道通過，但我的座位離那裡有段相當的距離。我被其他學生的父親的頭擋住，看不太到那些學生們的臉，結果沒能得知小雪的所在位置。

哎呀，不過，晚點就會唱名了，到那時候就會曉得了吧。

小雪。

我可愛的寶貝的寶貝的寶貝的繼妹。

儘管彼此間沒有血緣相連，但那種事根本無所謂。我打從心底愛著她。

她不可以留在這裡。和我待在一起只會慢慢變得不幸。她會放棄音樂，雖然是為了春樹說過的話，可那也是我間接造成的問題。小雪不能留在這裡。所以，她決定在縣外獨自生活實在太好了。

我愛妳，小雪，我愛妳。

「我愛妳……」

淚水不禁漫過視線，我低下頭。

我愛妳，我愛妳，我愛妳……

不要走，不要從我身邊離開。

我好寂寞。我好愛妳。

每天的用餐，還有接送，雖然是為了監視妳不讓繼父的屍體東窗事發，可是我愛著妳的這份心情和那種事無關。

妳在媽媽的葬禮上對我說過的話，我到現在也還記得。

『我會保護姊姊……只有我才是姊姊的、姊姊的、唯一的一個家人！』

假如知道了真相，妳大概會對我失望吧。會狠狠咒罵我吧。會有種被背叛的感覺吧。

真不想要、那樣……

我想被小雪喜愛。

想一直被她愛著。我想在小雪的心目中，永遠地，當一個好姊姊。想要被她愛著。

我愛妳。我愛妳，小雪。我永遠愛著妳。

「三年D班。」

聽到結城的聲音後，我擦了擦眼淚抬起臉。是最後登場的小雪的班級。對了，結城是他們的班導師。那傢伙好了不起，可以找到「教師」這個自己想做的事。小雪也說過喜歡志田老師，太好了。

說起來，也一直沒有和他聯絡。不管是春樹的事，還是我自己的事，都沒告訴過他。不過我不想被結城知道這些。我想結城即使知道了我們的事情，也絕對不會告訴任何人。但是，我不想要結城知道。那傢伙現在，每天都過得很開心，每天都堅強地活著。所以，我更不能妨礙他接下來的人生。

這時我合上雙眼，在腦海中喃喃自語。
我和春樹要退場了。
等畢業典禮結束以後，小雪也離開家裡，我就會和春樹一起赴死。
男學生的唱名不久便結束，輪到女生的部分。我一樣因為距離太遠看不到，於是我閉上眼睛豎耳聆聽。接著結城喊了小雪的名字。
「小倉雪。」
他說，卻沒得到回應。我立刻睜開眼，坐在位置上伸直背脊，但是就算打直了後背也仍舊看不見，我只好稍微站起來一點點。
能看到在角落拿著麥克風的結城了。結城同樣困惑地望著三年D班的座位。
然而，他好像認為不能就此打住，很快便喊了下一個學生的名字。
我想著不能繼續給後面的人造成困擾，便再度坐回椅子上。
小雪不在。
不在？

日記

殺了繼父後我後悔過一遍又一遍，可或許從來沒像今天這樣後悔吧。小雪說了因為有事，所以回家的時間不一定，讓我不用去接她，要是我有拒絕她並堅持己見就好了。

小雪發生了意外。她被在結冰的路面上打滑的車子撞了，送到了醫院。是結城打電話聯絡我的。我開車趕過去，就像字面上所寫的一樣焦慮得想死。

但是，事情不止這一件。小雪從醫院逃走了。雖然護理師說她沒有骨折或骨裂的情形，但是被車撞到的時候，小雪帶在身上的吉他壞掉了，那種狀況下她絕對有受什麼傷。等我回過神來已經在大哭大鬧了。我用盡全力痛罵把人看丟的結城，責怪護理師，崩潰地又哭又叫，也打了電話給警察。看了醫院的監視器，小雪好像是搭計程車去了某個地方。我因為太過焦慮，沒能在當下就看出她是回家了。換作平常應該可以馬上想到的，然而陷入恐慌狀態的我一時沒有發現到這點。

我到處跑，到處跑，來回奔走，也問過小雪的朋友們御幸和小夜，在街上到處找她。

直到時間超過半夜十二點，這天的搜索宣告結束。

結果在我放棄後回到家裡時，小雪竟然就坐在玄關前面。她冷得都快凍僵了，我馬上將她緊緊擁入懷中。我差點、差點就要急死了。聽小雪說她因為想獨處所以跑回家，但是身上沒有玄關門的鑰匙，所以進不了家裡。手機也放在醫院裡，因此無法和我取得聯絡。那個時候我第一次罵了小雪。
妳沒考慮過我的心情嗎？要是小雪妳不在了，我該怎麼辦？
所有的一切都讓我害怕。
對我來說，小雪不是什麼需要監視以防繼父的屍體暴露的對象，她已經純粹是個惹人憐愛的、可愛的、討人喜歡的我的妹妹而已。不管有沒有血緣關係怎樣都好。我愛著小雪。一旦小雪不在了，我就無法保持理智。
我今天真的一直覺得好害怕。
說到害怕，小雪自己跑回家還是頭一次。目前為止我為了隱瞞繼父的屍體，為了可以監視她，所以盡可能每天接送她上下學，選擇了能在家從事的工作。
如果小雪有家裡的鑰匙，萬一她還看了我的日記，那麼一切就完蛋了。
我會被小雪討厭。被她討厭，一切的努力都會付諸流水。
我的人生，還有春樹的人生，加上如今已經亡故的媽媽的努力，全部都會完蛋。

小倉穗花・畢業典禮結束後

我找遍校舍內的廁所。不止三年級的，一、二年級的也找過了。

「咦？穗花同學？」

就在我尋找小雪時忽然間被人喊住，我回過頭。

在那裡的人是古角老師。

十年了，在那之後老師多了不少皺紋，肚子也凸了一點兒出來。

「妳是穗花同學對吧？」

「古、古角老師。」

雖然也能馬上離開這裡，不過這個意料之外的重逢讓我很驚訝，腳步因此頓住。老師居然還在，居然還留在這裡。

因為不是負責小雪這個年級的老師，我完全沒注意到。

「啊，我聽志田老師說過，妳妹妹，是今年的畢業生對吧。妳過得還好嗎？」

「我、我……」

「春樹同學也過得好嗎？那之後完全沒看到他的小說，我還擔心過他是不是不寫了。或許是換了筆名在創作吧？穗花同學妳呢？還有在畫漫畫嗎？」

漫畫。

啊，對了。他當然知道啊。

因為，我總是會拿給這個人看。每次畫了喜歡的插圖，臨摹了喜歡的漫畫後，我一定會拿給古角老師看。對我說出「妳也試著畫看看自己的漫畫嘛」的人，也是古角老師。

我不曉得該說什麼才好，於是把頭低下去。

低下頭的瞬間，眼淚便奪眶而出。就像水從水桶裡溢出來那樣。超過水桶容量的水慢慢掉了下去。

「穗、穗花同學！妳怎麼了嗎——？」

古角老師慌張地按住我的肩膀。我用顫抖的手，緊緊抓住老師。

「老師、老師、老師！小雪、小雪不見了……」

說不定我產生了依存。對於這個名叫小倉雪的我唯一一個可愛的繼妹。不曉得她的下落令我心中感到劇烈的不安，甚至萌生出這種想法。

去年底時也是如此。在得知她遭逢事故，從醫院裡跑出去的瞬間，我非常的不安，跑到街上到處找她。

「冷靜點，穗花。」

接在畢業典禮後的最後一次班會也結束了，我跟著結城和古角老師，一起來到國文科辦公室。我在他們替我準備的椅子上，不停地、不停地哭。

最後的班會時間小雪當然也沒現身。知道這件事後，我立即衝出教室，在學校裡到處尋找她。音樂教室、圖書室、廁所，每個地方都不見她的蹤影。她哪裡都不在。

片刻後，國文科辦公室的門被人打開。站在那裡的人，是春樹。

「穗花！」

春樹馬上往我這裡過來。我離開古角老師，抱住春樹。

見到許久未現身的春樹令古角老師吃了一驚。

「小雪不見了。到處都找不到她，我用手機聯絡過，但連已讀都沒有，電話也不接。她在哪裡？」

「冷靜點，穗花。冷靜點，我也會一起幫忙找她。」

「春樹，等等。」

驀地，結城對著準備去找小雪的春樹說道。我猛然回過神，從春樹身上離開，轉而面向結城。結城露出有些戒備的神情盯著春樹。

「春樹，你別到處走動。要麼待在這，要麼到學校外面等。」

「等一下，我也——」

「輕音樂社的學生們，都打從心底討厭你。今天是畢業典禮。最後一天了。你……如果你在的話，會添亂的。」

明確地，結城明確地說了，「添亂」。

春樹啞口無言。

我頓時火冒三丈，瞪向結城。
「別這樣。春樹已經有反省了。他反省過，徹徹底底地反省過了。今天也是，他是為了見小雪，向她道歉才過來的。別說那種、別說那種話……別說什麼他會添亂。」
我們是大人了。或許不該訴諸感性，而要理性溝通才對。
但是，我唯獨不想要結城對春樹抱有那種想法。即使結城什麼也不曉得，即使這樣我也希望他能站在春樹這一邊。
是我和春樹主動疏遠了結城。不過，只有最後也好，至少在最後，果然還是不想被他討厭吧。
「穗花，算了。抱歉。」
春樹拍了拍我的肩膀。我看向春樹，只見他一臉落寞地注視著結城。他向前跨出一步，低下頭道歉。
「結城，抱歉。我不會再造成更多麻煩了。」
「春樹……」
「我就先回去了。就算待在校門那裡，也會造成困擾吧……不過我會在附近隨時等候消息，所以有找到人的話就和我說一聲。我會立刻、趕過去。」
如此說完，春樹便打算離開。我正想阻止他，可是出乎意料地，古角老師搶先我一步開口。

「哎呀哎呀，春樹同學，稍等一下。」

古角老師晃著他的肚子，往出口的方向走過去。

「你們也累積了不少想說的話吧。志田老師，我去擺出會議中的告示牌，你就稍微和他們聊一下吧。」

「不、但是，必須先找到小雪。」

「沒關係，總之現在我先去廣播吧。這樣或許她就會突然跑出來了。像那樣的學生，偶爾會遇到哩。因為討厭畢業典禮，所以在某個地方躲起來。搞不好，她正待在樂器室之類的地方也不是沒有可能。」

古角老師從容地說著，打開國文科辦公室的門——原本以為會是這樣。

然而在古角老師開門之前，國文科辦公室的門便先被人打開。古角老師嚇了一跳，「哇啊！」

我也好訝異。是那些現在最不該和春樹碰到面的孩子們。春樹同樣退了一步，對結城遞出眼神。結城立刻察覺到，並跑向門邊。

在那裡的人，是御幸和小夜。是這三年間與小雪感情融洽的輕音樂社的朋友們。

御幸被小夜扶著肩膀，哭得稀里嘩啦的。她身旁的小夜透過古角老師與門板間的縫隙發現春樹的身影，「啊」了一聲後瞪了春樹一眼，不過她很快就轉向結城，叫道：「志田老師！快來！」

那道聲音格外大聲，讓人吃驚。起初，我還以為她們是來和老師道別的，可是看起來不像那麼回事，結城擔憂地探出身體。

「怎麼了？」結城蹲下來，察看御幸的表情。

御幸邊以袖子擦淚，邊說：「對不起。對不起。我應該要阻止比較好嗎？我不曉得……」

御幸在說話的期間注意到了我。

「姊姊！」她含著眼淚，往我這裡跑過來。

我驚訝得後退一步。

「御、御幸。」

「姊姊，那個，這個……」她將緊緊握在左手中的皺巴巴的信紙遞給我。寫在信上的，無庸置疑是小雪的字跡沒錯。

其中一封寫著「給姊姊」。另一封則是「給春」。

「這個，怎麼了嗎？」

「等畢業典禮結束之後，要我交給妳，小雪說的……」

我望著她那副不尋常的臉色，顫抖著打開了信。

春樹挨近我，一同讀起那封信。
我們讀著，讀著，讀著，讀著，讀著，讀著，讀著。
直到全部讀完，我和春樹紛紛把御幸、小夜、古角老師、結城推開，衝出國文科辦公室，拔腿狂奔起來。

日記

小雪決定好未來的出路了。終於，終於決定了。
要上大學嗎？還是去專門學校，或者要就業，她煩惱了好長一段時間。不過，在小雪碰上交通事故弄壞吉他之後，不曉得她是否真的拿定主意要放棄音樂了，最終她選擇了就業。是工廠的工作。實拿薪水不高，但好像有宿舍的樣子，小雪似乎會住到那裡去。也就是說，她要離開了。要從這個家離開了。
她告訴我這件事，我真的、真的覺得辛苦總算有了回報。殺了繼父後，十年的時間總算過去。繼父的遺體，應該已經化為白骨了吧。
小雪要離開這裡踏上旅程了。
她終究會逃出這座牢獄。她可以逃出這裡。
真的，實在、實在、實在太好了。

這樣我就成了一個人。只剩下我一個。
只剩下我一個了嗎？
我要獨自留下來嗎？獨自？一直在這個家？幾年？要待幾年才可以？小雪不在之後，接下來呢？
媽媽已經不在了。小雪也會離開這裡前往新的人生。那麼，咦，不就已經沒有必要了嗎？沒有錯。我已經守得夠久了吧。一直、一直是我守在這裡。
此刻，我考慮的雖然是最糟糕的事情，可是不管怎麼樣，我都沒辦法將那個念頭從腦袋裡驅離。
反正不可能做得到，所以我姑且寫下來吧。
等小雪畢業之後，試著自殺看看，如何呢？
無意間冒出的想法，在我的腦海裡逐漸形成具體的計畫。恣意地，自然地——我如此欺騙自己，然而我的腦袋是屬於我的，因此我所想的東西即是我帶有目的性構思出的東西。說什麼自然地，這種不負責任的話，是不可以的吧。
到了這一步，我不打算獨自做出了斷。我找了春樹商量。『我在想，要不要自殺看看。』當我這麼說的時候，春樹露出的表情真的很可愛。明明他說過想死，實際也真的嘗試過去死了，他卻回我：『如果妳說無論如何都想的話，我也會和妳一起。』

無論如何，他這麼說。我還以為他會馬上贊同我。總覺得他好像還有點想活下去的意思在。既然想活下去，那麼直接說想活下去不就好了嗎？不過，雖然他這麼不乾不脆的，但是他說了「和我一起」讓我好高興喔。好高興。我死了也沒有關係。

死了也沒關係。自從我決定去死之後，感覺最近的身體狀況變得很好。說是身體狀況，不如說，是我睡得很好。最近，睡太多了，甚至到了貪眠的程度。

以前總認為必須時時監視小雪，所以我會趕在小雪起床以前起來，在小雪睡了以後才就寢。然而，最近吃完晚飯後我很快就會犯睏，接著就這樣睡著，直到早上小雪準備出門前才醒過來。我是不是也受到了激勵？單單是決意要赴死而已，竟然就會變得這麼輕鬆。我應該一直、一直都很想要死掉吧。想死掉，然後變得輕鬆。我好羨慕死掉的媽媽，嫉妒曾經自殺過的春樹。我也好想去到那一邊。

我不認為自己的人生一團糟。

就算是我的人生，也必定存在著意義。存在著要守護小雪直到她長大成人這個意義。想必，我的人生就是為此才會存在。

到了這裡，我的使命就結束了。

話雖如此，小雪離家後我還不會馬上就去死。等到小雪離開以後，為了讓她對繼父的死訊永遠一無所知，那具屍體，或者該說骨頭才對嗎？必須先處理掉才行。看是要埋到其他地方去，或者敲碎後流入河裡比較好。

啊，對了。為了讓小雪再也不要回來，讓她再也不會住在這裡，不如把這個家燒了吧。

幸好，這附近沒有其他住戶。哪怕要放火燒了，也不會造成別人困擾吧。把這裡燒掉，燒得一乾二淨，讓小雪再也不會回到這裡。

這個家被人打從心底詛咒了，所以就由我來破壞這座牢獄吧。

小雪要開始踏出新的人生，變得幸福了。

她不會再回到這裡，會獲得幸福。

這麼一來，我就要和春樹一起去死。啊啊，這樣說起來，唯有這點很浪漫不是嗎？可以和曾經的愛人一起死掉。還有比這更浪漫、更幸福的事嗎？

終於。終於可以去死了。

我等好久了。

好想早點死掉。

「怎麼能讓妳死。」

柿沼春樹・小倉家

頭好痛。

冒煙的聲音傳來，咻——

我一睜開雙眼，便看到穗花的頭在流血。我瞬了好幾次眼，反覆讓手張握數次，藉此確認身上沒有任何異狀，接著才搖晃穗花的肩膀。

「穗花。」

不曉得穗花的頭是否用力撞到汽車的方向盤，雖然血量不多，但她確實在流血。

發生了意外。

穗花因為陷入混亂打錯方向盤，不小心開車撞上了電線杆。我心急如焚地繼續搖晃她的肩膀。

然而她沒有要張開眼睛的跡象。連一絲動靜都沒有。
穗花，穗花，穗花，穗花。
她會死嗎？
喂，妳要死了嗎？
阻止我去死的人，是妳吧？
說好要一起死的人，是妳吧？
妳要打破約定嗎？又要讓我後悔了嗎？
「我喜歡妳，穗花。」
我第一次對她這麼說。
讀高中時，一次也沒說過那句話。明明妳對我說了妳愛我，我卻一次也說不出口。
闊別多時後再度見面時也是，我仍然沒能開口。因為我認為像我這樣的人，沒有對妳表達愛意的資格。
儘管如此我還是說出來了。
第一次，能夠說出口。
「我喜歡妳。最喜歡妳了，穗花。我愛妳。我愛著妳啊。一直都喜歡著妳。我一直深愛著妳。抱歉，對不起。讓妳獨自一人承擔那些，真的很抱歉；我什麼都沒察覺到，真的很對不起。真的，很對不起妳。就算這樣我還是一直愛著妳。一直好想見妳。所以，拜託妳別死。」

人生首次道出的愛的話語，簡直猶如詛咒，我自己說出這些，自己感到噁心，既噁心，又痛快。

說完話之際，穗花緩緩睜開了眼睛。她嗆咳了一會兒，而後慢慢坐起身。我伸出右手幫忙將她扶起來。

她倚靠在方向盤上，深深呼吸一口氣以後，抬眼望向我。

「我等好久了喔。一直，都在等你。」

她如此說道。我忍俊不禁。許久沒笑過了。長久以來，我一直無法笑出來。

「抱歉讓妳久等。對不起。我愛妳喔，穗花。」

我扶著穗花，登上坡道。

只要爬完這條斜坡，就到穗花家了。開車固然比較輕鬆，但是車子撞到了電線杆，所以被我們留在原地。

雪。

小倉雪。

小雪。

妳明白自己正打算做什麼嗎？

妳應該也一樣，也熱衷於創作吧。應該是喜歡音樂的吧。小雪，在背負罪惡感的同時創作可是很艱辛的。很艱辛，又痛苦，會讓人很想死。想要一死百了，卻又無法真的去死，活著形同行屍走肉，人生可是會活成那般難看的德行喔。

喂。喂，所以說，不要想去守護我們，別做這種傻事。

不要守護我們。

不要想愛我們。

喂，所以……啊啊，錯了。不是這樣才對。我想說的到底是什麼。

收手吧。

不要比我堅強，不要比我更堅強地活著。小雪。我不想輸給妳。

我很羨慕妳。我何嘗不羨慕妳。一直都在羨慕妳。

我發自內心地羨慕可以隨心所欲做自己喜歡的事、擁有為所欲為貫徹始終的力量的妳。長期以來我無法對任何人道出喜歡。因此能夠去愛人的妳，為了愛能夠做出任何事的妳的行動力令我羨慕。

妳知曉了我們的所作所為，知曉了我與穗花以及加奈子阿姨究竟做過什麼，明知如此依然想去守護我們，妳的那份溫柔實在令我羨慕。好可恨，好後悔，又很羨慕。我何嘗不是、何嘗不是、何嘗不是想要像妳一樣。想像妳一樣獲得幸福。想要懂得溫柔。想要擁有未來。想擁有青春。想擁有輝煌。想擁有奪人的光彩。渴望夥伴。渴望才能。

妳有著我渴求的一切。

然而，妳不惜捨棄那些也想要愛我們，不要這樣。

拜託別愛我們。捨棄我們吧。瞧不起我們吧。好嗎？拜託了。

拜託妳繼續當一個平凡的女孩子就好。

每邁出一步，震動就貫徹全身，疼痛在脖子、肋骨一帶肆虐。

馬上就會抵達那個家了。小雪究竟打算做什麼，我不清楚，但是不阻止她不行，能阻止她的只有我們。

穿過群樹環繞的坡道，總算能看見房屋一角時，我感覺到一股異樣感。穗花也一樣。

「小雪。」

她喃喃喊道。我瞇細雙目，仔細凝看。

煙霧裊裊竄升。屋子正在燃燒。

在燃燒？

我用力將穗花抱進懷裡，同時加快腳步前進。有股不妙的預感。

就在這個時候。

從山裡傳出漫天巨響。

那宛如恐龍的叫聲，似是鬼怪的嘶吼。緊接著颳起一陣奇異的狂風。

熱浪襲來，霎時警覺到危險的我保持緊擁穗花的姿勢，猛地趴到地上。臉頰能感覺到地面，而我閉上眼睛。

轟鳴聲猛烈炸響，耳鳴尖銳地震盪腦袋。

爆炸。

從此處依稀能見到穗花的家，爆裂開來了。

「穗花。」

我出聲喊她，隨後聽到她發出哼聲。我惶惶不安地睜開眼往旁邊看，只見穗花一臉驚恐地望著我。確認安全無虞後，我們兩個再一次站起來，遠遠地將穗花家的外觀仔仔細細觀察過一遍。

接著穗花從我臂彎中掙脫，不顧步履踉蹌，仍然以自己的力量跑了起來。我跟在她後方，同樣快步跑去。現在不是理會脖頸與肋骨的疼痛的時候。

然後我們總算來到穗花的家。

不過，到是到了，我們卻沒靠近。連進入家門都沒有辦法。

「燒起來了……」

穗花如此說著，茫然地蹲了下去。

「家裡，燒起來了。」

對，在燃燒。

每樣東西都在燃燒。

玄關、庭院的樹、洗好晾著的衣服、屋頂，所有東西全都在燃燒。穗花的家，小雪的家，在燃燒。

我默然地望著那副景象，並撥打一一九。

從電話接通的那端傳來男人的說話聲，我想著必須說點什麼才行，力氣卻湧不上來，於是我什麼也沒說出口，拿著手機的那隻手便放了下去。

燒起來了。所有的一切都是。

我們的過去，正被烈火吞噬。這座牢獄，在燃燒。

片刻後等呼吸平復下來，我愣愣地望著眼前陷入一片火海的屋子，腦海裡響起不知在何時聽過的歌聲。

『我能夠成為親愛的你的炸彈嗎』

終章

致親愛的姊姊

我要說些噁心的話了喔。

姊姊到現在為止，肯定都在勉強自己吧。勉強著，努力著，始終騙著我，將真正的事實、將本性藏了起來對吧。

所以這封信一定可以送到真正的、真實的姊姊的手上，我在寫信的時候如此深信。

初次見面。

我是小倉雪。

呃啊——好噁心。這真的好噁。要起雞皮疙瘩了，有夠做作的。

不過，嗯，我祈禱妳可以走向嶄新的人生，所以寫下這封信。

謝謝妳至今為止一直守護著我。謝謝妳至今一直愛著我。謝謝妳至今一直都看著我。

儘管妳說著謊，勉強自己，竭盡全力度過這段日子，可是妳總是對我展露笑容，開車接送我時也會放音樂和我一起痛快地唱歌，我不覺得連這些都是虛假的。

我得知一切是在發生交通意外的時候。碰上意外後，自己一個人回家時，雖然和妳碰面的地點是在玄關門前面，實際上早在妳回來以前，我就用自己的鑰匙進到家裡了。進家門後，基於興趣跑去偷看妳房間的時候，我才終於得知這個家曾經發生過什麼，知道了如今妳還有春樹先生依然被囚困在過去。

我一直感到疑惑。為什麼父親會失蹤？為什麼大家對此幾乎閉口不提？為什麼這個家裡連一張父親的照片也沒有？為什麼我想不起來父親失蹤時的事？還有為什麼，春樹先生要在那個文化祭上，對我說那種話。

以前我總以為是自己記憶力不好的問題。以為是自己很懦弱，老是配合旁人，沒有自己的想法，隨便盲從所造成的結果。不過事實上，我真的缺失了記憶對吧。結果到頭來，我到現在也依然想不起來父親的臉。很奇怪吧。明明我還確實保有他失蹤以前的記憶。是不是我也在不知不覺中，將記憶過濾了呢？自己下意識認為不能夠想起父親的事，不可以去思考有關他的事。

我非常沮喪。原來我的人生早在八歲的時候就結束了。結束了，走到無可挽回的地步，這讓我好難過。

我很難過，很難過，很難過，很難過。

所以我產生強烈的念頭，要活出新的人生。

做為新的小倉雪，試著活下去看看。至今以來被蒙在鼓裡的人生就要結束了。那個被蒙在鼓裡、受盡保護的人生，就要結束了。要讓這所有的一切到此結束。

我曾經這麼下定決心。

如此一來，妳還有春樹先生，一定都能獲得解放吧。獲得解放以後，就能夠面對新的未來了。我毫無根據地這麼想。單純地以為只要自己不在了就好。

直到一個月以前，我真的都是這麼想喔。我抱著這些念頭，度過每一天。一個月前。

在那之前我一邊做好要離開家裡的覺悟，一邊好好地上學。嗯，雖然沒怎麼和朋友說到話，不過我想著至少要享受學校生活直到最後一刻。

可是正好在一個月前左右，最後的課程一一結束，喜歡的學科也上完了，每件事都讓我覺得好麻煩。有一次，我第一次蹺掉了學校的課。妳載我到學校之後，我便調頭回去，跑到街上四處晃晃。但是慢慢地我逛膩了，手機電量又快沒了，於是我決定回家。雖然覺得妳應該在家，自己大概會被罵吧，不過我還是跑回家裡了。

然而，那天妳剛好不在家，妳在外面工作。妳因為一時興起到咖啡廳工作了。當時我想著，太棒了——不對，我好像沒有這麼想。印象中我很無所謂的感覺。我應該是想著，啊，不在家嗎？好孤單喔。好久沒有只剩我一個了。說起來不曉得日記怎麼樣了。

我不由自主地，真的是不由自主喔，我讀了妳的日記。只讀了最後一頁。也不曉得為什麼。

於是我看到了，上面竟然寫著等我畢業之後，妳打算去死。

我看完以後一點兒也不覺得後悔。

也不覺得悲傷。

亦不感到開心。

我強烈地、強烈地，產生一種鬱悶感。

覺得好鬱悶，好麻煩。

所謂的反抗期就是這種感覺嗎？我對妳只有很鬱悶、很麻煩的想法，還有覺得妳真的非常可愛，是個可愛又懦弱的人。

吶。

現在寫信時我才想到，其實妳很希望被發現不是嗎？希望被我發現。妳想要我發現，想要我看到日記，因為自己害怕得做不到，希望我去報警，所以才會繼續寫那本日記不是嗎？

嗯，也可能沒有這回事就是了，說不定只是我想太多了。

假如真的是這樣的話，那很遺憾。

儘管妳讓我覺得很鬱悶，很麻煩，但是我對妳的愛，在這之上。我非常非常愛妳。

或許妳對我展現的那些溫柔、那些笑臉，全是假的也說不定。搞不好妳替我準備的餐點、接送我去學校、帶我去遊樂園的那些溫柔，全都是裝出來的。

不過我還是愛著妳。是假的也好，裝出來的也罷，我仍然很開心、很幸福，每天都很快樂。

就算我身邊充斥著虛偽，可是唯有我的心情，是千真萬確的。我愛著妳的這件事是貨真價實的。

另外，我還有一樣深愛的東西。

音樂。

我喜歡音樂。起初，我因為想像春樹先生一樣，為了他人創作出感動人心的作品，所以懷著感謝的心情來練習音樂、吉他和歌唱。可是不知從何時開始我喜歡上了音樂，好喜歡，好喜歡，喜歡得不得了。喜歡那種一曲到底不彈錯吉他時的感動；不在乎能否唱出漂亮的高音，只是不顧一切地縱情高歌的感動；和別人一起演奏樂器時，回過神來才發現彼此的頻率很合的快感。我喜歡音樂。好喜歡好喜歡，喜歡得不行。

我寫了〈炸彈〉這首歌。這毫無疑問是寫給春樹先生的歌，寫給那位讓我打起精神的春樹先生。春樹先生同樣在真正的意義上與我的人生關聯甚深，而且為了不帶來破壞，他一直幫忙堅守著祕密，我想向他表達感謝。

雖然從結果來說，我的吉他被弄壞了，音樂也遭到了否定，不過在讀到日記之後我明白了那時候的理由。知道了他嫉妒著我。

優越感!!

不得不說我沉浸在優越感當中，甚至覺得自己很醜陋。既非謙虛也非顧慮，我浮現的心情是優越感。

我在當時真的有種自己的全部都被我愛的人拒絕的感受，真的好難過。可是真相其實是嫉妒，以及羨慕，春樹先生說的只是這種孩子氣的話而已。我感覺自己成為大人了。

我是大人了。

我是可以對喜歡的事物說出喜歡的人。

所以我想要守護自己喜歡的事物，想守護我所愛的事物。

希望春樹先生可以忘掉我的父親，忘卻罪過，今後繼續寫小說。殺人不可原諒，但是，請不要掩蓋自己想寫作的心情。請別用罪惡感那類的情緒掩蓋自己想寫小說、想寫東西的心情。沒有關係，反正遲早要償還那份罪過。無論如何總有一天都會受到懲罰。至今以來春樹先生一直痛苦著，像那樣活在痛苦之中雖然也已經類似一種懲罰，不過總有一天，除了心靈上，肯定還會以肉眼可見的形式確實受到懲罰。

希望穗花小姐可以忘掉我的父親，邁向新的人生。除了監視我以外，妳應該還擁有很多的人生選擇才對。十年，十年以來妳一直受到束縛，被我父親，不對，錯了吧，妳在更早之前就遭受了很殘忍的對待，所以正確來說是十一年，妳一直被我父親的強暴，還有他的屍體束縛著。所以請妳別再困住自己了。請開始新的人生，開始新的事物，前往新的地方，隨心所欲地，和喜歡的人，做妳喜歡的事吧。

我會守護你們。

其實我偶爾，會下安眠藥給穗花小姐。雖然只是市面上在賣的東西，不過我下的量稍微多了一點兒。妳總在監視我，應該消耗了不少心力吧。可以因此熟睡太好了。

我已經確認過骨頭是否真的存在了。它真的埋在那裡，害我不小心笑出來一下。

骨頭由我來設法處理。

會確保不洩漏你們的罪行。

雖然不曉得我是否有這種權利，但我就先直說了。

我會解放你們。

我打算將你們從這座堪稱牢獄的家裡解放。

謝謝你們這段時間對我的保護。

再見，請保重。祝你們幸福。

PS.

不過有朝一日，有朝一日讓我們笑著相逢吧。

一定。

雪謹啟

柿沼春樹・小倉家舊址

「要是敢說是自己的錯，我會殺了你。」

穗花在下車前，說了那種話。

我打著冷顫從租來的汽車上走下來，跟在穗花身後行動。

什麼都沒了。小倉家如今連半點痕跡也見不著，一切全化為烏有。

自那之後，發生了諸多事情。

山上的獨棟平房爆炸事故成為全國性的新聞。

由於我們在趕去小倉家的路上發生車禍，因此接受了警方的審問。不過，我們沒有被問罪。我們的罪行沒有敗露。根據警方與消防局的調查結果，這起事件被當作煤油暖爐使用不慎所引發的火災來處理。

失去了住所的穗花順勢搬進我住的公寓裡，與我住在一起。等到生活安頓下來耗費了相當多的時間。

而從旁給予我們支持的人，是結城。

最終我們依然沒能告訴結城真相。不過他沒有必要知道這些。不知道才是好事。往後也永遠不要知道，對他才是好的。他亦沒有對我們過問太多。

即便如此，他仍然全心全意地支持我們。結城每個禮拜會過來我和穗花住的公寓，與我們討論今天要聯絡哪裡，甚至在錢的方面提供我們幫助。古角老師也好幾次造訪過我們的公寓。

結果小倉家沒有重建，而是選擇將土地變賣。處理燒毀的家當等等需要一筆不小的費用，光靠穗花自己的存款不夠，在她向親戚們低聲下氣後才籌措到剩下的部分。而我也做了一樣的事。為了為錢所苦的穗花，我將書籍版稅賺來的錢，還有迄今的積蓄全部給了她，並藉助了媽媽的幫忙。

媽媽沒有責備過不再寫小說的我。但我認為要是和我待在一起，會連媽媽也變得不幸，所以長期迴避著她。媽媽與九重先生的結婚典禮，我也沒有出席。儘管如此，我們有時還是會分享彼此的生活情形。在我自殺未遂的時候，媽媽和九重先生也有來我身邊陪著。然而我不曾依賴過他們。這次的事情，是我第一次尋求他們幫助。

反倒是他們兩位很樂意提供援助，認為這是我第一次願意依靠他們。九重先生也是，好像一直誤以為我不認同他做為父親所以才不依靠他。直到那時候我才第一次喊了他爸爸。

我們配合過好幾次警方的審問，度過了一段手忙腳亂的日子。直至夏季暑氣蒸騰得令人煩悶的時期，我們最後走訪了小倉家的舊址。許久未來過的小倉家，已然不見半點痕跡，一切全化為烏有。甚至會讓人懷疑，那裡真的曾經有過住家嗎？

「這裡，是玄關……」

穗花站在小倉家的土地上說。我佇立於她的身側，情不自禁說：「打擾了。」隨後穗花呵呵笑了起來，回我：「歡迎光臨。」她踏出步伐徐徐走著。

「這裡，是盥洗室。這裡，是媽媽的房間。這裡，曾經是繼父的房間，後來變成倉庫。這裡，是小雪的房間。這裡，是我的房間。」

穗花如數家珍地替我一一介紹。我聽著的同時，不禁因為酷暑的燠熱而嘆了口氣。

「真的是，什麼都不剩了耶。」

我不記得屋內的格局，所以只是一味地走著，沒有理會房間的隔間。大概我在跨進玄關以後，便直接穿破牆壁，穿過一面牆，接著又一面，最後憑著記憶站到了那裡。

「真的，都沒了。」我站在那片土壤上，喃喃自語說道。

已是十年前的事了，對於我而言卻恍如昨日，不，彷彿幾小時前才發生過似的，仍然歷歷在目。我能夠回想起來，也始終記得，當時那個瞬間所發生的事。

我蹲下去，伸手觸摸多半是曾經埋著那個傢伙——穗花的繼父的地方。梅雨季已過去，最近這一帶日照強烈，土壤全都乾裂了。

「已經不在那裡了喔。」

不知什麼時候站到我身後的穗花說道，她的影子落在我的身上。

「已經沒有了。因為我也確認過了。趁著沒有人的時候，我挖了又挖，拚命地把土重新挖開，可是我沒有找到。恐怕，耐心搜索的話，還能找到一點兒骨頭碎片也不一定。但是大型的，例如頭蓋骨，或是脊椎什麼的，像那種東西已經一個也沒有，哪裡都找不到了。」

「頭蓋骨……」

這樣嗎？說得也是吧。

雖然不清楚人體究竟要歷經多少的時間才會腐爛，化為塵土，逐漸分崩離析，可是好歹也過去十年的歲月了，只剩下骸骨也是想當然的吧。

「是小雪帶走的嗎？信紙，那封信上，當時寫了些什麼來著？」

「她寫說會設法處理。」一面回答，穗花一面從口袋裡取出那封信交給我。自從畢業典禮之後時隔多日，我又再次讀了那封信。

「說要設法處理是指……」

「不清楚什麼方法就是了。或許是利用爆炸把東西炸得粉碎，也可能小雪把東西帶到某個地方去，弄成粉末以後再丟掉吧……」

「爆炸，對了。爆炸呢？小雪有提到她做出炸彈之類的東西嗎？」

我表情嚴肅地問話，穗花見狀卻忍不住噴笑。

看到她久違地露出笑容，我在生氣的同時倒也鬆了口氣。

「幹、幹麼啦？」

「什麼炸彈，區區的高中生做不出那種東西吧。消防局的人調查過了，好像是丙烷瓦斯引火造成的。」

「丙烷瓦斯……」

「不過，家裡在那之前就已經燒起來了，一定是小雪也沒料到吧，居然會發生爆炸。」

穗花踱著步四處走，半是嘆息地笑出聲，「哈哈。」

「即使沒有血緣相連也很相像。就像我們等小雪離開這個家後預計做的一樣，小雪也把這個家燒掉了。」

就像我們預計做的那樣。

沒錯，我們原本打算，等小雪不在了以後，就要結束一切一死了之。燒掉這個家，把一切都燒成灰燼。

「雖然實際上，我們沒有目睹房子剛起火時的情景，火勢蔓延開來只是須臾間的事……」

「這是木造房，而且你想，我們家不是有煤油暖爐嗎？搞不好小雪為了讓屋子容易燒起來，在家裡把煤油灑得到處都是吧。但是不管怎麼說，我認為的確是她把家裡燒了，燒盡一切，連一點兒痕跡也沒留下。她說的要解放我們，將我們從這座牢獄解放，代表的就是這個意思吧。無論如何，我們都已經從牢獄裡被解放了喔。」

牢獄。穗花清楚地說了。

對了。這裡曾經是座牢獄。既是牢獄，亦是地獄。

「穗花。」

「嗯？」

「對不起。」

當我這麼說出口的瞬間，穗花向後退了一步、兩步、三步。嗯？就在我感到納悶望著穗花的時候，她忽然大步跑起來，緊接著一躍而起。

穗花優美地躍起，猶如鳥類翱翔，朝我的肚子狠狠踹了過來。

嗯嘔。

我就這樣被她踹飛出去，整個人摔進草皮裡。那一腳的力道意外地強勁，讓我短暫地陷入呼吸困難。咿、咿，我掙扎著想要吸進氧氣，穗花卻進一步坐到我身上，因此我呼吸得更加艱難。

「穗、穗花。」

「我說過會殺了你吧。」

嚴肅的神情。認真的言詞。

「小雪她，不是因為春樹的錯才會不見。小雪不是為了讓春樹責怪自己才做這種事。想想小雪的心情吧。就算責怪自己、傷害自己，對我們來說也沒有任何意義，你明白的吧？應該明白才對。那又是想幹麼？你也該、該要適可而止了吧。究竟打算被束縛到什麼時候？」

穗花就著這個姿勢將手搭上我的脖子。溫柔——連一絲也沒展現，她認真地使出全力掐緊。

「贖罪是再當然不過的事了。我也想這麼做，認為應該要這麼做才對，認為自己應該要受到懲罰才對。可是啊，我們難道不應該好好活在小雪留給我們的這些、活在她留給我們的人生裡嗎？我們有這個義務沒錯吧。她拚上性命、犧牲性命留給了我們未來，我們有義務要活下去啊。結果你卻這個樣子，到底還要耿耿於懷到什麼時候？你就這麼想要、就這麼想死嗎？」

她手上的力氣漸次加重，我越來越無法呼吸，因而著急起來。

並非因為不想死才著急。不對，我當然是不想死的。我當然也深切地意識到小雪留給了我們未來。深深地意識著，將之銘記於心。

小雪為了將我們從那個男人的骸骨身邊解放，讓我們不用繼續待在那個家裡，把一切都放火燒了。焚燒殆盡以後，小雪自己也消失得不知去向。她留下的書信自然沒有讓警方看過，所以針對她所展開的搜索行動目前仍在進行中。只是，她已死亡的可能性也不是沒有。也有可能被捲入爆炸裡，炸得粉碎後什麼都不剩。那個名叫小倉雪的少女，或許我們再也見不到了。

我們不能不活在她留下的這個未來裡，在她允諾給我們的未來活下去。我們有活著的義務。

然而現在讓我著急的，是因為臨死前還有想傳達的事。

「一直、讓妳一個人、抱歉。」我吸入氧氣，微弱地喘著氣，對穗花說。

她大概以為我是為了小雪的事才道歉吧。穗花露出詫異的表情，緩緩鬆開了掐在我脖子上的手。

「裝作沒看到，裝作不知情的樣子，以前我以為這樣就好。逃離所有事，以為這樣活著就滿足了。可是事實上，我一直都很想見到妳。」

並不是小雪給了我勇氣。

我會說出我愛妳，說出最喜歡妳，不是因為有小雪在背後推了一把的關係。

是我輸了。

輸給一個名叫小倉雪，與我足足相差十歲的少女。在創作者的本質上，做為一名創作者，我輸了。

她所寫的歌，始終在我腦海裡揮之不去。在腦海裡迴響，一直令我嫉妒不已。我一直憎恨著比我更能為所欲為的她。連同她的年輕、綻放出的光輝、略顯標致的五官，每樣都教我憎恨，每樣都教我羨慕。所以我腆著臉，把那份嫉妒發洩到她身上。但是她戰勝了這些，明白自己身處的境地後，立下決心重新展開人生。然後無庸置疑地，她拯救了我們。對於所愛之人，能夠直言愛的她，令我打從心底憎惡著。羨慕著。嫉妒著。懊惱著。

好懊惱。我好不甘心。我輸給了一名少女。而且，我是不想輸的。我曾想過豈能夠輸給她。

她留給穗花的信上寫道，有朝一日，一定會和我們笑著相逢。沒錯，一定還能再見到她。說什麼或許她已經死了，我不相信。會再見到她的，絕對能再相見。所以等到那個時候，我想再一次成為讓她尊敬的人。我不想輸給她。想成為可以讓她嫉妒的自己。

我同樣是會創作的人。

我同樣是可以創造出東西的人。

「我愛著妳，也愛著小說。倘若能夠踏上新的人生，我想要寫小說。想待在妳的身邊寫小說。我想永遠地，待在妳的身邊寫小說。我愛妳。深深地愛著妳。一直以來都愛著妳。」

穗花的手總算離開了我的脖頸。呼哈——空氣重新灌入身體裡，然而我再度感到些許的難受。穗花悠悠地倒在了我的身上。

她輕柔地笑著，在我的胸膛上做了一個深呼吸。

「真拿你沒輒耶。」她如此說完，便再次笑了。

我在小倉家的舊址上，這座草皮上，只是一個勁地將她緊緊擁在懷中。

時間流逝而過，暮色逐漸昏沉。

正要坐上車的時候，從某處傳來煙火的鳴放聲。這麼說的話，今天是舉行夏季廟會的日子嗎？怪不得到處都是人潮。

穗花打了一個冷顫。

「還以為是小雪。」

「為什麼啊？」

「以為她又在哪裡，引爆了什麼東西。」

她露出天真無邪的笑臉，於是我跟著笑著打趣，「搞不好真的是她本人。」隨後坐進車子裡。

穗花開著車，慢慢駛離群山。大概不會再回到這裡了吧。正如字面的意思，今天我們是來和這個地方道別的。

「春樹。」

「什麼？」

「我一直想問你，小雪給你的信上寫了什麼呀？」

啊，說起來還沒給穗花看過。

我忍不住噗哧一笑。雖然沒有刻意隱瞞的意思，不過總覺得很羞恥所以我才一直沒拿給她看。但是話說回來，穗花有讓我讀過寫給她的那封信了，我的也要讓她看才行。

「是很振奮人心的話語喔。回去以後，拿給妳看吧。」

「嗯——」穗花平靜地應道，集中注意力在開車上。

我望向窗外，思忖著接下來要寫的小說，該以什麼為題材好呢？

致親愛的春

春，別認輸了。春，加油。

雪謹啟

篠澤御幸・藍濱車站前

「御——幸。」

我在藍濱車站前等了一陣子後，小夜終於來了。我忽然有股衝動想跳起來，實際上也真的跳起來了。

「小夜！小夜小夜小夜小夜！」

「冷靜，冷靜點御幸。」

我像兔子一樣盡情跳高高再對小夜使出擒抱，小夜接住我後反過來勒緊我。咕呃，好難受。

附近的人都在看，不過無所謂。旁人的人生與我們無關。咱們這邊可是睽違四個月後的再會呢。

好久沒見到的小夜，現在完完全全就是大人的樣子。頭髮染成了棕色，兩耳居然還戴了針式耳環。相較之下，我身上的是從高中穿到現在的洋裝，加上個子矮，感覺就像小孩子一樣。明明我已經十九歲了，和小夜之間竟然會有這麼大的差別，總覺得很氣餒。

「好久不見了耶。」我頓了頓，對小夜說。自己說出這句話以後，心情真的雀躍了起來。

小夜也露出牙齒嘻嘻笑，模仿好久沒聽到的志田老師的腔調說：「好久不見餒！」

見面才一分鐘，我們就回到了那個時候的氛圍，朋友這種存在真的好厲害喔。

我們避開人潮，往河堤邊的方向走去。

睽違四個月再見到的藍濱市的街上，感覺無論是人或是景色全都變了，比起懷念更有種煥然一新的感覺。譬如多了新的超商，土耳其烤肉攤卻收掉了等等。

一股感傷襲上心頭，我嘆了口氣，突然間小夜笑著用手機拍下我的照片。遭到突襲害我下意識用兩手遮住臉，結果，這麼做的時候不小心撞到了一名路過的女性。

「啊，對不起。」

我馬上將手從臉上拿開，向那名女性道歉。對方似乎是一對情侶，男方把女方往自己摟近，從我旁邊繞開。雖然我撞到的是女方，回我「沒關係喔」的卻是那名男性。情侶，好好喔。看到經過我們的那兩人穿著浴衣，讓我想起高中的時候用零用錢買的一萬日元的浴衣。啊，今天是久違地和小夜一起逛夏季廟會的日子，早知道就穿那套浴衣過來了。只要一萬元的浴衣，衣服布料很薄，不過穿上的話心情就會變得很好吧。那個時候三個人玩得好開心喔。

三個人。
我冷不防想起她的事，只好硬是強迫自己笑出來，為了不被小夜察覺到我的寂寞……原本是這麼想的，但小夜正興奮地對著眾多的攤販與人群不停拍照，看起來我好像不需要這麼在意。小夜總是很樂觀，從來沒讓我看過她悲傷的樣子，果然她比我還像個大人，我想著這些又一次情緒低落起來，同時與她肩並著肩走過街道。
接著小夜忽然問我：「御幸妳交男朋友了嗎？」
「男朋友？沒有。怎麼可能交到嘛。小夜妳呢？」
「交到了喔。」
「騙人！是怎麼樣的人！是大學生嗎？年紀比妳大？還是比妳小？帥嗎？」
一聽我急躁地發起提問攻擊，小夜便「哼哼」地笑起來，亮出手機的照片給我看。照片裡的是和男朋友在遊戲中心一起拿著布偶的小夜。而那個男朋友，我記得自己的確看過他，可是，總覺得他散發出的氛圍變了。我的記憶與那張照片中呈現出的他實在兜不起來，因此我就像回答猜謎的答案那樣，小心翼翼地說：
「悠介、學弟、嗎？」
「沒有錯是也！」
她說是也。這次是誰？在模仿誰呢？

在我讀高中的時候，即使悠介學弟說不上個性陰沉，倒也算是沒什麼表情變化，平常很文靜，說起話來又是個很有活力的孩子。然而畫面中的他配合小夜戴著針式耳環，染了頭髮，一言以蔽之，看起來很輕浮的樣子。不曉得該說是變成和小夜同一種人了，還是很相似才對。

「悠介學弟現在是高三對嗎？那個髮型，不會挨罵嗎？怕影響到出路之類的。」

「咦，給我等等，妳該問的不是這個吧，交往的契機才是重點不是嗎！算了，事實上他也有被罵，好像等暑假結束後就會重染頭髮了，染回黑色。不過他說耳環會藏起來，絕對要戴著。」

「嗚哇哇……悠介學弟原來是這樣的孩子啊。我都不曉得。看不出來他是那種會想叛逆的男孩子。」

「悠介是會配合對象的類型。對於喜歡的人，他很專情的。」

小夜露出不像她會有的表情，嘿嘿嘿地賊笑。不對，可能是她會有的吧。她快樂的樣子我一直都曉得。

感覺大家都發生改變了耶。小夜是這樣，悠介學弟也是，連這個城市的一切都是。一切一切都將逐漸改變。感覺只有我一個被留了下來，好寂寞。

原本，我就很羨慕身旁那些會改變、會下定決心想要改變的人。我又是如何呢？從高中的時候算起來，有發生什麼變化嗎？

我一直為了要就業還是讀大學而煩惱。雖然再不濟也還有託親戚關係拿到內定的行政工作，可是自己沒有想做的事，才是令我煩惱的實際理由，我一直煩惱個不停，結果差點就要放棄了。不曉得想做什麼的話，不然就成為社會的齒輪試試看吧。抱著這個想法和父母商量時，卻意外地受到他們強烈反對。

御幸總是悠悠哉哉的，從容不迫的樣子，還很我行我素，但是我們不贊成這個選擇喔。找不到想做的事的話，不曉得自己想做什麼的話，才更應該要上大學。在大學四年的期間，去接觸各種事物，認識許多不同的人，體驗各式各樣的東西吧。

父母對我說這些話是在高三的冬天。因為父母熱切的建言，我決定要讀大學，不知不覺中還開始了在縣外大學的快樂獨居生活，可是從結果來看，我覺得那也只不過是順從父母的提議投機取巧罷了。順從他人的意思，要是所處的環境很合自己心意，那就遵從。我從高中的時候開始就完全沒變。

話是這麼說，自己倒也不是什麼都不想做。高中時我因為興趣使然開始玩貝斯，成為大學生後開始會去健身房。可是到頭來，我現在已經沒再繼續練貝斯了，健身房一個月也只去一次左右。雖然會有冒出想去嘗試的衝動的瞬間，但是持之以恆到現在的東西，似乎也只有呼吸，跟手機的益智遊戲而已吧。

我一點兒也沒變。什麼改變都沒有，身邊的事物卻步調一致地逐漸發生變化，就好像只有我沒辦法改變似的。

就連我的好朋友小夜也是，稍微沒見到面的期間就漸漸變得不一樣了。我的成長速度真的好慢。「急於生活」的相反是什麼？不急於生活？慢於生活？

「對了對了，所以結果，妳跟悠介學弟是怎麼開始的呀？」

我一問，小夜便發出一聲「啊——」，她的嘴邊浮現滿意的笑容，覺得我終於問她了。她按滅手機螢幕，把手機收進口袋裡，一面往河堤的方向邁步前進，小夜一面說：

「悠介他，曾經喜歡小雪。」

小夜開始娓娓道來。

「悠介和雪告白過，但雪是個回話態度比較、頗曖昧的孩子，所以那個時候也給了曖昧的回答喔。不管是喜歡還是討厭，她都沒表示。後來她不是就退出輕音樂社了嗎？我問過悠介，聽說雪那傢伙連 LINE 也沒回他。雪這傢伙真的是！討厭的話就說討厭啊，說自己沒有這麼欣賞人家不就好了嗎！總之，悠介為了這件事很消沉，是我去安慰他的。原本悠介就找我商量過，說想對雪告白，但是我，說實話，打從第一眼看到悠介的時候就喜歡他了。明明平常不怎麼說話，可是只要一提到音樂的話題就會開始滔滔不絕。那種反差實在是，好可愛好可愛。對我來說，身高不太高這點也很罪孽。那是犯罪等級的可愛。其實我喜歡的偶像們每個個子都很高的說，不過實際試著喜歡上悠介以後，我覺得身高差不多才是最剛好的。這樣最棒了。例如走路的時候，面對面的話，如果有身高差距就會顯得有點距離；但如果身高一樣的話，彼此的臉就會靠得很近，每次都會有種快要接吻的氣氛，實際親下去不知道都有幾十次幾百次幾千次了。啊，抱歉。話題扯太遠了。反正總之啊，我卯足全力安慰因為那件事而低落的悠介，溫柔地對待他，陪在他身邊，就是靠這樣才把他弄到手。弄到手這個說法，好像有點不妙？總之我們因為這樣才開始交往。當初我對雪有點，不對，不是有點吧……老實說我非常嫉妒她。我嫉妒她，之前有一次，大概是去年冬天左右嗎……我對雪說了很過分的話喔。雪也反駁回來，最後有點變成了吵架的感覺。不過也是多虧雪給了曖昧的回應，讓事情不了了之，所以現在我才能和悠介甜甜蜜蜜地在一起，搞不好我其實有種結局好的話就一切皆好的感覺吧。」

聽著小夜那有如機關槍的侃侃而談的期間，我們抵達了河川地。

我們挑了一個人不多的地方，並肩席地而坐。

離煙火升空還有一些時間。我聽著她的話時而點點頭，或說「嘿——」，或「哈哈」地陪笑回應，但是我果然還是覺得沮喪。很沮喪，也很寂寞。

小夜沒說什麼傷害我的話，有關我的話題根本一個也沒提到，可是我聽著那些話，心情忍不住低落起來。
原因之一是，想不到小夜和小雪之間曾經發生過那種事。我完全不曉得。直到高二的文化祭那天為止，我們還一直是感情很好的朋友，好到無論在同學間，抑或老師之間都成為話題過。
所以她們兩人居然在我不曉得的時候發生過那種事，我真的是一無所知。把悠介學弟夾在中間，許多心情可能都糾結在一起了吧。
然後第二點是，小夜與小雪在高三的冬天起過爭執的事。發生爭執這件事本身，雖然也讓我嚇一跳，不過明確讓我受傷、覺得心痛的部分不是這個，而是高三的冬天的時間點。明明我連一次都沒被搭話過，就算由我向小雪搭話、向她打招呼也會被無視掉，小夜卻被小雪反駁了。她得到了小雪的反駁。好羨慕。
最後是第三點。最最讓我受傷的一點。
小夜不帶任何猶豫地，談起了小雪的話題。她說，那個傢伙以前雖然也有討人厭的地方，但整體來說還是個好人喔。簡直就是理所當然地認為所有事都已經過去了，而且她談論的口氣好像很開心的樣子。
肯定這才是正確的做法吧。開心地談論，對於小雪的事歡笑以對，這肯定才是正確的。可是我，我還無法成為大人。我出生於四月，如今已經十九歲了。但是唯有我無法成為大人。

我還沒辦法那麼開心地談論小雪的事。所以我誠實地面對自己的心，誠實地面對自己本身，露出消沉的表情說：「原來發生過那些事。我完全不知道。」

「還好啦。要是能再見到雪，我要告訴她我現在過得超甜甜蜜蜜的。」

「能見到？」

我不小心口氣冷淡地回問小夜，真的連我自己都好意外。明明煙火就要開始施放了，四周亦跟著越來越喧鬧。身邊的人們每個都洋溢著歡笑。啊啊，我真的好格格不入。

接著小夜理直氣壯地回我，「能見到。」真是那樣就好了。

小雪現在，下落不明。她燒了自己的家以後，不曉得消失到哪裡了。

「我也是，想再見到小雪。好想再見到她喔。可是說不定她已經死了……」

「沒有死。」面對說出軟弱話語的我，小夜強硬地宣告。

一點兒也不像她，這真的一點兒也不像她會有的樣子，小夜沒有笑。她不是在生氣，而是彷彿在回答一個問題，像是一加一那種淺顯易懂的問題，她用自信滿滿的表情說：

「不可能會死的。」

「為什麼？為什麼？」

「因為她沒有死。她還活著。絕對還活著。雪不可能會死。她不可能死的。」

說出這些的小夜緊緊抱住我。未免太帥了吧？我本來這麼想，但原來是自己在不知不覺中哭了，小夜為了替我藏住，不讓旁邊的人發現才會這麼做。

「不曉得，我們不曉得不是嗎？發生了那種事，說不定她早就不在這個世上了不是嗎？」

「她在的。我知道。絕對還在。因為，她說了不是嗎？雪自己告訴過御幸不是嗎？說她一定會回來。」

啊，對了。我只告訴過小夜，畢業典禮那天，小雪跟我說的話。

——我一定會回來。一定，一定會回來。那句話在腦海裡逡巡。逡巡來逡巡去好比金魚在游泳似的。

她會回來嗎？好希望她回來喔。畢竟都說了會回來呀。儘管我們沒有勾勾小指發誓，可是小雪有對我做出宣言。吶，吶，是這樣對吧？吶。

小雪。

小雪也改變了，好狡猾喔。

就只有我還無法改變。什麼也沒變，無法去到任何地方。吶，小雪。

「御幸，妳看。煙火。」小夜儼然像在哄小寶寶的樣子，一下又一下輕輕拍著我的肩膀。

受到她的催促，我於是抬起頭。淚水模糊了視線，眼前宛若水晶般閃閃爍爍，眩目得讓我眨了眨眼睛。

我眨了好幾次眼，淚水落到小夜的肩頭後，總算能看清楚了。

是煙火。

啊，好懷念。好懷念喔。

記得我曾經將小雪緊緊擁在懷裡。我曾經將哭得像個孩子般說想見媽媽的小雪緊緊擁在懷裡。那時候的她好可愛喔，就像小孩子一樣，真有趣。好想再見面喔，想再見到小雪。

「小雪呀，對我說了喜歡。」

「咦？」

「畢業典禮的那天呀，我突然遇到她……那時候只有我們兩個人，附近一個人都沒有，所以她才對我說的，說她喜歡我，喜歡身為女孩子的我。」

「喜歡身為女孩子的妳……」

「對，是這樣、沒錯。說不定，我原本可以阻止她。我、只有我可以阻止小雪也說不定。要是我也說喜歡、我也對她說喜歡的話，或許我們就可以再次和小雪在這裡看煙火了。」

或許往後也可以一直、一直和小雪、小夜，三個人一起快樂地生活。或許我們還能繼續談論將來的事、大學的事，開心地對彼此歡笑。

啊啊，是這樣沒有錯吧。我一直好傷心。好寂寞。

沒有一天不想起小雪。沒有一天不去考慮小雪的事。沒有一天不為小雪的事感到後悔。一直以來我都在責怪自己。責怪著，責怪著，不停地責怪自己。

所以我才始終說不出口。不論對家人，或同學都是，我沒有告訴任何人小雪的事。要是說出來，事情就會變成過去。如果我說出來，就會被迫長大。這是我第一次把那天被她告白的事說出口。

我一直好難過。一直好寂寞。

「我一直在後悔。這一切、一切都是我的錯……」

「才沒有這種事。御幸，不可能有那種事啦。雪的事情，不是妳的錯。」

小夜馬上這樣對我說。這次的她確實露出了笑臉。

「御幸有把雪看作女孩子來喜歡嗎？」

「沒有，可是小雪身為我的朋友，我很喜歡她喔。做為朋友，我非常喜歡小雪，我有好好地告訴過她了。」

「這樣不就好了嗎？假如御幸為了在那時候攔住雪，說自己喜歡身為女孩子的雪，我才會因此唾棄妳。喜歡人的這種心情，雖然沒有辦法控制，但說謊是不行的不是嗎？」

說謊是不行的。

「對於喜歡的事物，我認為要以誠實的心情去面對才正確。御幸所說的話是正確的。御幸所做的事情，全部都是正確的。即使只是做為朋友，不過有好好說出喜歡的御幸，並沒有做錯。誠實面對喜歡的心情的御幸，並沒有錯喔。」

沒有錯，她說。

小夜只是不停地重複那句話。

而光是這樣對我來說就夠了。那是小夜對我說的話，既不是小雪說的，也不是神明說的，可是對我來說這樣就足夠了。

這樣就足夠了，我其實是想聽到別人說出這些。

我靠在小夜的肩膀上，抽抽噎噎地哭著。乖喔乖喔，小夜像這樣一邊安慰我一邊輕撫我的肩膀、後背，期間我們兩人一起看著煙火。這個樣子，簡直就像情侶不是嗎？

「呵呵。」

我還在哭，卻忽然笑了出來，於是小夜問：「怎麼了嗎？」

「如果小雪有在這裡，感覺會嫉妒耶。」

「哈哈，的確的確。就讓她好好嫉妒個夠。」

哈哈。我們總算開懷大笑起來。

如果小雪有在這裡。

我還沒辦法好好將她當作過去來看待。還沒辦法將她當作往事來高談闊論。就算是這樣，我也已經跨出了一大步。

一定能再見面。有朝一日，一定可以三個人再次齊聚在這裡看煙火。

每當煙火升空，我便有種彷彿要被什麼東西壓垮的感覺，那是如此的懾人心魄。

「炸彈。」

我一這麼說，小夜便笑著回我，「啊——是什麼來著？」

「記得是……『致親愛的你。』」

「對、對。那個，『我終將成為我，必定會向你證明就連再見的一切也都惹人憐愛。』」

小夜回憶起歌詞，懷念地哼唱起來。

我能夠成為親愛的你的炸彈嗎
好想寫出將你的一切粉碎殆盡的
那樣的詩歌
好想成為足以俯瞰你的一切的
那樣的夏天

「她成為炸彈了嗎？」我問了小夜一個異想天開的問題。
「那也很好。只要一到夏天，我們就一定能在這裡相會。」
呵哈哈哈。小夜笑得像個男孩子一樣，我也禁不住一同笑出聲。
真的就像她說的，是那樣沒錯。
煙火綻放得更加熾烈了。
淚水緩緩乾去，滿天的明光包圍著我們。

嬉文化
致親愛的你
（原名：親愛なるあなたへ）

著　　者／カンザキイオリ
執 行 長／陳君平
榮譽發行人／黃鎮隆
協　　理／洪琇菁
總 編 輯／呂尚燁
譯　　者／許子昭
美術總監／沙雲佩
美術編輯／方品舒
執行編輯／丁玉霈
文字校對／朱瑩倫
國際版權／黃令歡、高子甯
內文排版／謝青秀

出　　版／城邦文化事業股份有限公司 尖端出版
台北市中山區民生東路二段一四一號十樓
電話：（〇二）二五〇〇—七六〇〇
傳真：（〇二）二五〇〇—二六八三
E-mail: 7novels@mail2.spp.com.tw
發　　行／英屬蓋曼群島商家庭傳媒股份有限公司城邦分公司 尖端出版
台北市中山區民生東路二段一四一號十樓
電話：（〇二）二五〇〇—七六〇〇（代表號）
傳真：（〇二）二五〇〇—一九七九
中彰投以北經銷／楨彥有限公司（含宜花東）
電話：（〇二）八九一九—三三六九
傳真：（〇二）八九一四—五五二四
雲嘉以南／智豐圖書有限公司
（嘉義公司）電話：（〇五）二三三—三八五二
傳真：（〇五）二三三—三八六三
（高雄公司）電話：（〇七）三七三—〇〇七九
傳真：（〇七）三七三—〇〇八七
香港經銷／一代匯集
香港九龍旺角塘尾道六十四號龍駒企業大廈十樓B&D室
電話：（八五二）二七八三—八一〇二
傳真：（八五二）二五八二—一五二九
新馬經銷／城邦（馬新）出版集團Cite（M）Sdn. Bhd.
E-mail: cite@cite.com.my
法律顧問／王子文律師 元禾法律事務所
台北市羅斯福路三段三十七號十五樓
二〇二三年十一月一版一刷

版權所有・翻印必究
■本書若有破損、缺頁請寄回當地出版社更換■

SHIN' AI NARU ANATA E
by KANZAKI Iori
Copyright © 2021 KANZAKI Iori
All rights reserved.
Originally published in Japan by KAWADE SHOBO SHINSHA Ltd. Publishers, Tokyo.
Chinese (in complex character only) translation rights arranged with
KAWADE SHOBO SHINSHA Ltd. Publishers, Japan
through THE SAKAI AGENCY.

■中文版■

郵購注意事項：
1.填妥劃撥單資料：帳號：50003021戶名：英屬蓋曼群島商家庭傳媒(股)公司城邦分公司。2.通信欄內註明訂購書名與冊數。3.劃撥金額低於500元，請加附掛號郵資50元。如劃撥日起 10～14日，仍未收到書時，請洽劃撥組。劃撥專線TEL：(03)312-4212 ・ FAX：(03)322-4621。E-mail：marketing@spp.com.tw

國家圖書館出版品預行編目資料

致親愛的你 / カンザキイオリ著；許子昭譯. -- 一版. -- 臺北市：城邦文化事業股份有限公司尖端出版：英屬蓋曼群島商家庭傳媒股份有限公司城邦分公司尖端出版發行, 2023.11
面； 公分
譯自：**親愛なるあなたへ**
ISBN 978-626-377-053-9（平裝）

861.57 112013690